DAS BUCH

HIPPIE HIGH – eine badische Revolution" ist eine farbenfrohe Reise mit geschlossenen Augen, eine die gesellschaftliche und politische Wirklichkeit dieser Zeit negierende Reise, die nichtsdestotrotz oder gerade deshalb den Leser in Wechselbädern amüsiert, unterhält und immer wieder auch schockt.

So taumelt der Protagonist zwischen der Sehnsucht nach bewusster Zielsetzung für das eigene Leben und infantiler Abkehr nach innen. Und doch überlebt er diese Zeit, wird sich wohl auch fangen. Aber wen interessiert das schon? Wen interessiert ER dann noch, als Person, als Mensch, wenn er schließlich in der vermeintlichen Normalität angekommen ist, als einer von Vielen, als Bürger? Die Katharsis markiert das Ende – und den Neuanfang in der Welt der Angepassten, in der der Protagonist, logisch, dem Vergessen übereignet werden muss.

DER AUTOR

Daniel Bittermann, geb. am 07.06.1960 in München, hat Geschichte und Germanistik in Freiburg i.Br. studiert. Seit 1981 hat er zunächst als Fernsehjournalist für den Südwestfunk Baden-Baden und andere öffentlich-rechtliche Fernsehanstalten gearbeitet. Anfang der 90er Jahre konzentrierte er sich als Autor und Regisseur auf die Produktion von Industrie- und Werbefilmen. 2006 begann er schließlich in Köln an seinem ersten Roman zu arbeiten, der jetzt mit „Hippie High" vorliegt.

DANIEL BITTERMANN

EINE BADISCHE REVOLUTION

ROMAN

Die deutsche Nationalbibliothek verzeichnet diese Publikation
in der Deutschen Nationalbibliografie; detaillierte bibliografische
Daten sind im Internet über http://dnb-nb.de abrufbar.
Daniel Bittermann, Hippie High

© 2017 Daniel Bittermann
Herstellung und Verlag:
BoD-Books on Demand, Norderstedt

ISBN 978-3-744-897310

Für meine geliebte Frau Ilona, ohne die dieses Buch niemals das Licht der neuen Welt erblickt hätte.

KAPITELÜBERSICHT

Ich war 14 Jahre alt, als meine Eltern mit uns Kindern aus Berlin wegzogen. Für sie war es ein Aufbruch der Hoffnung, ein Ortswechsel, der Arbeit versprach – und damit eine Zukunft für die Familie.

Wir Kinder aber fühlten uns entwurzelt und unvorbereitet ins badische Rebland gepflanzt, in einen Vorort von Baden-Baden, in die Wildnis, ins Nichts, hinter das Ende der Zivilisation. Es war, als rissen um uns herum die Geräusche des Lebens ab und würden – total albern – zu unserer Beruhigung durch dämliches Vogelgezwitscher ersetzt. Man hatte uns in ein Raumschiff geschubst, das den Heimatplaneten verließ und uns auf einem kargen, leblosen Mond namens Baden-Baden wieder rausgeschmissen, auf einem Spielplatz des Todes, einem Friedhof der Eitelkeiten, einem Sackbahnhof für fragwürdig reich gewordene Privatiers, welkes Fleisch, dem jedes Verständnis dafür fehlte, dass sich Menschen die ungeheuerliche Peinlichkeit antun, für Geld zu arbeiten. So dauerte es einige Monate, bis wir uns vom Ortswechsel-Schock erholt, uns entschleunigt und, langsam aber sicher, an die beklemmende Schönheit dieser unerträglich heilen Umgebung gewöhnt hatten. Mit den ersten Schulfreundschaften veränderte sich allmählich mein Blick auf die Dinge. Ich erkannte, dass Einiges eine Frage der Perspektive war, Anderes eine Frage des genauen Hinsehens. Und so brach dieser erste, sterbende Frühling alles auf und gebar eine heiße Zeit.

Das Seitental des Rebland-Vorortes, in dem wir wohnten, lehnte sich in der zirpenden Klarheit dieses unschlüssig vor sich hindümpelnden Sommernachmittags des Jahres 1974 zufrieden in die sanften Hügel des auslaufenden Schwarzwaldes. Die Stunden verstrichen zäh. Alles brauchte seine Zeit und noch wies nichts auf den bevorstehenden Wandel oder kündete gar vom Aufbruch einer ganzen Generation. Ein normaler Nachmittag, an dem normale Menschen normale Dinge verrichteten.

In einem wurmstichigen Stall am Ende der Hauptstraße entlud sich der debile, sechzehnjährige Sohn eines im Dorf angesehenen Bauern gerade mit wässrigem Blick in sein hingebungsvoll blökendes Lieblingsschaf. Bäcker Nerf walkte mit seinen kräftigen, sinnlichen Händen erst den Hefeteig für die allseits beliebten Puddingteilchen, dann, in einer dunklen Ecke der Backstube, seine dralle Tochter. Und der stets durch die Lücken zwischen seinen fauligen Zähnen spuckende Dorfpfarrer mit seinen hinter Fensterglas-dicken Brillengläsern Wagenrad-großen Augen nahm, wie jeden Mittwoch, den Knaben in der Sakristei mit zudringlicher Hingabe und gezügelten Züchtigungen, zunächst von hinten die Beichte, dann von vorne ein Versprechen ab.

Vielleicht war es das kollektive Schweigen, das jeder in diesem dörflichen Idyll wie eine Monstranz vor sich hertrug, was aus mir einen rebellischen jungen Mann machte, hungrig nach Veränderung im Mysterium Welt. In jedem Fall aber war es die üppige, moschusschwere Lustgartenarchitektur des Kurortes Baden-Baden, die pralles Verlangen in mir auslöste und mich gleichzeitig in ihrer morbiden Schönheit erstarren ließ: eine in Stein gegossene Lähmung des Lebens.

Dem hohen Anteil an Millionärswitwen in diesem Kurort waren die Männer, vielleicht ein General a.D. oder ein Großindustrieller aus dem Ruhrgebiet, einfach zu früh weggestorben. Und so verschleuderten diese vom Tode zurückgelassenen Damen die ihnen verbliebene Zeit mit dem vermeintlichen Erhalt ihrer längst verflossenen Schönheit und der ruhelosen Suche nach immer neuen, extravaganten und Jugendlichkeit vortäuschenden Moden. Dabei galt und gilt noch heute: je älter die Dame, desto knalliger die Farben, ausladender die Hüte und zirkusartiger die Stoffzusammenstellungen. So ausstaffiert flanierten sie (denn hier wurde schon immer flaniert, nicht spaziert) pfauenhaft staksend durch die Parkanlagen und Straßen, Caféhäuser und Trinkhallen, das Kasino und die Kunstgalerien. Und um die uralten Häuserecken strichen ihre tief violetten Parfumschleier und sangen die Litanei von der ewigen Suche nach dem Jungbrunnen – morbide Gesänge, olfaktorische Dreiklänge in Moll. Hätte Jugend in dieser Kleinstadt eine Lobby gehabt, wären die Auftritte dieser papageienhaft gewandeten, reifen Frauen im besten Falle belächelt worden. Aber jung waren hier nur die Autobahn und die Lakaien: die Croupiers des ach so traditionsreichen Kasinos und die Knaben, die in den Thermalbädern, nur mit einem Lendenschurz bekleidet, lüstern grunzendem Wellfleisch Aufgüsse und Wasseranwendungen verabreichten. Weil also der Großteil der Bevölkerung schlicht alt war und die ständige Erinnerung an tatsächliche Jugend ja letztlich nur schmerzt, blieb das Alter einfach unter sich und feierte seine ewige Jugend in ungeschriebenen Ritualen. Und es gab niemanden, der dieses Idyll kollektiven Selbstbetrugs hätte stören können.

Doch so sehr diese Stadt auch eine Enklave, also eine in sich geschlossene Kapsel, für das reife Alter darstellte, stellte sie auch eine Enklave für uns wenige Junge dar. Vielleicht weniger eine Enklave als eine frühe Form der ‚Trumanshow‘, dieser von Filmproduzenten geschaffenen Scheinwelt: ein mentales Gefängnis ohne Ketten – mit Fesseln aus Schönheit und dem trügerischen Glanz einer Welt, in der es nur Erfolg aus dem Nichts zu geben schien, als wäre Reichtum einfach ein zwingendes Attribut, das nie hinterfragt werden muss, ein Axiom des Lebens: so wunderbar, so simpel, so tödlich für ein junges Herz.

Diese Stadt war für uns ein Honigtopf der Perspektivlosigkeit, in dem man, einmal hineingefallen, umso tiefer sank, je mehr man strampelnd versuchte herauszukommen. Allein fünf Freunde meiner ersten Clique aus der Schulzeit hat dieser Honigtopf das Leben gekostet. Sie waren erstickt, hatten keinen Halt gefunden, keinen Weg aus dieser zähen Masse: mit einem goldenen Schuss, der – ganz anders als bei Wilhelm Tell – daneben ging, durch einen haltlos schlechten Zug der Bahn, der nur stückhafte Erinnerungen hinterließ, durch ein nicht nur emotionales Hängenbleiben am Fensterkreuz des Südens, als Lebensziel für ein Stück Blei, das bohrende Fragen in den Kopf drehte und als kulinarischer Höhepunkt für eine Handvoll Nager. Alle hatten sie sich für einen außerordentlich finalen Weg aus dem großen, klebrigen Honigtopf entschieden.

Meine Schulzeiterinnerungen rollen wie abgenutzte Stahlkugeln in einem kaputten, längst dem Schrottplatz übereigneten Radlager hin und her. Es knirscht – dann sehe ich es wieder vor mir: unser Schulgebäude, Sandstein, frühes 20. Jahrhundert, symmetrisch gebaut, ein zentraler, dreibogiger Eingang mit breiter Treppe in den Innenbereich. Rechter Hand in der Empfangshalle das erst später hinzugefügte Hausmeisterkabuff. Zum ersten Absatz weitergeführt die grosszügig wirkende Granittreppe, die sich dort nach links und rechts teilte, um dann in einer weiteren Kehrtwendung in den ersten Stock zu führen. An der Wand des ersten Absatzes ein imposantes, in Stein gemeißeltes Relief. Ich weiß noch, dass ich immer davor stand, weil ich in den Darstellungen die Brüste von Frauen suchte. Aber es waren und blieben antike Lernszenen, Schüler und Lehrer. Im ersten Stock dann vereinigten sich die beiden Flügeltreppen wieder zu einer, führten in Demut gebietender Breite ins nächste Stockwerk, in die Hallen der traditionell tief zu verehrenden Lehrkörper und weiter, wieder geflügelt, dem gleichen Muster folgend, bis hoch in den vierten Stock. Das altehrwürdige Gemäuer verwies architektonisch bereits auf die martialischen Bauten der Nazizeit, ein Statement der Macht, mindestens aber der Beständigkeit. Hier würde sich nie etwas ändern. Aber nicht das war es, was den Bau so schwer in seiner Wirkung machte, sondern die Tatsache, dass er einen geschlossenen optischen Komplex mit dem in nur etwa zehn Meter Entfernung befindlichen städtischen Gefängnis bildete. Getrennt durch eine etwa sechs bis acht Meter hohe, das Gefängnis umlaufende und mit einer Stacheldrahtspirale gezuckerten Mauer, die verhinderte, dass wir uns beim morgendlichen Schulgang falsch einreihten, schienen die beiden Bauten doch in einem Atemzug geplant und errichtet worden zu sein, als bildeten Lehr- und Korrekturanstalt bereits vom gedanklichen Ansatz her eine Einheit. Wenn der Gefängnisbus kam und neue Insassen brachte, konnte man deren Gesichter, ihre Augenpartien, durch die schmalen Sehschlitze des Busses erkennen. Ihr ins Leere laufender Blick trifft mich noch heute in der Erinnerung, als wäre ich selbst die ferne Erinnerung an eine hier und jetzt verloren gegangene Hoffnung auf Zukunft, als wäre ich, ein Schüler, selbst der letzte Anknüpfungspunkt in eine Welt, die den Betreffenden ab diesem Zeitpunkt verwehrt sein würde.

Wenn Gabi während des Unterrichts aufs Klo musste, rissen sämtliche Geräusche in der Klasse ab. Es waren diese wenigen Augenblicke maximaler Konzentration, ob derer nicht nur unsere Lehrer, sondern selbst ein seit dreißig Jahren meditierender, buddhistischer Mönch neidisch geworden wären. Denn Gabi war hoch gewachsen und hatte den federnd wippenden Gang einer Giraffe. Gabi trug in den Sommermonaten weiße, durchsichtige Hemden, keinen BH, stattdessen große, feste Brüste mit spitzen, dunklen Vorhöfen und zum Gipfel des Olymps weisenden, harten Nippeln, die in diesen Momenten, auf dieser kurzen Strecke von ihrem Platz zur Tür, ein wahres Ballett der Begierde unter ihrer Bluse tanzten. Kein Lehrer, keine Strafe und kein sonstiges Ereignis (außer vielleicht einer explodierenden Atombombe) hätte eine solche Ruhe in der Klasse eintreten lassen können. Was hindert mich, so fragte ich mich jedes Mal, nach vorne zu stürzen, wortlos, die Giraffe am Hals zu packen, sie auf das Lehrerpult zu knallen und sie hemmungslos in ein Meer aus Schweiß und Sperma zu rammeln? Ich hasste meine schüchterne Zurückhaltung, meine Unfähigkeit, nur ein einziges Mal aus mir herauszugehen und nur ein einziges Mal in meinem jämmerlichen Leben das zu tun, wonach es mich wirklich verlangte. Stattdessen sprang ich wie ferngesteuert von meinem Platz auf, lief nach vorne und hielt ihr die Tür auf, unter dem tosenden Gelächter der Klasse, zum Ärger der Lehrer und allemal albern, war es doch nur eine Übersprungshandlung, von schierer Geilheit überwundene

Schüchternheit, eingebremst in die Grenzen der gesellschaftlich anerkannten Spielregeln.

In der großen Pause baute sich unvermittelt Josi vor mir auf, mit ihren langen blonden Haaren, ihrem ebenmäßigen Gesicht, ihren strahlend blauen Augen und ihrem zart vibrierenden Körper und fragte mich, ob sie mich kurz unter vier Augen sprechen könnte. Wir gingen ein paar Schritte, bis uns niemand mehr hören konnte:

„Du kennst Dich doch aus", flüsterte sie mit fast devotem Augenaufschlag, und als ich sie nur fragend ansah, schob sie nach:

„Willst Du mich nicht heute Abend deflorieren?"

Ich war nicht sicher, ob ich mich verhört hatte oder ob sie mich aufgrund einer mädcheninternen Wette verarschen und nur prüfen wollte, ob eine männliche Erektion Jeansstoff zum Bersten bringen kann. Schließlich hatte ich zu diesem Zeitpunkt noch keinerlei Erfahrung oder auch nur wenigstens eine Ahnung vom tatsächlichen Ablauf einer vorschriftsmäßigen Paarung. Ich selbst sah mich als suchenden Pubertierenden, picklig und mit ständig rotem Gesicht. Aber nach außen, und vor allem auf die Mädchen, wirkte ich offenbar so, als hätte ich bereits viel von der Welt gesehen und verstanden, als würde ich mich, ein Haudegen und Weiberheld, in den Niederungen menschlicher Bedürfnisse besser auskennen als andere, gleichaltrige Jungs. Instinktiv jedoch antwortete ich:

„Klar, kein Problem. Ich finde Dich sowieso schon lange super. Du bist ja auch echt süss. Mach Dir keine Gedanken. Das wird richtig schön. Aber sag mal: Wie ist das mit Deinen Alten?"

„Die sind nicht da. Wir sind ganz alleine, nur Du und ich", hauchte sie, und als sie mit ihren Elfenfingern sanft meinen Arm berührte, spürte ich, wie bereits die ersten Webfäden des massiven Jeansstoffes barsten. So verabredeten wir uns für den Abend und jeder ging seiner Wege, als hätten wir darüber gesprochen, ob sie mal von meinem Butterbrot beißen dürfte.

Ich versuchte mich zu beruhigen, aber mein Gehirn lieferte über Stunden nur noch ein Stakkato sich überschlagender Gedanken, Überlegungen und Pläne, die gefasst und wieder verworfen wurden. Deflorieren? Klar, mache ich, aber was ist das? Wie geht das denn überhaupt?! Sicher war, ich musste noch etwas zu kiffen besorgen, auch Alkohol, aber den würde sie bestimmt auch reichlich haben. Aber nein, Quatsch, Mädchen trinken doch nicht. Blumen wären gut – Blödsinn! Nachher erwartet sie noch, dass ich dann mit ihr gehe oder sie heirate oder so. Also keine Blumen. Aber was dann? Verhütung. Richtig, aber das ist ja eigentlich Weibersache, wie man hört. Die wird schon aufpassen. Waschen muss ich mich noch. Aber das würde ich ja sowieso, denn ich wollte ja noch zwei, drei Stunden Tennis trainieren, danach noch das monatliche Zeitungsgeld auf meiner Strecke kassieren. Wie sie wohl riecht, wenn sie nackt ist? Noch während des sich endlos hinziehenden Unterrichts am Vormittag hatte ich versucht, durch ihre knittrige, unfair bauschig fallende Bluse hindurch eine Vorstellung von der Form ihrer Brüste zu bekommen und suchte mit verstohlenen Blicken in ihrem Schritt nach dem Abdruck ihrer Lippen. Jede Bewegung ihrer Beine unter dem Tisch, die auf eine leichte Öffnung der Schenkel hätte hindeuten können, löste Wellen der Erregung in mir aus. Noch nie zuvor hatte ich Josi als Frau bewusst wahrgenommen, jetzt aber erkannte ich: Sie war die vollkommene Verheißung.

„Sie wirken heute so konzentriert, René. Vielleicht können Sie uns an Ihren Überlegungen zum Thema Säkularisation teilhaben lassen?!"

Schallendes Gelächter in der Klasse. Ich glaube, ein tieferes Rot ist in einem Gesicht nicht möglich, als das meine in diesem Augenblick. Als wäre ich aufgefordert worden, künftig auf öffentliche Onanie zu verzichten. Ich war derart verstört und aufgeregt, dass ich das Tennisspielen am Nachmittag kippte und direkt losfuhr, das Zeitungsgeld zu kassieren. Das war notwendig, da ich natürlich wie immer blank war. Also zog ich los mit meiner kleinen Honda Dax, für die ich viel zu groß war, meine Umhängetasche geschultert und forderte mit betont sanfter, freundlicher Stimme Haus für Haus das Zeitungsgeld ein. Die Leute kannten mich. Es waren zumeist ältere Damen, die – das wusste ich – äußerst positiv auf den in der eigenen Wahrnehmung charmanten und gut aussehenden Mann reagierten, zumal dieser tatsächlich für viele eine willkommene Abwechslung bedeutete, wenn er einmal im Monat vor der Tür stand, schüchtern und höflich, wortgewandt und zuvorkommend zugleich. Ein kleines Schwätzchen, das die Zeit vertrieb, vor allem, da dieser junge Mann immer ein paar Komplimente machte, die geeignet waren, ein Leuchten in Augen zu zaubern und wohlige Erinnerungen zu entfachen. Die Tour brachte beachtliche Trinkgelder und ich wusste, dass mich die anderen Jungs, die Zeitungen austrugen, um meine Ergebnisse beneideten, zumal die Route, die ich hatte, nicht eben als die lukrativste galt. Aber ich mache auch keinen Hehl daraus, dass es unter den Frauen, die mich an ihren teils romantisch zugewachsenen Haustüren empfingen, einige gab, die eine durchaus laszive Ausstrahlung hatten. Sex war für mich bereits damals, als ich ihn noch gar nicht kannte, eine Sache, die völlig unabhängig vom Alter war. Mich erregte einfach alles, was irgendwie verrucht, abgründig oder vermeintlich verboten war oder hätte sein können.

Eine Frau gab es, die mich von Anfang an, jedes Mal wenn sie mich sah, mit Haut und Haaren auffraß. Ihr Blick war immer schlafzimmerfeucht, ihre Stimme rauchig, eine ständige, laszive Anmache, egal, was sie inhaltlich sagte. Sie war bestimmt um die fünfzig, aber sie war sinnlich und weiblich gebaut, hatte große Brüste und eine immer noch schmale Taille, ihr Gesicht war nicht überschminkt, wie man es häufig bei Frauen dieses Alters sieht. Sie war sicher ein außergewöhnlich schönes Mädchen gewesen, aber diese überbordende Lüsternheit war ebenso sicher erst mit ihrem Alter gereift. An diesem Tag jedenfalls hatte sie sich offensichtlich vorgenommen, es nicht nur bei gegurrten Anzüglichkeiten zu belassen, sondern ernst zu machen. Als sie auf mein Klingeln hin die Tür öffnete, verschlug es mir den Atem. Sie stand da, nichts als einen Bademantel an, den sie mit den Händen geschlossen hielt, als hätte ich sie gerade bei irgendetwas gestört. Ihre ganze Erscheinung, ihre Körperhaltung, ihr Geruch, alles war pure Provokation:
„Na Kleiner, willst Du deinen Lohn einfordern?"

Mit diesen Worten löste sie ihre Hände vom Bademantel, der wallend – wie in Zeitlupe – nach unten und zu den Seiten aufschlug, schwingend zur Ruhe kam und den Blick auf gebräunte, immer noch straffe Haut, ihren dichten Busch und ihre schier unmenschlichen Brüste freigab.

„Komm doch kurz rein", sagte sie mit ihrer Didgeridoo-Stimme, als wäre nichts passiert, was meine Kaninchenstarre hätte rechtfertigen können. Wie ein Zombie überschritt ich die Schwelle ins Fegefeuer der Lust. Und kaum war ich drin, schnappte auch schon die Tür ins Schloss, als gäbe es ein eindeutiges Geräusch für eine Einbahnstraße. Da sie direkt hinter der Tür stehen blieb, drehte ich mich zu ihr um und im gleichen Augenblick sank sie in die Knie, öffnete meine Hose und ich drohte ohnmächtig zu werden. Selbst wenn ich gewollt hätte, hätte ich nicht mehr Nein sagen können. Sie aber auch nicht, denn sie hatte meinen Johannes bereits mit ein paar geübten Griffen freigelegt und in den Mund geschoben: sanft, zart, fordernd, lüstern. Keine Sekunde lang konnte ich jetzt noch den Blick von ihren heilig schwingenden Kirchenglocken wenden. So waren es nur Augenblicke bis zum Elysium. Wie eine Katze leckte sie sich anschließend die dunkelroten und weißen Lippen, schluckte und fragte beim Aufstehen mit tief rauchigem Summen:

„Und was bekommst DU jetzt von mir?"

Ich aber taumelte nur wortlos aus ihrer Wohnung, wie einer jener aufgezogenen Klapperhasen – mit dümmlichem Grinsen und wackelndem Gang. Erst, als ich mein Moped wieder besteigen wollte, realisierte ich, dass dies nicht möglich sein würde, wenn ich nicht vorher endlich meine wie ein Tablett vor mir hergetragene Hand wieder entspannte, in die mir die Dame das Zeitungsgeld hätte legen sollen.

Vor dem nächsten Haus hatte ich schon immer gehörigen Respekt. Wusste ich doch, dass dort nicht nur eine alte Hexe wohnte, von der man nicht wusste, ob sie nicht vielleicht doch in dunklen, düsteren Ritualen Kleinkinder opferte und fraß, sondern auch eine mächtig große Ara-Dame, die der längst verstorbene Mann einst von einem portugiesischen Frachter mitgebracht haben soll. Die Hexe trug immer einen alten, zerschlissenen Bademantel und das tief blaue Vieh hockte stets kampflustig auf ihrer Schulter. In aller Regel ließ es die Ara- Dame dabei bewenden, Besuchern in fließendem Portugiesisch übelste Beschimpfungen entgegen zu schleudern, deren Sinngehalt sich lediglich aus der aggressiven Intonation erschloss. An diesem Nachmittag aber mag sie etwas Anderes an mir gewittert haben, vermutlich den mir anhaftenden Duft der Liebe, denn unverkennbar kochte unter dem schillernden Federkleid geifernde Eifersucht hoch. Ein Satz von der Schulter der zeternden Hexe – und mit mächtigem Flügelschlag stürzte sich der Vogel unter lautstarken, wüsten Beschimpfungen auf mich. Trotz energischen Hackens erwischte die wütende Ara-Dame glücklicherweise jedoch nur meinen Schuh, bevor ich mit einem panischen Sprung meinen Ofen anwerfen und das Weite suchen konnte. Aber trotz des laut knatternden Mopeds ließ das Federvieh bestimmt fünfzig Meter weit nicht locker, und obwohl einer der Flügel gestutzt war, gelang es ihm, halb fliegend, halb humpelnd rennend, an mir dran zu bleiben. Als ich das eifersüchtige Weibchen endlich abgeschüttelt hatte, um die nächste Ecke verschwunden, und damit außer Sicht war, beschloss ich mit wehendem Herzen, vorerst genug Männlichkeit bewiesen zu haben. So fuhr ich verschreckt und ohne Umwege in die Badewanne meiner Kindheit, bestieg sie ob der noch so ungewohnten Erregungen dieses Nachmittags als verschüchterter Jüngling und verließ sie schließlich mit stolz geschwellter Brust als Mann.

Ding Dong: Ohne auch nur einen Moment zu zögern, nahm mich Josi mit einem mädchenhaft verruchten Schlafzimmerlächeln an der feuchten Hand und zog mich mit dieser erregend sanften Berührung einer Waldelfe durch die unkeusch knarzende Eichentür der elterlichen Villa. Überall brannten Kerzen. Es müssen Hunderte gewesen sein – unmissverständliche Leuchtfeuer, die schlingernd den Weg in Josis Hafen wiesen, entlang der Bar, des Wohnzimmers, durch den Garten und entlang des Pools. Und als wir endlich in ihrem Mädchenzimmer angekommen waren, wurde mir schlagartig klar, dass ich dieser präzise geknüpften Perlenkette aus schwärmerischer Erwartung nichts entgegenzusetzen hatte, und dass ich außer unangebrachten Machosprüchen noch keinerlei Vokabular für eine derart romantische Situation besaß. Selbst ich spürte, dass Josi ein anderes Kaliber war als die bereits in jungen Jahren versauten Hippiemädchen, die ich bis zu diesem Zeitpunkt kennengelernt hatte. Sie war ein braves Mädchen, wollte nur einmal unartig sein, einmal am Töpfchen des Verbotenen naschen und sie hatte mich dafür ausgewählt. Und ich dachte: Hm, jetzt, da ich ja bereits am Nachmittag ein erfahrener, alter Haudegen geworden war, war das hier doch ein Klacks, zumal ich sowieso alles im Griff hatte und deshalb auch dafür sorgte, dass alles ganz schnell ging. War schließlich auch besser für sie: die erste Berührung, das unbeholfene Abstreifen der Kleidung, ihr von mir überhörter Satz, ich solle mir Zeit lassen und das anschließende Blutbad. Ich dachte noch, vielleicht mit Vorspiel, fand es aber letztlich Zeitverschwendung, hätte ja schließlich auch nichts gebracht. Sie wollte entjungfert werden und dafür war ich hier. Ich überhörte das Wimmern, dachte, das hört bestimmt gleich auf, wenn ich nur erst einmal drin bin. Aber irgendetwas stimmte nicht mit Josi. Ich kam einfach nicht rein. Die macht mir Schmerzen, die doofe Kuh: Hätte sie doch gleich sagen können, dass sie eigentlich gar nicht will. Aber schließlich schaffte ich es – und hey, ich kam sogar, wenngleich es auch wehtat. Ich bin schließlich ein Mann. Das stecke ich weg. Erst als sie weinend das Licht anmachte und wir überall das Blut sahen, Unmengen von Blut, hörte ich auf, ein cooler Macho zu sein, und ich begriff, dass irgendetwas nicht so abgelaufen war, wie das vorgesehen ist in solchen Fällen. Statt in dieser Nacht zum Mann geworden zu sein, hatte ich den Initiationsritus zum Arschloch durchlaufen. Jahre später habe ich mich bei Josi entschuldigt. Aber da hatte sie es schon ihrem Therapeuten erzählt.

Entfachte Freiheit

Es hatte einige Wochen gedauert, bis wir unsere Furcht vor Herrn Steiner abgelegt hatten, denn Herr Steiner sah aus wie die Reinkarnation eines nazistischen KZ-Wächters. Er war mit etwa 1,90 Metern für die damaligen Verhältnisse hoch gewachsen. Sehnig und ohne ein Gramm Fett am Körper wirkte er durchtrainiert, was aber bei Männern um die vierzig eher Selbstzüchtigung, unnachgiebige Disziplin und Härte verströmt denn die Signale eines geliebten und in vollen Zügen genossenen Lebens. Hinzu kam, dass sein schwarzes, öliges Haar immer korrekt gescheitelt war und eine exakte Kopie des Haarschnitts von Adolf Hitler darstellte. Seine scharfkantigen Gesichtszüge, die Adlernase, die schmalen Lippen und die eingefallenen Wangen, die entstanden, weil sich die narbige Haut über den hervorragenden Jochbeinen spannte – all dies ließ unsere Phantasie mit uns durchgehen. Wir sahen in ihm die lebendig gewordene Gewalt an sich, wir sahen Erniedrigungen und heimliche Folterrituale, maßlose Selbstgeißelungen zur Steigerung oder Unterdrückung von Lust.

Als Herr Steiner an diesem Tag zur ersten Stunde in die Klasse kam, schlugen ihm, der ohne Helm auf seiner Vespa zur Schule gefahren war, nur altkluge Frotzeleien entgegen. Und mögen diese auch ironisch gemeint gewesen sein. Es vermittelte sich offenbar nicht. Denn Steiner explodierte förmlich in seinem Zorn über die gerade einmal wenige Wochen alte, allgemeine Helmpflicht für motorisierte Zweiräder. Verschreckt und doch voller Bewunderung hing die Klasse in den darauf folgenden 10 Minuten an seinen Lippen, während er in wütend gebellten Worten eine Litanei des Hasses auf die unsinnigen Regeln und Gesetze dieses Staates und die Intoleranz der deutschen Gesellschaft im Allgemeinen herunter betete. Danach herrschten Stille und Respekt. Steiners mit so viel Herzblut vorgetragene Ode an die Freiheit und Individualität jedes Einzelnen entzündete in unseren pubertierenden Schwärmerherzen ein loderndes Sonnwendfeuer. Mag das Thema Freiheit, die Befreiung unserer jungen Generation aus den Fesseln stumpfer und bis dahin nie hinterfragter gesellschaftlicher Zwänge, auch schon eine Weile in der Luft gelegen haben, für mich und einige Andere aus meiner Klasse war es dieser Wutausbruch unseres Lehrers, der die Lunte entzündete, der große Aha-Effekt, der uns die Augen weit öffnete. Er hatte recht. Nichts sollten wir einfach so hinnehmen, sondern uns die Freiheit, die wir so sehr ersehnten, einfach nehmen: ohne Rücksicht auf Verluste und vor allem ohne Rücksicht auf Andere, einfach das tun, was uns aus dem Moment heraus gefällt, keine Regeln mehr akzeptieren. Leben nach dem reinen Lustprinzip. Formulieren konnte ich all dies damals noch nicht, aber ich konnte es spüren, so, wie viele andere auch.

Zu viert, noch aufgewühlt von den Renitenz und Widerstand gegen die Staatsgewalt einfordernden Worten unseres Lehrers, stolperten wir in Richtung Kiosk, wo wir uns, wie sonst auch, belegte Brötchen und Kakao holen wollten. Eine ältere Dame in elegantem, sandfarbenem Heckflossen-Mercedes schickte sich zaghaft an, rückwärts in eine Parklücke zu steuern, just an der Stelle, an der wir gerade vorbei kamen. Ich glaube, jeder von uns erfasste ihre Ängstlichkeit, eine Ängstlichkeit, die Menschen in Situationen, die sie überfordern, verströmen wie Pflanzen die Sinne reizenden Blütenduft. Es sind diese kleinen, verräterischen Gesten, die man mehr unbewusst registriert denn bewusst wahrnimmt. Vielleicht hatte sich die Dame einmal zu oft umgedreht, um die tatsächliche Größe der Parktasche abzuschätzen, vielleicht war es auch ihr prüfender Blick auf den Ganghebel, ob der Rückwärtsgang wirklich schon drin ist – ein Blick, den ein routinierter Autofahrer ja nicht braucht, weil er einfach weiß, ob er den Gang bereits eingelegt hat – vielleicht aber war es auch ihr kurzes Recken, ihr Sich-Aufrichten mit Kopfdrehung nach vorne, um noch ein letztes Mal vor dem Anfahren die Größe des eigenen Wagens abzuschätzen, was ja ein geübter Autofahrer ebenfalls nicht braucht, weil er die Größe seines Wagens schlicht im

Blut hat. Was auch immer es letztlich war, wir signalisierten jedenfalls spontan Hilfsbereitschaft, stellten uns, zwei und zwei vorne und hinten, an die Parklücke und wiesen die Dame mit den typischen, für den Fahrer gut sichtbaren ‚Komm-Weiter-Bleib-Stehen-Gesten‘ ein, wenngleich wir in diesem Fall die ‚Bleib-Stehen-Geste‘ erst vollzogen, nachdem sie mit Schwung in das hinter ihr parkende Auto gerauscht war. Anschließend ein letztes, betont vorwurfsvolles und natürlich Unverständnis signalisierendes Kopfschütteln. Dann gaben wir, die fassungslose Empörung der Dame als Lohn im Gepäck, johlend Fersengeld.

Herr Steiner hatte recht: Man sollte sich nie stumpf konform verhalten, sondern sich Freiheit nehmen, wo immer sie sich bietet. Das war eine Lektion, die wir gerne lernten, eine Lektion, die sich zudem mit einem Fingerschnippen zum Weltbild ausbauen ließ. Minuten später: Vis-a-vis unserer Schule, getrennt nur durch ein kleines Sträßchen, legte sich eine gepflegte Rasenanlage mit altem Baumbestand über die sanften Hügel der Talsohle und trennte das Schulareal von den römischen Thermalbädern der Stadt. Drei der alten Bäume bildeten, im Abstand von jeweils etwa zwei Metern zueinander, ein gleichseitiges Dreieck. Man konnte sie von nahezu jedem Klassenzimmer aus hervorragend sehen. Auch breiteten diese sicherlich einhundertzwanzig Jahre alten Kastanien ihr sommerliches Blätterdach in einer Entfernung zum Schulgebäude aus, die es gerade noch erlaubte, auch kleinere Regungen und Bewegungen eines Menschen, der sich unter diesem Blätterdach aufhielt, von den Klassenzimmern aus zu verfolgen.
Drei Mitschüler wurden angewiesen, die in der großen Pause Wache haltenden Lehrer abzulenken, sie in Gespräche zu verwickeln oder ins Schulgebäude zu locken. Das gab uns Gelegenheit, zu fünft einen Fiat 500 aus seiner Parklücke zu hieven und ihn etwa dreißig Meter weit zu den drei beschriebenen Kastanien zu schleppen, um ihn dort dann genau in besagtem gleichseitigen Dreieck, das die Bäume

bildeten, abzustellen. Keine Chance, den Wagen aus diesem magischen Dreieck wieder herauszufahren, keine Chance, ihn ohne Muskelkraft zurück auf die Straße zu bringen. Als die junge Frau, welcher der Wagen gehörte, während der nächsten Schulstunde ratlos in der Parklücke stand und sich wieder und wieder suchend umdrehte, war der Unterricht in vermutlich allen Klassenzimmern unterbrochen. Und als die Hände der jungen Frau, in dem Moment, da sie ihr Auto erkannte, schließlich erschrocken zum Gesicht fuhren, rauschte das aufbrausende Gelächter von über fünfhundert Schülern durch das enge Seitental ins Zentrum der Stadt. Eine halbe Stunde später rückte die Feuerwehr mit mehreren Fahrzeugen an. Gerade aber, als die jungen, kräftigen und hilfsbereiten Feuer-Teufelskerle zupacken wollten, fraßen sich auch schon, was für ein wunderbarer Zufall, bedrohlich bunte Rauchschwaden auf sie zu, krochen wie gewaltige Rauchmaden von den Hängen herab in Richtung Talsohle. Das stille Feuerwerk, welches das gesamte Tal binnen weniger Minuten zu einer wabernden und bunt leuchtenden Nebel-Koloratur symphonierte, war so dicht, dass niemand mehr auch nur die Hand vor Augen sehen konnte. Selbst Pjotr war über die Früchte seines Chemiebaukastens in Bezug auf Rauchdichte und Farbintensität mehr als überrascht. Er hatte die Rauchbomben unterschiedlicher Größe und Farbversprechen während der großen Pause aus einem Bastkorb heraus an seine Mitschüler verkauft, ohne die Wirkung jemals vorher getestet zu haben. Bei Preisen von 1,50 Mark bis 2,50 Mark pro Stück war sein Rotkäppchenkorb natürlich im Handumdrehen geleert und die Stadt präsentierte sich innerhalb der kommenden zwei Wochen als permanentes Farbdelirium.

Pjotr gehörte zu jenen Menschen, von denen man außer zu Legenden mutierten Gerüchten kaum etwas wusste. Legenden aber, die irgendwann zu vermeintlich sicherem Wissen wurden, weshalb in der logischen Folge nahezu jeder über ihn Geschichten von ‚ganz sicher' fremdartiger Lebensführung und Andersartigkeit zu erzählen hatte. Das erste, was ich über Pjotr hörte, war, dass er mit seiner Mutter LSD nahm und auch sonst ein wildes Leben mit ihr führte. Geschwister hatte er offenbar nicht. Sein Vater war Tscheche, angeblich ein untergetauchter Spion, aber ob er inzwischen tot war oder sich tatsächlich nur abgesetzt hatte, konnte niemand sagen. In jedem Fall übte Pjotr, der eine Klasse unter mir war, eine magische Anziehung auf mich aus, gerade weil so viele seltsame Geschichten über ihn kursierten. Auch sein Äußeres leistete den Gerüchten Vorschub, trug er doch zu einer Zeit, da gerade mal die ersten Blumenkinder vom allgemeinen Aufbruch in eine neue Zeit zeugten, schwarz – kein Leder, aber schwarze Jeans, weit geschnittene, schwarze Seeräuberhemden und einen langen, schwarzen Stoffmantel, der Graf Dracula alle Ehre gemacht hätte.

Eine ganze Traube von Schülern aller Klassen hing, jetzt nach Schulschluss, an Pjotrs Rockzipfel. Alle lachten, klopften ihm auf die Schultern oder forderten, orderten mehr, beglückwünschten ihn zu seiner farbenfrohen Veranstaltung, die uns alle mit feuerwerksfröhlicher Heiterkeit zurück in den Unterricht geschickt und uns den Schultag versüsst hatte. Im dichten Gedränge wurden wir beiden aufeinander zu geschoben, begegneten uns schließlich am Ausgang, zwinkerten uns zu. Und als auch ich ihm daraufhin zu seinen genialen Farbbomben gratulierte, lud er mich grinsend zu sich nach Hause ein und raunte mir noch zu, unser Kastanienprojekt sei schließlich auch nicht von schlechten Eltern gewesen.

Schon als ich seinen aus zwei Zimmern bestehenden Wohnungstrakt betrat, kroch mir neugierige Verunsicherung den Nacken hoch. Sein Bereich war durch einen dunklen, schweren Vorhang vom Rest der Wohnung getrennt, und sobald ich durch diesen Vorhang geschlüpft war, umfing mich Düsternis. Nur einige schwache, farbige Funzeln erhellten sein vom Tageslicht abgeschirmtes Reich. Die Regale waren überwuchert von geheimnisvollen Dingen und überall standen Gläser mit Formaldehyd, in denen eingelegte Tiere dümpelten.

Hauptsächlich Spinnen und kleine Nager konnte ich ausmachen, aber auch undefinierbare Fleischteile von etwas Größerem. Eine penetrante Mischung aus Schweiß und chemischen Substanzen erfüllte die abgestandene Luft. Pjotr war blass, schmächtig und ein meist wortkarger Junge von zu diesem Zeitpunkt vielleicht sechzehn Jahren. Er hatte sehr lange, schwarze Haare, einen leichten Flaumbart und Teich-grüne Augen. Auf Fragen reagierte er meist mit Schweigen. Er gehörte zu jenen Menschen, bei denen man immer das Gefühl hatte, man müsste die Gesprächsinitiative ergreifen. Und wenn man sie dann ergriffen hatte, reute es einen bereits, weil sich unmittelbar der Gedanke aufdrängte, dass man besser geschwiegen hätte. Erst dachte ich, dass er sich vielleicht gerne geöffnet hätte, wenn er denn nur einen Weg aus seiner vermeintlichen Schüchternheit gefunden hätte. Die Ereignisse dieses Abends aber belehrten mich eines Besseren. Pjotr wusste viel über Chemie. Er experimentierte. Womit, das konnte oder wollte er mir nicht verraten. In jedem Falle köchelten, bereits als wir den Raum betraten, bunte Flüssigkeiten in Erlenmeyerkolben über bläulich lodernden Bunsenbrennern. Gegenüber seinen Apparaturen drückten sich ein selbst gebastelter Wohnzimmertisch und ein durchgesessenes Sofa in die dunkle Zimmerecke. Das Fenster in diesem Raum war nicht mit Gardinen abgehängt – er hatte es einfach mit Sperrholz zugenagelt. Woher der Raum Frischluft bezog, erschloss sich nicht.

Pjotr nickte in Richtung Wohnzimmertisch, auf dem, neben einer hölzernen und mit Intarsien verzierten Schatulle sowie einem Aschenbecher nur eine beeindruckend große, aus Chemiebauteilen gebastelte Wasserpfeife stand und fragte knapp:
„Magst Du?"
Ich antwortete: „Klar."
Und so hockten wir uns auf das Sofa, schweigend, und er baute eine Mischung. Die meisten Kiffer nehmen Pi mal Daumen Tabak, erhitzen nach Gutdünken das Dope und mischen beides zügig zusammen. Nicht so Pjotr. Bei ihm dauerte die

Zeremonie bestimmt eine halbe Stunde. Den Tabak wog er auf einer kleinen Messingwaage ab. Dabei legte er nacheinander mit ruhiger Hand mehrere winzige Gewichte in die zweite Waagschale, ließ die Schalen immer wieder zur Ruhe kommen, bis schließlich alles im Gleichgewicht war. Danach schüttete er den Tabak auf ein Holzbrett, verteilte ihn dort und begann, gröbere Pflanzenteile zu entfernen, bis nur noch feine Tabakfasern einer ganz bestimmten Größe übrig waren. Dann wiederholte er den Wiegeprozess. Seiner Schatulle entnahm er nun sein vielleicht fünf Gramm schweres Dopestück, erwärmte den harzigen Marokk zunächst nur zwischen seinen Händen. Dann begann er mit geschickten Fingern ein vierkantiges Stäbchen daraus zu formen, von dem er schließlich ein mit dem Lineal vermessenes Stück abschnitt. Im Anschluss wog er das geschnittene Stück ab und schien zufrieden mit dem Ergebnis. Er brauchte die Prozedur nicht zu wiederholen. Er stand auf, holte einen Bunsenbrenner aus dem Regal, entzündete ihn und begann, das Hasch mit einer Pinzette, die im Griffbereich mit einer Hanfschnur umwickelt war, darüber zu erhitzen. Immer wieder unterbrach er den Vorgang, hielt eine Art selbst gebasteltes Bimetallthermometer an das Hasch und bröselte die Rauschpflanze erst nach Erreichen der optimalen Temperatur in den vorbereiteten Tabak – natürlich nicht mit den bloßen Händen: Zuvor umwickelte er seine Finger mit Alufolie, von der er klebrige Reste später mit einem Messerchen abschaben und der austarierten Mischung hinzufügen konnte. Natürlich verwendete er auch zum Durchmischen der Ingredienzien nicht dilettantisch die Finger, wie es jeder andere Kiffer getan hätte, sondern einen Zick-Zick-Zylliss, eines jener neuartigen Küchengeräte der 70er Jahre, mit denen man Kräuter und Gemüse klein hacken konnte, ein Küchenutensil, das in Pjotrs Händen zum wissenschaftlichen Gerät aufgewertet wurde. Das garantierte ihm größtmögliche Präzision bei vernachlässigbarem Materialverlust. Pjotr war auf der Suche nach der wissenschaftlich messbaren, perfekten Mischung, die nach seiner Überzeugung dann zwingend zum perfekten Rausch führen musste. Pjotr hatte einen echten Hau weg.

Das Ergebnis allerdings gab ihm, soweit ich dies dann noch beurteilen konnte, recht. Als ich allerdings später, nach einigen Stunden, aus einer Art Wachsfigurenstarre und einem tiefen, psychedelischen Farbrausch erwachte, stand plötzlich seine Mutter im Zimmer.

Sie war eine zierliche Frau Ende dreißig und sie trug eine enge, helle Hose, über der eine transparente, bis zum Bauchnabel geöffnete Bluse Träume gewährte und meinen Blick in ihrem Dekolletee, wie ein sanft von der Kupplungsscheibe abgleitendes Zahnrädchen, einrasten ließ, zwingend und unwiderruflich: „Oh, Du hast Besuch, Puschka?!" Dann reden wir später", raunte sie, und ich konnte mich des Eindrucks nicht erwehren, dass sie lasziv klang. Dabei beugte sie sich nach vorne und meine Augen folgten wie ein am Faden gezogenes Kasperle dem Nachschwingen ihrer sinnlichen, üppig weiblichen Brüste. Behutsam und zärtlich strich sie ihrem Sohn durch das lange, schwarze Haar. Dann wollte sie, so schien es jedenfalls, wieder gehen. Doch Pjotrs Gesichtszüge hatten sich plötzlich aufgehellt, als er seiner Mutter – ebenso schamlos direkt wie ich – in ihre geöffnete Bluse sah. Er stand auf, ging zu ihr und begrüsste sie, indem er ihr einen Kuss gab. Nun gibt es bekanntlich Küsse und Küsse. Und dieser Kuss fuhr mir in seiner unverschämten Anrüchigkeit direkt zwischen die Beine. Er stülpte seine Lippen in einer flüssigen Bewegung über die ihren, glitt dann von ihnen ganz langsam wieder ab, als würde er ihr Sahne von den Lippen zuzeln und saugte sie dabei ein kleines Bisschen an, nur, um sich schließlich mit einem leichten Schmatzen endgültig von ihnen zu lösen. Sie quittierte es, indem sie ihm in einer vollen, runden Bewegung über die rechte Arschbacke strich und kurz zupackte. Pjotr sah mich provokativ an und grinste. Dann ging er zurück zum Tisch, kniete sich hin und begann, eine neue Mischung zu bauen. Jetzt erst, als wäre die Begrüssung eine Einladung zum Bleiben, begann mich seine Mutter genauer zu betrachten. Ihr Blick tastete genüsslich meine Umrisse ab, verharrte kurz in meinem Schritt und wanderte schließlich hoch in mein Gesicht. Unsere

Blicke trafen sich, verhakten sich, und während sie sich langsam heranpirschte, raunte sie:

„Wer ist denn Dein neuer Freund, Puschka? Was für ein hübscher Kerl. Den hast Du mir wohl bislang vorenthalten."

Mir wurde heiß und kalt und ich wusste mir nicht anders zu helfen als in angelernter Höflichkeit aufzustehen, ihr meine Hand hinzustrecken und mich vorzustellen. Sie lachte nur, strich mir, anstatt die Hand zu ergreifen, mit ihrer geöffneten Handfläche durch meine, sagte:

„Ich bin Helena, hallo."

Dann ließ sie sich entspannt in das Sofa fallen und auch ich setzte mich steif und irritiert neben sie in das tiefe, weiche Sitzmöbel.

„Na, worauf stehst Du denn so, René", fuhr sie fort und ließ dabei ihre zarte Hand auf mein Knie fallen.

„Magst Du Frauen?"

Jetzt glitt ihre Hand an der Innenseite meines Schenkels hoch. Ich wurde puterrot, schielte verlegen zu Pjotr. Doch der grinste nur wie ein Honigkuchenpferd und ließ dabei keine Sekunde den Blick von uns. Mir schien, als würde er das Verhalten seiner Mutter nicht nur kennen und goutieren, sondern sogar erwarten. Mich dagegen zu sträuben, kam mir keine Sekunde in den Sinn. Tausend erotische Bilder verbotener Sexualität tobten durch meinen Kopf und ich konnte die Erektion nicht mehr verhindern.

„Magst Du es, wenn ich Dich berühre, kleiner Mann", hauchte sie und wie beiläufig glitt ihre Hand über meinen knochenharten Schwanz.

„Huh, ich denke schon", kicherte sie und packte kurzerhand fest zu. Mit einer knappen Aufwärtsbewegung seines Kopfes forderte mich Pjotr auf, darauf einzugehen und als ich immer noch starr wie ein Kaninchen verharrte, nahm Helena einfach meine Hand und führte sie in ihre Bluse. Ich griff, zunächst zaghaft, dann, als keinerlei Widerstand folgte, immer gieriger in ihre prallen, leicht hängenden Mutterbrüste und begann sie lüstern zu kneten. Für Pjotrs Mutter war es wie der Startschuss, das generelle Einverständnis und so lehnte sie sich zu mir herüber, öffnete mit nur wenigen Griffen meine Hose, legte mein Glied frei und stürzte sich darauf. Im sinnlichen Auf und Ab züngelte sie an den Rändern entlang, umspielte mit ihrer nassen Zunge meine Eichel, umschloss mit ihren Lippen den ganzen Schwanz und sog ihn derart gierig in sich hinein, dass mein geflutetes Sprachzentrum gurgelnd erstarb. Meine Augen drehten nach hinten weg und Pjotr, noch immer mit der Vorbereitung der nächsten Mischung beschäftigt, nickte nur noch grinsend, als wollte er sagen: „Genau, so ist es richtig. Schnapp ihn Dir, Mutter!"

Das Verruchte und verboten Laszive der ganzen Situation gaben mir den Rest, und ich spritzte binnen Sekunden alles in ihren Mund und in ihr Gesicht.

Das Danach fühlte sich an, wie sich das Danach immer anfühlt, wenn man eine Grenze überschritten hat. Dann nämlich, nach der Ejakulation, nach dem kurzzeitigen Ersterben der Lust, wirkte die sexuelle Handlung selbst fast objektiv, stand nackt auf dem Prüfstand gesellschaftlicher Spielregeln, die in diesen Momenten zu einer übermächtigen, in Stein geschlagenen Skulptur wurden. Und diese Skulptur warf im gleißenden Licht eines fast realen, öffentlichen Blickes nur noch Schuldgefühle als Schatten. Es überforderte mein junges Gehirn. Und das Gefühl, etwas zutiefst Verbotenes getan zu haben, übermannte mich. Schnell versuchte ich, meine Hose wieder zu schließen, doch Helena legte nur Einhalt gebietend ihre Hand auf die meine und auf meinen immer noch knochenharten Schwanz und befahl mir damit sanft, aber bestimmt, die Hose einfach geöffnet zu lassen. Sie stand auf, ging um den Tisch herum und begann mit ihrem verspritzten Gesicht mit ihrem eigenen Sohn zu knutschen. Pjotr – das hätte ich ihm niemals zugetraut – leckte ihr gierig das Gesicht ab, steckte ihr hungrig die Zunge in den Hals. Ihm fiel die Dope-Mischung aus den mit Alufolie umwickelten Fingern und er riss ihr mit einer kurzen, ruppigen Bewegung die Bluse auf, wobei er seine Alu-Fingerkuppen verlor. Der jetzt erstmals ganz offene Blick auf ihre baumelnden Brüste schoss mir wie ein unmenschlicher Blitz in die Hoden und sie honorierte das männlich dominante Gebaren ihres eigenen

Sohnes nicht nur mit einem geilen Raunen, sondern griff ihm jetzt kraftvoll und gierig in den Schritt. Nur Augenblicke später lagen die Beiden, nackt ineinander verknotet, auf dem orangefarbenen Flokati und Pjotr rammte der eigenen Mutter seinen nicht eben als klein zu bezeichnenden Riemen zwischen die Beine. Aber plötzlich hielten beide inne, als erinnerten sie sich zeitgleich ihres Gastes und winkten mich heran. Und weil sich mittlerweile, zusätzlich durch den Rausch vernebelt, mein Verstand, mein Wille und jegliches Schamgefühl von mir verabschiedet hatten, gesellte ich mich zu ihnen und ließ mich von Helena ein weiteres Mal mit dem Mund verwöhnen, während Pjotr, ihr Sohn, sie mit seiner jugendlichen Kraft in einen Ozean aus Schweiß und Samen verwandelte. Als er fertig war, tauschten wir die Positionen und ich durfte in ihren schaumig gefickten, üppigen Busch gleiten, ihre Brüste kneten und ihr das Gesicht küssen und lecken, während sie ihren Sohn in tiefer Sinnlichkeit blies, bis auch er sich schließlich in ihren willfährig geöffneten Mund ergoss.

Pjotrs Mutter kam und kam, so gierig und unersättlich, wie ich es niemals vorher kennengelernt noch in irgendeinem der frühen Pornokinos gesehen hatte, vielleicht auch, weil man mich bis dahin nur in die wenigsten hineingelassen hatte. Ich spürte eine Erregung, die mir bis dahin unbekannt war – so tief, so unersättlich und ich wusste, dass es allein die Idee des Verruchten und Verbotenen war, und die Tatsache, dass sie eine Mutter war, eine reife Frau, die außerhalb jedes Schönheitsideals die pure Gier verkörperte, den Bodensatz der Lust, ohne Beschränkungen durch von der Gesellschaft aufgezwungene Moralvorstellungen. Endlich lagen wir drei völlig erschöpft auf dem haarigen und mittlerweile völlig eingesauten Teppich und lachten. Pjotr baute die nächste Mischung fertig und gemeinsam rauchten wir, immer noch splitternackt, die nächste Wasserpfeife und dämmerten dann im tiefen Farbrausch die nächsten Stunden vor uns hin. Als ich wieder erwachte, kam Helena gerade zurück ins Zimmer. Sie hatte offenbar geduscht, hatte sich eines dieser bis zum Boden wallenden, knallbunten Hippiekleider angezogen und die Lippen in tiefem, dunklen Rot geschminkt. Sie sah völlig anders aus als zu dem Zeitpunkt, da sie zum ersten Mal in der Tür gestanden hatte. Pjotr lag noch immer schlafend auf dem Teppich. Helena und ich setzten uns an den Tisch. Ich hatte mich mittlerweile wieder angezogen. Schließlich begann sie zu erzählen:

„Weißt Du, René, wir lieben uns wirklich. Ich habe mit meinem Freund Tom lange in San Francisco gelebt, Pjotr kam zur Welt und ein paar Jahre danach begann die Zeit der freien Liebe. Alle verstanden, dass es einfach besser war, wenn jeder mit jedem schlief, als wenn sich die Menschen mit Bomben beschmeißen, sich hassen und bekämpfen. Es war eine wundervolle Zeit. Für mich war es nicht nur der, es waren die Sommer der Liebe. Tom aber musste vor etwa drei Jahren wegen eines Auftrags nach Europa. Dann haben wir uns getrennt und ich bin mit Pjotr hier hängen geblieben. Und wir, Pjotr und ich, haben uns, als er so weit war, ineinander verliebt. Was ist denn auch dabei? Bin ich schlechter als eine gleichaltrige Freundin?"
„Nein, nein, Sie sind echt toll", stammelte ich.
„Du kannst ruhig Helena zu mir sagen, wenn Du mir schon ins Gesicht spritzt", lachte sie.
„Aber mal im Ernst: Du darfst das niemandem erzählen. Du würdest uns allen nur furchtbar damit schaden."
Und so versprach ich ihr, das immer noch schier unfassbare Erlebnis für mich zu behalten. Es sollte nicht das letzte Mal gewesen sein, dass wir uns zu dritt in den dunklen Tunnel verbotener Ekstase bewegten. Dennoch waren die ersten Tage nach diesem inzestuösen Sex zu dritt schrecklich für mich, denn ich wusste mit dem Erlebten nicht umzugehen. Ich dachte, dass mir keine Wahl bliebe, als es jemandem zu beichten, wovon ich allerdings schnell wieder abkam. Wem schließlich hätte ich das erzählen können – in dieser Stadt, zu dieser Zeit, in dieser ach so moralischen Gesellschaft?!
Mir gingen Helenas Erzählungen aus San Francisco nicht mehr aus dem Kopf und als ich einige Tage danach Oleg, den Sohn eines bekannten Trompeters aus dem Nachbardorf traf,

einen guten Freund und Vertrauten und mit ihm den Abend verbrachte, diskutierten wir die ganze Nacht intensiv die Themen, die ohnehin die ganze Generation auf die eine oder andere Art berührten: Wie sollte man sein Leben gestalten? Können wir es überhaupt selbst gestalten? Sollten wir dem Pfad christlicher Tugenden folgen oder hemmungslos und entfesselt der freien Liebe frönen? Sollten wir brav beruflichen Erfolg durch Anpassung und Konformität anstreben oder alle Regeln über Bord werfen und uns selbst neu erfinden? Nachdem wir ein bisschen Thaigras geraucht hatten, uns gut eine Stunde lang im Schneidersitz gegenübergesessen und gemeinsam, synchron und in einem meditativen Akt mindestens tausendmal die Begriffe „Wände, Mauern, Wände, Mauern, Wände, Mauern" wiederholt hatten, war es so, als könnten wir die sonst unsichtbar verlaufenden Demarkationslinien der Gesellschaft förmlich sehen – jede einzelne. Wir begriffen in diesem tiefen Moment der Autosuggestion, dass unser ganzes Leben nur aus Wänden und Mauern bestand, aus Regeln und Verboten, die wir selbst nicht gemacht oder jemals akzeptiert hatten und deren Erhalt uns plötzlich völlig sinnlos erschien. Wir begriffen, dass es nur an uns lag aufzustehen und diese Mauern der Fremdbestimmung einzureißen oder zu sprengen. Klar war nach dieser Nacht, dass wir beide den Bibelkreis, in dem wir bis zu dieser Nacht Woche für Woche Bibelstellen diskutiert hatten, nie wieder besuchen würden, dass das kirchliche Dogma körperlosen Vergnügens, das ausschließlich in der Petrischale geistiger Reinheit entstehen und gedeihen sollte, angesichts der allzu konkreten Rohheiten zwischen den Menschen auf diesem Planeten und angesichts unserer eigenen, immer drängender werdenden sexuellen Gelüste, für uns einfach nur noch eine peinliche und verlogene Sackgasse war. Folgerichtig beschlossen wir, fortan Hippies zu sein: Flowerpower statt Bibelsülze, praktizierte, häufig wechselnde Nächstenliebe statt in der amerikanischen Napalmhölle verschmurgelnde Kinder und lieber die Meskalinbilder von Gage Taylor als die von den politischen Realitäten der 70er Jahre längst überholten Orgien à la Hieronymus Bosch. Noch in derselben Nacht überlegten wir, wie wir gleich hier, gleich jetzt, eine erste Mauer zum Einsturz bringen könnten. Was lag da näher, als ein erstes Mal männliche Sexualität zu kosten. Es begann zaghaft, indem wir gemeinsam überlegten, wie es sich wohl anfühlen würde, sich gegenseitig und gleichzeitig sanft den Schwanz zu kneten, mit Öl und Gefühl. Die theoretische Überlegung erregte uns beide so sehr, dass wir Schwierigkeiten hatten, eine Sitzposition zu finden, in der die Erektion nicht in den engen Jeans schmerzte. Wir mussten lachen und sagten:

„Na, was ist denn schon dabei!?"

Also öffneten wir unsere Hosen, begutachteten gegenseitig unsere harten Schwänze, stellten fest, dass sie eigentlich sehr schön waren, berührten uns zunächst nur selbst, dann, nach einem kurzen Augenblick, auch gegenseitig, warfen jede angelernte Scham über Bord und genossen die jeweils fremde Hand. Oleg stand kurz auf, holte eine Flasche Massageöl aus einem Versteck und wir gossen es uns gegenseitig auf die Eichel. Wir beobachteten, wie es sich langsam den Weg entlang des Schaftes suchte und begannen schließlich, es uns gegenseitig einzumassieren. In hohen Fontänen schossen wir unseren Liebessaft ins Zimmer und mussten beide lachen. Wir hatten ein Tabu gebrochen und fühlten uns richtig gut dabei. Für mich blieb es dabei. Oleg allerdings entdeckte in dieser Nacht einen ganz neuen Weg für sich, dem ich nicht folgen wollte. Wichtiger war am Ende aber, dass wir uns in dieser nächtlichen Session für den Weg des Hippies entschieden hatten, den Weg der Bewusstseinserweiterung, der absoluten sexuellen Freiheit, des permanenten Widerstandes gegen jede gesellschaftliche Regel, die wir nicht selbst geprüft und dann über Bord geworfen oder für gut befunden hatten. In diesem Licht erschienen die sexuellen Erfahrungen der vergangenen Tage wie der Pfad des Erleuchteten, ein Pfad immerwährender Luststeigerung, dauerhafter Experimente und Ekstasen. Ende nicht in Sicht.

Ich hatte mich zum ersten Mal in meinem Leben bewusst für einen Weg entschieden, einen ganz eigenen Weg, einen Weg, den mir niemand vorgegeben hatte, den ich selbst jeden Tag aufs Neue erfinden, verändern, weiter entwickeln konnte. Es war ein Moment großer, gefühlter Freiheit. Und doch: Nichts von dem, was ich erlebte, war mir genug. Nichts von dem, was ich erreichte, gab mir Zufriedenheit. Ich war ein Getriebener, ein Besessener und Schlaf war lasterhafte Vergeudung knapp bemessener Lebenszeit.

Von Fenstern und Fusionen

Alles begann also mit dieser einen Nacht bei Oleg, in der ich mich für einen Weg entschieden hatte, an dessen Ende eine leuchtende Zukunft zu liegen schien und der doch zunächst nur dunkel vor mir lag, einen Weg, den mir niemand gewiesen hatte, dessen Verheißungen mich aber so in seinen Bann zogen, dass er etwas Zwanghaftes bekam. Die Frage, was Realität ist, was Bewusstsein, wer wir sind und was wir sein könnten, beschäftigte mich intensiv. Dabei traten die von Eltern, Schule und Gesellschaft skizzierten Optionen mehr und mehr in den Hintergrund, denn wer mag schon Tütensuppen, die auch noch Jahre brauchten, bis sie fertig waren. Ich wollte meine inwendigen Möglichkeiten sofort und auf Knopfdruck kennenlernen – diese Möglichkeiten gab es schließlich. Also nutzte ich sie.

Allein in der Zeit bis zu meinem Abitur habe ich binnen nur vier Jahren fast dreihundert LSD-Trips genommen und es fällt mir schwer, diese Erlebnisse mit den Möglichkeiten der Sprache wiederzugeben. Denn wenn man wieder nüchtern ist, versucht man sich zu erinnern, man sucht Sprachbilder, die das Erlebte wiederzugeben vermögen. Man ringt mit Worten, um das Erfahrene mitteilbar zu machen. Man durchforstet die Schubladen des eigenen, mentalen Ablagesystems nach sprachlichen Entsprechungen, mit denen man das übermächtige Erlebnis wenigstens näherungsweise vermitteln kann. Aber es sind alles nur verzweifelte Versuche der Verbalisierung, wo es nur selten überhaupt etwas zu verbalisieren gibt. Unterhalten sich aber zwei Menschen in der anerkannten Realität über ihre jeweiligen LSD-Erlebnisse und ein Dritter hört dieses Gespräch, so kann es passieren, dass die beiden Reiseprofis in die Hände eines Psychiaters übereignet werden, der die Delinquenten dann zunächst mit therapeutischem Enthusiasmus und im nächsten Schritt mit Diazepam behandelt. Denn was der freundliche, von Normvorstellungen zugekleisterte Analytiker mangels eigener, über die Norm hinausreichender Erfahrungswerte nicht weiß, ist, dass er genauso gut mit Spatzen auf Kanonen schießen könnte, weil man der farbenprächtigen Gedankenanarchie eines LSD-reisenden Gehirns kaum sinnvoll mit Smarties begegnen kann, nur, weil die auch bunt sind.

Ich erinnere mich noch genau, wie eines Abends Judith, ein ausgesprochen hübscher Rotschopf von vierzehn Jahren, zu mir kam und mir ein etwa einen Quadratzentimeter großes, buntes Löschblatt anbot. Ich war erstaunt, da LSD-Trips normalerweise wesentlich kleiner sind. Aber sie sagte, sie habe diese sehr reinen und hoch dosierten Trips von einem Berliner Professor bekommen, den sie verführt hatte. Dieser Professor hatte die Löschblätter mit Namen ‚Windows‘ offenbar selbst hergestellt, weil es ihn nach eigenen Angaben leid war, immer nur mit Strychnin und anderen Fremdsubstanzen verunreinigte Trips zu bekommen, da auch er selbst auf der Suche nach einem großen, unverbauten Fenster in die andere Welt war. Diese ‚Fenster‘ waren also etwas Besonderes. Natürlich fackelte ich nicht lange, hörte auch gar nicht mehr zu, als Judith mich ermahnte, in jedem Fall erst einmal nur einen halben zu nehmen. Ich weiß nicht, warum, aber ich fühlte mich in diesem Moment als einer der Heroen, wie einen antiken Helden, der eine schwere Prüfung auf sich zu nehmen hat. Ich fühlte Stolz ob des eigenen Mutes und der eigenen mentalen Stärke. Ich fühlte Stolz als wäre ich ein geharnischter Ritter in einem Reich der Gottlosigkeit, aufgebrochen, die Welt zu retten. Der Gedanke amüsierte mich und ich fläzte mich, innerlich wohlig grunzend, in ein am Rand der Tanzfläche unserer Diskothek stehendes Sofa, ließ gefällig die bunten Strahlen der Lichtorgel über mich hinweg tanzen.
Es begann langsam. Meine gerade noch heroischen Gefühle traten für einen kurzen Augenblick in den Hintergrund. Die Musik echote durch meinen Kopf und wurde strahlenförmig. Die akustischen und auch die zwischenmenschlichen Schwingungen im Raum begannen tatsächlich, sich zu sichtbaren Strahlenbündeln zu vereinigen. Dann, nur Sekunden

später, konnte ich dieses Phänomen auch andernorts sehen: auf dem Billardtisch.

Ich erkannte, dass LSD genau wie Billard ist: Nur in dem Moment, da sich die Kugel auf die Reise begibt, also nur durch den Stoß selbst können Geschwindigkeit und Richtung der Kugel beeinflusst werden. Danach nicht mehr. Danach wird die Kreuzfahrt über den grünen Samt des Gehirns ein nicht weiter kontrollierbarer Selbstläufer. Ich sah, dass heute ausnahmsweise nur wenige ihre Mark an der Innenseite der Bande deponiert hatten und folgte einem plötzlichen Impuls, legte selbst eine Münze dort ab, die mir garantierte, bereits als Dritter den Sieger der vorangegangenen Partie herauszufordern. Schon jetzt, also noch vor der Aufnahme des eigenen Spieles, konnte ich die notwendige Laufbahn der Spielkugel sehen, konnte, in Abhängigkeit vom durch den Spieler mit dem Queue eingerichteten Winkel, in Abhängigkeit auch vom anvisierten Kollisionspunkt zwischen Queue und Spielkugel einschließlich des geplanten Effets, die exakte Lauflinie der zu versenkenden Kugel erkennen, ihre Ablenkung nach der Kollision mit der Spielkugel und deren finalen Lauf ebenfalls – und all das, noch bevor der Spieler seinen Stoß überhaupt vollzogen hatte. Besser noch: Was ich da voraussah, stimmte mit der darauf folgenden Wirklichkeit überein. Die Kugeln, alle angespielten Kugeln, liefen exakt auf den von mir gesehenen Neonstrahlen als wären diese Schienen. Das konnte nicht sein. Das war nicht möglich. So fieberte ich jetzt dem eigenen Spiel entgegen. Ich kannte die Crew der Spieler, die sich heute hier tummelten, recht genau. Gegen keinen von ihnen hätte ich normalerweise auch nur den Hauch einer Chance gehabt. Heute aber – und das spürte ich deutlich – war alles anders. Als ich endlich an die Reihe kam und der Trip immer mehr in Fahrt, hatte sich zum Glück noch nichts an meinem Licht-Blick geändert. Ich hatte den Anstoß, vollzog ihn und brauchte ab diesem Moment nur noch den feinen Neonröhren auf dem Tisch zu folgen, brauchte nur noch den exakt an der richtigen Stelle aufleuchtenden Anspielpunkt auf der Spielkugel zu wählen – und bis zu drei Kugeln gleichzeitig verabschiedeten sich in die Eck- oder Seitentaschen.

Mein sonst durchaus erstklassiger Mitspieler hatte nicht einmal die Chance auf eine Spielaufnahme. Ich räumte stillschweigend den Tisch ab, als wäre es das Einfachste auf der Welt und warf das Queue direkt danach lässig auf den Samt. Denn ebenso sicher, wie ich meine Stöße vollzogen hatte, wußte ich, dass ich dies nicht würde wiederholen können, und gab das Spiel deshalb einfach ab. Natürlich wollte der Andere eine Revanche, schimpfte und fluchte, weil ich sie ihm nicht gab und auch die Zuschauer brauchten Minuten, bis sie ihre Münder wieder schließen konnten, weil niemand der Anwesenden so etwas jemals vorher gesehen hatte.

Zurück in meiner dunklen Sofaecke schloss ich die Augen. Etwas in mir wollte nun anderes erfahren und ich erinnerte mich der heroischen Gefühle, die mich zuvor so sehr erbaut hatten. Und aus der Dunkelheit dieser tief verankerten, maskulinen Heldenhaftigkeit wuchsen Myriaden von winzigen, onyxartig schwarzen, aber stark spiegelnden Kristallen und diese Kristalle variierten nur durch eine teilweise, dunkle Farbigkeit, die ihnen jedoch nicht eigen war, sondern aus einer Mehrfachspiegelung resultierte, wobei die Quelle dieser Farbigkeit nirgendwo erkennbar war. Eine ganze Welt wuchs aus diesen schwarzen, winzigen Kristallen und das Gefühl der Heldenhaftigkeit bestimmte das Motiv. Ich befand mich im Mittelalter und das Erste, was sich im wahrsten Sinne des Wortes herauskristallisierte, war eine aus Dutzenden von Türmen und Wehrmauern errichtete Burg, bestehend aus einem Kernschloss, Gesindehäusern, Lagern und Stallungen. Diese Burg aus Milliarden schwarzer Kristalle war einerseits eingefasst in einen purpurnen und dunkel violetten Nachthimmel, dessen kristalline Strukturen wie ein langsam und exzentrisch pulsierender Heuschreckenschwarm waberten und eine üppige, mediterrane Vegetation andererseits. Auch die Pflanzen, jede Zypresse, jeder Holunderbusch, jeder Rosmarinstrauch und jede Blume bestanden aus den spiegelnden Onyxen. Alles funkelte, ohne jedoch wirkliches Licht abzustrahlen. Alles lebte, obwohl doch Kristalle keine organischen Bewegungen vollziehen können. Und während mir der Atem stockte angesichts dieser düsteren, nie zuvor gesehenen Schönheit, hörte ich zu schottischen Hochlandmelodien, die sich später als ein Lied von Jethro Tull herausstellten, das Heroische an sich, das in Form eines gregorianischen Chores mit mir zum Thema Heldenhaftigkeit und Eros Kontakt aufnahm. Wollte ich auch zunächst nicht wahrhaben, dass tatsächlich ich gemeint war, so wurde mir dies spätestens dann bewusst, als sich die Zugbrücke nach mehreren ungehört verhallten Ermahnungen des Chores, langsam, aber geräuschvoll öffnete und sich in extremer Zeitlupe fünf geharnischte, schwarze Kristall-Ritter mit heroischen Gebärden und hoch zu Ross aus dem Schatten des gewaltigen Torbogens lösten, um mich in der dunklen Zornesröte dieser sterbenden Nacht wild entschlossen anzugreifen. Es dauerte einige Zeit, bis sie die Strecke vom Burggraben bis hinunter zu mir zurückgelegt hatten und bis sie sich aus den düsteren Kristallschatten der Zypressenallee in das mondfahle Licht der Anhöhe hinein verteilt hatten, auf der ich offenbar stand, ohne es zu wissen, da ich mich nicht als körperliches Wesen wahrnehmen konnte. Bis zum Schluss konnte ich mir den Angriff nicht als ein physisches Ereignis vorstellen und hatte bis zuletzt den Eindruck, es handle sich hier mehr um eine Erzählung, das Ganze sei also nicht real und würde natürlich und selbstverständlich enden, bevor es zu einem körperlichen Kontakt zwischen den Waffen der kristallinen Ritter und meiner Person käme. Doch ich irrte mich. Bis zu diesem Zeitpunkt war alles in einer Zeitlupe abgelaufen, die aus jeder noch so kleinen Bewegung die große Geste machte. Martialisch senkten sich dementsprechend nun die Lanzen der schwarzen Kristallritter, die nach ihrer Auffächerung jetzt von fünf Seiten zugleich auf mich zu galoppierten. Gerade als ich mich fragte, wie das Ganze denn wohl jetzt noch in das Reich der Utopie, der Fantasie und der Erzählung zurückkehren könnte, war es bereits zu spät. Die Lanzen durchbohrten mich gleichzeitig und töteten dabei nicht mich, sondern meine Gefühllosigkeit. Sie trieben mir mit ihren Lanzen tief die Wollust in den Leib. Und alles, was nicht Wollust war, musste dabei sterben. In meinem allerletzten

Aufbäumen war ich gezwungen, dieses eine Mal noch meine Augen zu öffnen und sah Judith vor mir stehen. Offensichtlich hatte sie meinen kleinen Tod genüsslich beobachtet, nahm mich bei der Hand und zog mich aus dem Laden, zog mich zur Bushaltestelle, in den Bus, aus ihm heraus, über die Straße, hoch zum Haus meiner Eltern, durch den kalten Flur, hinauf in das Dachgeschoss, in meine Dachkammer, in mein Bett. Stopp. Erst noch die ‚Oceans' von Eloy auflegen, erst noch eine Tüte bauen, erst noch einen halben ‚Window' nachnehmen, erst noch – Schluss. Nichts konnte dieses gierige, kleine, vierzehnjährige Biest jetzt noch halten. Sie war ein fliegender, mittelalterlicher Drachen, genau wie ich, und sie war wie ich einer elementaren Triebhaftigkeit verfallen und nur noch an maximaler, körperlicher Verschmelzung interessiert. Nun ist es weithin bekannt, dass Geschlechtsverkehr eine feine Sache ist, obwohl er doch letztlich Grenzen hat. Die Grenzen liegen gemeinhin in den physikalischen Eigenschaften jedes Körpers, auch des menschlichen. Schließlich können feste Körper normalerweise lediglich aufeinanderprallen. Weiter geht es nicht. Eine wirkliche Verschmelzung kann es ohne letale Folgen nicht geben – oder doch? Wir lagen nackt aneinander, die Augen geschlossen. Ich glitt mit meinen Händen, meinen Armen, unter ihre Haut, beginnend an ihren Brüsten über ihre Schultern zum Rücken, kurz: Ich umarmte sie mit den Händen unter ihrer äußeren Hülle. Jedoch endete diese Bewegung meiner Extremitäten nicht an der Stelle, an der diese das aufgrund ihrer natürlichen Länge normalerweise täten. Stattdessen setzte sich die Umarmungsbewegung fort. Es entstand eine Spiralbewegung um ihren Körper als würde man in einem zylindrischen Glas eine Flüssigkeit in Kreisbewegung versetzen, in Rotation, um dann eine etwas schwerere Flüssigkeit von oben zuzugeben, eine Flüssigkeit, die sich nicht mit der anderen vermischen kann. Sie würde spiralförmig nach unten sinken. Und genau so rotierten, dehnten und verzogen wir uns in unser zärtliches Liebesspiel hinein – tiefer und tiefer. Dann begannen unsere Körper im wohligen Schauer der Lust zu erzittern und dieses Zittern führte zu einer Auflösung der

Grenzflächen. Wir emulgierten, wobei ich diejenige Flüssigkeit war, die die Tröpfchen bildete. Wir waren eine René-in-Judith-Emulsion. Aber die Emulsion war nicht stabil, wobei es nicht die Schwerkraft war, die zu einer Trennung führte, sondern die märchenhaften Klangflächen der Musik von Eloy. Es war die Musik, die zu einer partiellen Wiedervereinigung der kleinen Tröpfchen führte und diese zu gezogenen und gebogenen Flächen ausbildete, die morphend und pulsierend das Innenleben von Judith liebkosten, umschmeichelten, streichelten: ihre Organe, ihr Fleisch, ihr Gehirn, ihre Seele. Wir befanden uns in einer Welt chemisch-physikalischer Poesie. Es war, als würden wir nicht von außen auf ein Gedicht blicken, sondern wären selbst ein Harmoniederivat mathematischer Berechenbarkeit, gefangen in der Lyrik chemisch-physikalischer Prozesse. Im Sekundentakt ejakulierte ich so tief in Judith hinein, dass sich meine Samen direkt und ohne Umschweife in ihre Zellen bohrten und jede dieser Zellverbindungen, jede dieser im gesamten Körper stattfindenden Kernfusionen war ein eigener Orgasmus. Milliarden von Teilchenorgasmen, die sich nach und nach zu einer exzentrischen, kreisförmigen Wellenbewegung entwickelten und mein leuchtender Brennstab, der tief in ihrem Kraftwerk seine Arbeit tat, war das Epizentrum dieser pulsierenden Kreise der totalen Lust. Wir befanden uns gleichzeitig auf der Ebene der Quanten, wo die Existenz von Materie nur noch durch die Bewegung meiner Teilchen ausgedrückt werden kann und auf der Ebene interstellarer Verschmelzung mit anschließendem Tauchgang im schwarzen Loch einer kollabierten ‚Roten Riesin'. Ich fühlte mich, als könnte ich in jedem Augenblick aufs Neue die Gesamtmenge der durch die Spiralrotation der Milchstraße verspritzten Milch herausschleudern. Und das ist, ehrlich gesagt, nicht eben wenig. Erfreuen sich normale, nüchterne Liebende an der Geometrie der knospenden Brüste des Mädchens und vielleicht, auf der Suche nach einer in der Natur vorkommenden, perfekten Form, an der Kugelförmigkeit ihres oder seines Arsches oder auch an der Unberechenbarkeit der Ausdehnung seines pulsierenden Gliedes im metrischen Raum: Wir waren von der Banalität derartiger sexueller Grundlagenforschung bereits Lichtjahre entfernt. Denn wir hatten schon lange nichts mehr mit der Beschreibbarkeit statischer, geometrischer Formen und Funktionen zu tun. Wir hatten intuitiv und entsprechend der Einstein'schen Relativitätstheorie Raum und Zeit gefaltet. Wir fielen aufeinander und wurden eins. Ob wir nur Sekunden aneinander gelegen hatten oder die ganze Nacht, ob wir angezogen waren oder tatsächlich nackt, ob wir physisch miteinander geschlafen hatten oder sich alles nur in unseren Köpfen abgespielt hat, all das lässt sich heute nicht mehr mit Gewissheit sagen, ist aber auch nicht wichtig.

Als das erste Licht des neuen Tages in die Kammer lugte und die Farben mit sich trug, konnte ich erkennen, dass meine fünfte Extremität extrem bunt war. Auch war ich mir sicher (sicher?), dass ich in dieser Nacht mindestens zehn Mal gekommen bin. Judith und ich lagen in einer Pfütze aus Schweiß und noch immer perlte der Schweiß unaufhörlich von unserer Haut in die Matratze. Der Glanz in ihren Augen, ihre totale Erschöpfung wie auch die meine: Alles wies darauf hin, dass diese Nacht der totalen Ekstase real war. Als wir uns später darüber unterhielten, war uns beiden klar, dass wir etwas erlebt hatten, eine erotische Intensität, die im nüchternen Zustand niemals zu erreichen sein würde, weil sie jede Grenze des Vorstellbaren überschritten hatte, als hätte eine Zellfusion der Lust stattgefunden, eine Fusion, die das Universum unserer Sexualität der Relativität geopfert hatte.

So weit ich mich selbst auch zurückdenke: Ich war durchströmt von einem Magmafluss aus Lebensenergie. Mit sechzehn stand ich wütend qualmend wie der mit Kohle überfütterte Kessel einer Lokomotive unter Dampf – eine Dampflok unter maximalem Druck, aber noch ohne Schienen unter den Rädern und damit ohne Richtung. Egal, auf welchen Schienenstrang mich der große Modelleisenbahner auch setzte, ich raste einfach los. Mir war ausgerechnet in dieser Zeit der ersten, unsicheren Schritte und der sonst nur von kleinsten Etappensiegen bestimmten Schnitzeljagd nach dem eigenen Ich, nur Höchstgeschwindigkeit wirklich ‚großer Bahnhof‘. Deshalb habe ich jetzt auch Schwierigkeiten zu sagen, wo mein Tag damals anfing, denn er endete nie wirklich. Selten schlief ich mehr als zwei bis drei Stunden. Schon in dieser aufgewühlten und anarchischen Zeit wusste ich, dass ohne Kohle gar nichts läuft, selbst die beste Lokomotive nicht. Und genau deshalb begann ich, wie bereits erwähnt, Zeitungen auszutragen. Es machte mir nichts aus, morgens um vier aus den Federn zu fallen, benommen von der letzten Nacht auf mein Moped zu steigen und noch lange vor Sonnenaufgang durch die glasklare Luft des tannenduftschweren Schwarzwaldes zu knattern, um in der nur fünf Kilometer entfernten Stadt zunächst die beiden fest verschnürten Zeitungsballen abzuholen, diese in den Packtaschen zu verstauen und Tag für Tag zu versuchen, gezielt die Qualität und die Geschwindigkeit des Zeitungsaustragens in meinem hügeligen und verwinkelten Gebiet zu optimieren. Nur selten hatten die Abonnenten Zeitungsrohre am Gartenzaun und nicht jeder freute sich über durch lange Wurfdistanzen zerfledderte Neuigkeiten. Ich durchschaute schnell, dass Menschen aber nur auf Serviceleistungen reagieren, von denen sie glauben, dass diese ausschließlich und individuell für sie erbracht werden. Selbst der beste Service nützt also nichts, wenn er nicht auch als solcher wahrgenommen wird. Meine Abonnenten mussten diesen Unterschied erst noch

kennenlernen. Also warf ich die Zeitungen zu Beginn meiner Tätigkeit immer vom Moped aus in den Garten und wartete, bis sich die Leute beschwerten. Und wenn sie sich endlich entnervt früh morgens aus dem Bett gequält hatten, um mich zur Rede zu stellen, reagierte ich überfreundlich und ließ sie wissen, dass mir ihre Zufriedenheit sehr am Herzen liegt, ließ mir, als wäre dies nicht offensichtlich, detailliert erläutern, wie und wo sie ihre Zeitung gerne deponiert hätten. Erst jetzt war der eigentlich selbstverständliche Bring-Service eine von mir erbrachte Zusatzleistung und meine Kunden wussten diese zu würdigen. So machte ich binnen kürzester Zeit diese wegen der verwinkelten Wege und der von der Straße zurückgesetzten Häuser eigentlich bei Zeitungsjungen unbeliebte Strecke für mich zu einem lukrativen Geschäft. Wenn ich schließlich um acht Uhr in der Schule ankam, war ich durch meine ‚Sauerstoff-Tour-de-Force‘ bereits so wach, wie es andere den ganzen Vormittag lang nicht wurden. Und mittags dann, wenn ich nach Hause kam, schaufelte ich, ein echter Gourmand, alle von meiner Mutter bereitgestellten Köstlichkeiten in den zu dieser Zeit nie zufriedenen Magen. Danach dann schnell der lästigen Hausaufgaben entledigen, mich wieder auf mein zu natürlich illegaler Höchstleistung frisiertes Moped schwingen, um abermals knatternd mit ihm über den Hausberg zum Tennisplatz zu flitzen. Selten trainierte ich in dieser Zeit weniger als drei, meist gute fünf Stunden. Irgendwann einmal hatte ich mich bei einem Match derart in einen Rausch gespielt, dass mir alles gelang, selbst Schläge, die ich noch gar nicht trainiert hatte. Das setzte ungeheure Euphorien in mir frei. Ich hatte das Wunder Konzentration entdeckt und wurde süchtig nach diesem Rauschgefühl, wollte es immer häufiger und immer intensiver. Also begann ich, wie besessen zu trainieren. Gleichzeitig jedoch hatte ich ja bereits sukzessive den leistungsfreien Rausch und mit ihm die Existenz alternativer Wirklichkeiten entdeckt und wollte diesen Weg nun immer häufiger begehen.
Gegen sieben Uhr abends fuhr ich, frisch geduscht und gewandet in möglichst bunte und abenteuerlich kombinierte

Hippieklamotten, von zu Hause aus wieder in die Stadt – diesmal mit dem Bus. Ich traf mich, wie meistens abends, mit der Clique in unserer Stammpizzeria. Dort philosophierten wir darüber, dass das Leben, welches wir führten, ja nicht alles gewesen sein kann, dass Schule, Ausbildung, Arbeit, Kinder, Alter, Siechtum und Tod ein definitiv für uns nicht infrage kommender Lebensweg sei. Wir alle waren davon überzeugt, dass wir in gewisser Hinsicht Auserwählte waren, fähig und willens, das Leben an sich neu zu definieren, ja sogar neu zu erfinden. Wir redeten über das Phänomen Bewusstseinserweiterung und die dafür gedachten Hilfsmittel, und als die Köpfe heiß genug geredet waren, pickte jeder mit dem Finger eines der auf dem Tisch liegenden stecknadelkopf-großen Klümpchen auf und schluckte es. Was wir wussten, war, dass uns jetzt nicht mehr viel Zeit blieb, dass ein Abend in Gesellschaft etablierter Gesellschaft undenkbar war und so trotteten wir los in Richtung Wald, Schwarzwald, Hochschwarzwald – nur weit weg, weg von der Zivilisation. Und noch während wir still durchs steile Unterholz stapften, schien es mir, als schnitte ich mit einem Messer tief in die Aussenhülle der bekannten Wirklichkeit, schlüpfte durch den entstandenen Schlitz auf die andere Seite und plötzlich stand ich in einer neuen, mir völlig unbekannten Welt. Bäume, Sträucher und Blumen, selbst das Moos: Nichts präsentierte sich länger in stumpfen Grüntönen. Vielmehr begann alles, in tausend Farben zu erstrahlen. Selbst die zartesten Zweige waren mit einem pelzigen Neonregenbogenflaum belegt. Welche Farbe auch immer sich präsentierte, im Moos, an den Stämmen der alten Bäume oder tief im Erdreich: Sie erstrahlte mit mindestens zweihundert Prozent der Intensität mir bis dahin bekannter Farbskalen. Mehr noch: Meine Sinne waren mit einem Mal derart geschärft, dass ich alles in dieser überlebendigen Umgebung wachsen sehen und hören konnte. Und doch verloren sich die gängigen sprachlichen Zuordnungen wie ‚Baum‘, ‚Strauch‘ oder ‚Blume‘ im chaotischen Dickicht sprachfreien Unterbewusstseins. Alles war, alles existierte, musste aber nicht länger benannt werden, um es zu erfassen, da es sich bereits emotional erschloss. Die Sprache als Erbauer der uns umgebenden, bekannten physischen und metaphysischen Welt war, so absurd dies jedem Linguisten klingen mag, überflüssig geworden. Brauchen wir im Normalzustand die Sprache, um Gefühlen, Gesehenem oder Gehörten überhaupt erst Leben einzuhauchen, jetzt wurden schiere Gefühle zum interaktiven Kommunikationsinstrument. Die Wirklichkeit konnte emotional, ohne erlernte Sprache, interpretiert und kommuniziert werden. Versuchen Sie doch mal, darüber auf einem Linguistenkongress einen Vortrag zu halten ...

Eine irgendwie billig wirkende Fee flog an mir vorbei, in der allgemein anerkannten Wirklichkeit vermutlich ein Wanderer. Ich möchte mir überhaupt nicht vorstellen, wie wir für ihn ausgesehen haben mögen und wie wir wohl auf ihn gewirkt haben: ein Haufen völlig degeneriert sabbernder Vollidioten, die debil und hysterisch kichernd mit der Nase im Moos und dem Arsch im Himmel wie Wildschweine herumhechelten oder stoisch bis verblödet den illuminierten Buddha zum Besten gaben. Ich denke, war es ein Wanderer, er hat bestimmt Fersengeld gegeben und später geschwiegen, um das Gesehene nicht einem unbeteiligten Dritten, womöglich den Schergen, erzählen zu müssen. Denn dann hätten diese vermutlich nicht uns gesucht, sondern ihn eingewiesen.

Zurück zum Pfad der Erkenntnis: Alles schien in Bewegung, glitt schmeichelnd ineinander wie winkelfreie Körper, die miteinander verschmolzen, sich wieder voneinander lösten, um unmittelbar danach wieder neue Verbindungen einzugehen, als wäre die ganze Welt mit einem Mal nur noch fließende und flüssige Bewegung. Gerüche ekstasierten zu einer Erektion, Geräusche gerierten sich als Sinuskurven der Körperbehaarung. Offensichtlich war ich nicht der Einzige, dem es so erging. Wo auch immer wir gerade waren – wir hatten unser Ziel erreicht. Wir fielen zeitgleich ins butterweiche Moos, fielen weiter, tief in die Erde, auf der anderen Seite wieder heraus, hinein in die Tiefen des Universums, das wir mit einem Male verstanden, mit dem wir in diesen Momenten, oh Wunder, eins waren.

Alles war zeitgleich, zeitlos. Die Zeit als Phänomen hatte sich aufgelöst, verabschiedet, existierte nicht mehr. Die anderen Jungs waren Wegbegleiter, Verbündete, aber als Personen existierten auch sie nicht mehr, als wäre die Vorstellung vom Begriff Wegbegleiter selbst bereits etwas Physisches, was keiner näheren Beschreibung bedarf. De facto krallten wir uns in eine jener zauberhaften Lichtungen des Schwarzwaldes, die einen herrlichen, das Herz öffnenden Blick über den im Sommer üppig und fast subtropisch zugewachsenen Rheingraben bis in die im Westen hinter bläulichen Dunstschleiern wabernden Vogesen erlaubte. Und sicherlich war auch jener Wanderer, so es einer war, wegen genau diesem Blick hier vorbei gekommen, einem Blick, der ganz besonders jetzt, in den späten Stunden der Dämmerung, Rheinebene und Vogesen in sämtliche Pastelltöne einer gerade untergegangenen Sommersonne tauchte. Die letzten Farben waren bereits aus dem Abendhimmel gewichen, die Menschen in den Dörfern hatten das elektrische Licht in Küche oder Wohnzimmer bereits eingeschaltet – als sich aus den Tiefen meines Seins nun der Befehl meiner hinter metaphysischen Mauern lauernden Ahnen nach oben und in mein gestörtes Bewusstsein kämpfte:
„Verändere stets Deine Perspektive!"
Und brav löste ich meinen Rüssel aus dem Erdreich, wälzte mich auf den Rücken und – da lag es vor mir: dieses gewaltige außerirdische Raumschiff, das sich wie eine zweite Wirklichkeit, eine zweite Haut, in die jetzt all überall illuminierte Rheinebene schmiegte. Fast schon war es eine Stadt, eine Alienstadt, schwebend und reich belebt. Überall düsten lautlos kleine Gleiter emsig hin und her und ich dachte: Sieh an, sieh an – davon hat mir bislang keiner was gesagt. Diese Pfeifen – tun alle so, als wäre das, was wir sonst so sehen und wahrnehmen die einzige Wahrheit zwischen Olymp und Hades. Na Gott sei Dank konnte ich das jetzt aufklären. Unvorstellbar, wenn man bedenkt, dass wir alle weiterhin, vermutlich noch Jahrzehnte, in Unwissenheit dahin gedümpelt wären, wenn ich das jetzt nicht enttarnt hätte. Die Politiker wussten sicherlich längst Bescheid und hielten das Volk bewusst dumm, um einen Aufruhr zu

verhindern. Die haben doch längst interstellare Verträge geschlossen und einen Teil der Menschheit als Futtermittel an die Aliens verkauft. Aber im Grunde war das gar nicht so wichtig, fast schon egal, kaum wert, mitgeteilt zu werden.

Nur eine kleine Kopfdrehung weiter, bar jedes logischen, perspektivischen Größenverhältnisses, leuchtete ein nur knapp über der Alienstadt schwebendes, riesiges französisches Stahlrohrehebett, verschnörkelt und reich verziert, in Königsblau. Und darauf tanzte und hüpfte ein lustiges, grell rotes Rumpelstilzchen, das verzweifelt versuchte, mit mir über seinen Tanz zu kommunizieren, für sich und seine vermeintliche Botschaft Werbung zu machen. Ich jedoch wollte ihm bewusst den Gefallen des Verstehens nicht tun. Da könnte ja schließlich jeder kommen. Das war alles ganz schön albern, aber zum Lachen war mir nicht zumute, denn dies war eine ernste Angelegenheit, dass hier die gesamte Bevölkerung bewusst dumm gehalten wurde, obwohl wir längst von Aliens überrannt worden waren. Jetzt hieß es dran bleiben und so sah ich mich um, ob ich nicht weitere geheime Fakten enthüllen konnte. Und tatsächlich entdeckte ich schon bald eine Höhle mit mannsgroßem Einstieg, von dem aus ein enger Gang hinunter ins Erdinnere führte. Erst ganz unten dann öffnete sich der Gang zur eigentlichen Höhle, einer wahrhaften Kathedrale aus Edelmetallen und kristallinen Strukturen. Gut war, dass ich den langen Weg in die Kathedrale, die eigentliche Höhle, physisch gar nicht absolvieren musste, obwohl sich die Strecke durch den Tunnel bestimmt Kilometer weit hinzog. Stattdessen zischte mein Spirit rasend schnell dort hinein, erkundete alles und zischte wieder zurück in meinen Körper – richtig professionell. Ja, ja, man ist doch immer wieder sehr erstaunt über die eigenen Fähigkeiten. Die Kathedrale selbst war natürlich eine dramatisch wichtige Entdeckung, fand sich doch tatsächlich in dieser illuminierten Halle im Herzen der Erde die Antwort auf so manche Frage der Menschheit. Natürlich kannte ich diese die Menschheit bewegenden Fragen gar nicht, weshalb ich die Anderen zurate ziehen musste. Die folgten auch zügig meinem Ruf, waren dann aber zunächst ziemlich perplex, dass ihnen der Höhleneingang bislang nicht aufgefallen war. Aber glücklicherweise hatten sie, nachdem sie mir tief ins Innere gefolgt waren, schließlich die Fragen parat, die mir zu den gefundenen Antworten fehlten:

„Was ´n das?" oder: „Warum bin ich so leicht und ihr so grün?" oder „Bin ich wirklich das Weltwissen?"

Kollektive Suggestion ist schon etwas Herrliches. Als nach etlichen Stunden schließlich die erste große Welle abebbte, fanden wir uns gemeinsam rund um eine erkaltete Feuerstelle sitzen – fassungslos. Das sei gänzlich unmöglich, hieß es dann. Und auch ich war überzeugt, dass wir entdeckt worden waren und man den Zugang zum Weltwissen heimlich, still und leise geschlossen hatte. Klar, dass mir dann auch die Lust an der Zuordnung von gefundenen Fragen und Antworten verleidet war.

Bei allen machte sich jetzt Hunger breit. Phasen tiefer Erkenntnis im Traumland wechselten sich mit Phasen realer Wahrnehmung der bekannten Wirklichkeit ab. Geld hatte keiner, das war kein Traum. Aber letztendlich, bereits während des Abstiegs in die Niederungen der Zivilisation, kam Udo, unser Mathe-Ass, auf die glorreiche Idee, doch den einzigen Süssigkeitenautomaten der Stadt zu knacken. Und auch diese Idee war dummerweise real. So schlimm sei das doch auch nicht, sagte er, schließlich sei Hunger ein juristisch wie moralisch akzeptabler Grund für eine üblicherweise gesellschaftlich nicht geduldete Handlung und das Problem, dass dieser elende Automat in der Mitte des einzigen bei Nacht beleuchteten Platzes der Stadt stand, könnten wir, da wir genug Leute waren, ja dadurch lösen, dass wir ringsherum Wachen aufstellten. So kam es, dass wir schließlich zu sechst diesen Automaten belagerten, bis schließlich, nach zähen Momenten zögerlichen Schweigens, einer den Mut aufbrachte und die Scheibe eintrat. LSD-Panik explodierte in unseren Köpfen und alle rannten, flüchteten und stoben in alle Richtungen davon, als ginge es um das nackte Leben. Schließlich, nach einer weiteren

Stunde, fanden wir uns wieder, in irgendeinem Gebüsch, jetzt natürlich selbstbewusst und stolz:

„Nein, nein, ich bin nur weggerannt, um die Bullen von Euch abzulenken ..." oder so ähnlich. Wie auch immer. Der Hunger war nicht kleiner geworden und so pirschten wir uns erneut an. Als dann späte Somnambulen unseren Weg kreuzten, legten wir unter Aufbringung großen schauspielerischen Talents den großen Verhaltensschalter um und bewegten uns, spontan unschuldig pfeifend und umherblickend, als wären wir Touristen aus Moskau, die, auf den Spuren Kurt Tucholskys, die beeindruckende Architektur dieser wunderbaren, alten Stadt erkundeten – morgens um drei und als Hippies verkleidet. Wir bildeten einen großen Ring, die Wachen waren im Umkreis von vielleicht hundert Metern aufgestellt. Udo kniete vor dem Automaten und entwickelte nach und nach ein gewisses, sicherlich notwendiges Geschick darin, mit nur zwei Fingern kleinste Stückchen Schokolade durch die Stahlvergitterung hinter der geborstenen Scheibe zu popeln. Ich stand mit in mir selbst nachhallendem Kichern hinter ihm, konnte nicht glauben, was für eine dämliche Scheiße wir hier verzapften, aber ich blieb. Das wollte ich mir einfach nicht entgehen lassen. Noch hatten nicht alle ihr Stückchen Schokolade bekommen, als auch schon Blaulicht um die Ecke geschossen kam. Angesichts der Tatsache, dass mindestens siebzig Wohnungen auf diesen erleuchteten Platz blickten, eigentlich folgerichtig. Jetzt hatten wir einen Grund zum Rennen. Udo allerdings rannte nicht. Er hatte in seinem wütenden Popelfanatismus nichts mitbekommen und hatte binnen Sekunden statt meines dämlichen Kicherns eine 9mm-Knarre im Genick. Dabei muss man bedenken, dass in dieser Stadt der lebenden Toten (über 60% der Bevölkerung waren über sechzig Jahre alt) üblicherweise keine auch noch so kleinen Verbrechen verübt wurden (außer den lässlichen Sünden wie Betrug, Bestechung, Erbschleicherei oder Hinterziehung, versteht sich) und die gelangweilten Gesetzeshüter nun endlich einmal eine Chance sahen, das volle Programm einer vorschriftsmäßigen Verhaftung abzuspulen. Ich rannte und rannte und rannte, hatte längst die Anderen

verloren. Ich rannte durch die angrenzende Lichtenthaler Allee, als wäre diese der geheimste Schleichweg der Welt – bis schließlich Lichter hinter mir aufblendeten und wütend ein Motor aufheulte. Grund genug, den Schritt nicht weiter zu beschleunigen, sondern deutlich zu verlangsamen, sich gar nicht erst umzudrehen und die verbleibenden Sekunden bis zum Zugriff zu nutzen, wieder zu Atem zu kommen und sich eine jener phantastischen Geschichten auszudenken, die vermutlich seit jeher die Protokollbücher aller Polizeiwachen der Welt füllen. Sie sollten sich gut überlegen, was sie als Nächstes täten, drohte ich. Wenn sie mich jetzt verhaften würden, mich, einen unbescholtenen Bürger, den nur eine gewisse Schlafstörung zu dieser Stunde aus dem Haus und in die kühle, frische Abendluft der wunderbaren Allee getrieben hatte, dann hätten sie sich nicht nur vor dem Gesetz zu verantworten, da ja schließlich kein Grund für meine Festnahme vorlag, sondern vor allem vor der Macht der ernst zu nehmenden Presse, die vor allem natürlich durch meinen Vater vertreten wurde und der dann sicherlich mit einem gewaltigen Hammer der Berichterstattung zurückschlagen würde, dass ihnen Hören und Sehen vergingen. Das hatte gesessen. Sie nahmen lediglich meine Personalien auf und ließen mich gehen. Allerdings sah ich die beiden Polizisten nicht zum letzten Mal. Am Nachmittag des nächsten Tages trafen wir uns im Jugendzentrum, einer alten Villa, die die Stadt den Jugendlichen in jenen aufrührerischen Tagen, nach Demonstrationen der Macht seitens eben dieser Jugendlichen, zur Verfügung gestellt hatte. ‚Demonstrationen der Macht‘ hieß, dass kaum weniger als Hundert Jugendliche mehrmals laut grölend nicht genehmigte Demonstrationszüge durch die Stadt unternommen hatten, worauf hin das verschreckte Establishment eingeknickt war. So etwas hatte man hier seit der Badischen Revolution von 1848 noch nicht erlebt. Ja, wir waren eine politische Macht in diesen Tagen.
Schön zugekifft hingen wir, die Delinquenten der vergangenen Nacht, gerade lässig in unseren ranzigen Sperrmüll-Sofas, als ein Kumpel hereinkam und eine Botschaft der Polizei überbrachte: Wer von uns auch immer am Einbruchdiebstahl

am Augustaplatz beteiligt war, solle sich lieber freiwillig stellen, da unser verhafteter Freund, der natürlich die Nacht im Knast hatte verbringen müssen, sonst für lange Zeit kein Tageslicht mehr sähe.

Jetzt hatten sie uns an den Eiern. Schließlich hatten wir Ehre im Leib – oder so etwas Ähnliches. Und als wir stolz, erhobenen Hauptes, zu fünft auf der Wache einmarschierten, saßen im Eingangsbereich just jene zwei Jungbullen, die mich in der Nacht davor hatten laufen lassen. Noch heute feixe ich angesichts der stufenlos fallenden Unterkiefer und ihrer beredten Sprachlosigkeit in dem Moment, da sie meiner gewahr wurden. Am Ende einer schier nicht enden wollenden richterlichen Ermahnung zur Wahrung unserer Zukunft durch künftige Unterlassung, konnten wir Udo wieder mitnehmen und ins Jugendzentrum zurückkehren.

Was für ein Initiationsritus. Endlich waren wir juristisch defloriert. Und wie wir unsere neuen, virtuellen Rangabzeichen in der Rotte genossen. Wieder und wieder mussten die Geschichten der Nacht erzählt werden – Kriegsprahlereien eines mächtigen Indianerstammes, der erfolgreich General Custer getrotzt hatte.

Schaumschlägereien

Schon von Weitem konnte man das überdimensionale, fleischfarbene und auch deshalb echt wirkende, menschliche Gesäß erkennen, das den Haupteingang des Schulgebäudes blockierte. Es handelte sich ganz offensichtlich um den jährlichen Streich der Abiturklasse. Jeder Schüler unseres Gymnasiums wusste, dass es einen Generalschlüssel für alle wichtigen Türen des Gebäudes gab, der von Abiturklasse zu Abiturklasse weiter gegeben wurde und der, wie der Schatz der Nibelungen, gehütet wurde. Die Lehrer mögen das geahnt haben, aber sie konnten nichts dagegen unternehmen. Mehrfach hatten sie in der Vergangenheit bereits die Schlösser austauschen lassen, aber die Schüler hatten es ein ums andere Mal geschafft, wieder in den Besitz einer Schlüsselkopie zu gelangen. Der Besitz dieses Schlüssels ermöglichte der jeweiligen Abiturklasse freie Hand in der Planung ihres Streiches. Und diese Streiche, generell als Ohrfeige für die Lehrer und Rache für neun Jahre Peinigung gedacht, hatten es zumeist in sich, auch wenn die avisierte Geschmacklosigkeit qualitativ stark variierte. Die Idee, die die Klasse meiner Schwester in diesem Jahr jedoch realisiert hatte, war in ihrer nachhaltigen Bösartigkeit kaum zu übertreffen, auch, weil nicht nur die Lehrer, sondern auch wir, die Schüler, noch Wochen danach darunter zu leiden hatten. Der fest mit dem Mauerwerk des Gebäudes verbundene Papparsch war dabei nur der sichtbare Teil des Streiches. Zunächst wurden diejenigen Pauker in ihre Schranken gewiesen, die geglaubt hatten, den Jugendlichen an Pfiffigkeit deutlich überlegen zu sein. Die kleine Gruppe, die als Erstes um das Schulhaus herumgegangen war, um den Hintereingang zu benutzen, kam schnell mit langen Gesichtern und unverrichteter Dinge wieder zurück. Die Abiturienten nämlich hatten sich massive Backsteine besorgt und den Hintereingang über Nacht kurzerhand zugemauert, und zwar richtig professionell, mit schnell anziehendem Mörtel. Wer also in das Haus hinein wollte, hatte keine Wahl: Er musste durch den einzigen offenen Zugang, den Anus des Gesäßes krabbeln. Doch damit nicht genug: Rosette und zentrale Luftströmungspunkte des Gebäudes waren mit Buttersäure beträufelt worden, denn nur Buttersäure hat die wunderbare Eigenschaft, wie ein Konzentrat aus frischem Erbrochenem zu riechen – und das nicht nur temporär, sondern äußerst nachhaltig. Unser Direktor, in jungen Jahren einmal unser Sportlehrer, dem man ohnehin mangels erkennbarer pädagogischer Fähigkeiten nachsagte, er sei nur via Parteibuch zu diesem Posten gekommen, entfaltete seinen Zorn vor dem Schulgebäude in Form einer mathematischen Parabel. Hatte er zu Beginn noch giftig grüne Lacher ausgestoßen, weil er glaubte, der Situation schnell Herr zu werden, eskalierte seine hilflose Wut schließlich durch die Erkenntnis des eigenen Autoritätsverlustes zu schäumender Raserei. In einer deutlich sichtbaren Kurzschlussreaktion bahnte er sich gewaltsam den Weg durch die dicht gedrängt stehenden und sich vor Lachen ausschüttenden Schüler, sodass diese links und rechts wegflogen wie geknickte Streichhölzer. Wie von Sinnen stürzte er sich anschließend, teurer Anzug oder nicht, kopfüber in den Anus, um dann dort, auf der anderen Seite, feststellen zu müssen, dass ihm dieses waghalsige Manöver nicht nur keinerlei Vorteil bei der Lösung des generellen Problems gebracht hatte, sondern er von nun an auch noch ziemlich ausgekotzt roch. Ganz zu schweigen von der harschen Erkenntnis, dass der Haupteingang von den Abiturienten genau so zu gemauert worden war wie die Hintertür, was vorher schwer oder gar nicht erkennbar war, weil hinter dem Anus ein angedeutetes Stückchen Dickdarm die Sicht versperrt hatte. Die Geschichte endete damit, dass wir eine ganze Woche lang schulfrei hatten, weil die auf Staatskosten beauftragte Baufirma große Schwierigkeiten hatte, die neue Mauer so einzureißen, dass das denkmalgeschützte Gebäude nicht in Mitleidenschaft gezogen wurde. Schon im Eigeninteresse hatten die Lehrer natürlich versucht, auch die olfaktorischen Spätwirkungen des Streiches in den Griff zu bekommen, was allerdings zum Leidwesen aller misslang. Nicht weniger als zwei Monate dauerte es, bis auch nur die Spitzen der Geruchsbelästigung abebbten und erst nach einem halben Jahr hauchte einen nicht mehr Erbrochenes an, wenn man das Gebäude morgens betrat.

Das war im Frühjahr 1977, dem Jahr, in dem sich Deutschland das ganze Jahr über im Herbst befand. Und das machte sich überall bemerkbar, nur nicht hier, in dieser stark befestigten Trutzburg erzkonservativer Großindustrieller, der Heimat uralten Geldes, auf dem jetzt ganz allmählich die Hakenkreuze verblassten. Das Paradies, das hier, auf diesem vergangenheitsbereinigten Grund erblühte, war eine Treibsandfalle für die Jungen.

Natürlich: Alles war der rebellischen Jugend – zumindest irgendwie – politisch und hatte, wenn man nur lange genug darüber nachdachte, eine wenn auch noch so kleine gesellschaftsrelevante Komponente. Aber letztlich blieben die verkrusteten Strukturen der saturierten Baden-Badener Geldelite ein Sakrileg und, wie es scheint, für die rebellische Jugend unantastbar, was daran gelegen haben mag, dass mehr als jeder Zweite tief drinnen spürte, dass es unanständig ist, gegen das eigene Erbe aufzubegehren. Aber weil es in diesen Tagen einfach schick war, musste man schließlich etwas unternehmen. Und so wurde von den Schülern aller Gymnasien der Stadt eine riesige Demo angezettelt. So richtig mit Transparenten, Sprechchören, Megaphonen und selbst ernannten, schnellen Einsatztrupps, die auf kurzen Zuruf, die Bullen würden jetzt die Flanken angreifen, mit Knüppeln bewaffnet in die Seitengassen stürzten. Der revolutionäre Exzess gipfelte schließlich darin, dass der künstliche Mini-See in der Innenstadt, den ein anmutiger Springbrunnen zierte, mit einem Tütchen Kaliumpermanganat rot gefärbt wurde, was in seiner Wirkung allerdings weniger revolutionär als hübsch anzusehen war. Aber immerhin passte die rote Farbe zum Motto der Demo: ,Roter Punkt'. Das war wichtig und vom Komitee wohl durchdacht. Schließlich ging es darum, durch die Massendemonstration ein Fanal für den Aufbruch verkrusteter Preispolitik im öffentlichen Nahverkehr zu setzen.

Zu deutsch: Die Jugend ging auf die Barrikaden, weil die Preise für Busfahrkärtchen angehoben werden sollten. Deutschland im Herbst und wir mittendrin. Lange Zeit blieb die Furcht, allein durch die Beteiligung an dieser zutiefst politischen Demo bereits zum Sympathisanten für die RAF geworden zu sein. Aber der Mut dieser jungen Baden-Badener Generation und auch ihr Wille zu gesellschaftlicher Veränderung führten schließlich dazu, dass die Preise erst im nächsten Jahr erhöht wurden.

Jahre später, als die Stadt längst den ungeheuerlichen Tumult von 1977 verkraftet hatte, saßen einige jener gewaltbereiten Jugendlichen von einst in den Schreibstuben der Stadtverwaltung und warteten vergeblich auf die Anmeldung einer Demonstration gegen irgendetwas, um diese gegebenenfalls dann Rathaus-konform ablehnen zu können. Dummerweise fehlte auch der nächsten Generation schon wieder jenes fundamentale Politikverständnis, jene urdemokratische Bereitschaft zu zivilem Ungehorsam, die damals die Jugend dieser Stadt gegen eine imperialistische Preispolitik des öffentlichen Nahverkehrs geschlossen auf die Straße getrieben hatte. So ist es vielleicht nicht verwunderlich, dass mich bereits während dieser Demo weniger der fundamentalistische Kampf gegen das Establishment interessiert hatte als vielmehr die damit verbundene Randale. Am meisten jedoch interessierte mich die tolle Wirkung, die ein kleines Tütchen gesundheitszuträglicher Chemikalien auf einen ganzen Teich samt Springbrunnen zu haben vermochte. In den folgenden Tagen drehten sich meine Gedanken nur noch darum, wie man nach dem Motto ‚kleine Ursache, große Wirkung‘ eine solche Aktion noch effizienter gestalten könnte. Und bereits kurz darauf hatte sich der harte Kern meiner Clique zusammengerottet und eine adäquate Lösung gefunden. Von Vorteil für eine, natürlich gewünschte, hohe Publikumsbeteiligung war die Tatsache, dass der Platz, den der See zierte, gleichzeitig den großen Schülerumschlagplatz markierte. Hier kamen nicht nur die zahllosen Busse aus dem Umland an und brachten täglich Hunderte von Schülern in die Stadt. Hier, entlang der nach Paris und Mailand wohl teuersten Haut-Couture-Meile, fand auch das Konsumleben der Millionäre statt. So war der frühe Morgen ein gut gewählter Zeitpunkt, um im Verlaufe des Vormittags eine möglichst breit gefasste Zielgruppe zu erreichen. Bereits gegen acht Uhr war der Springbrunnen scheinbar nur noch etwa zwei Meter hoch, weil sich um ihn herum eine fast vier Meter hohe Schaummauer türmte. Auch hatten sich zu diesem Zeitpunkt die Schaumberge bereits weit über die Ufer in den Platz hinein gefressen. Lediglich drei Familienpackungen Waschpulver hatten das vermocht. Und das Schönste war, dass die Schaumlandschaft durch die kontinuierliche Wasserzirkulation immer größer wurde und es ob des geschlossenen Wasserkreislaufes viele Tage dauerte, bis die blubbernde Landschaft wieder in sich zusammenfiel. Würde ich heute, als Erwachsener, eine solche Aktion starten, ich würde vermutlich allein für das Konzept gutes Geld von der Werbeagentur oder ihrem Kunden bekommen, da man billiger wohl kaum zu einer solch vehementen Publikumswirksamkeit gelangen kann. So aber wurden in den folgenden Tagen lediglich hier und dort Jugendliche, vor allem die Initiatoren der ‚Roter Punkt‘ – Aktion verhaftet, verhört und wieder freigelassen.

Ab nach Tanger

Martina hatte mich, wie auch all die anderen Freaks unserer weitläufigen Hippieclique, an einem schwül-heissen Wochenende dieses Sommers auf ihre Geburtstagsparty eingeladen. Martina war eine wohlerzogene Tochter aus gutem Hause, eine durch ihr immer etwas devot wirkendes Auftreten Männer monotonisierende Fee, eine latent laszive Verführung aus Milch und Honig, so latent, dass sie Jungs und Männer ob ihrer Unnahbarkeit unaufhörlich zur Onanie oder wahlweise zum selbstmitleidigen Totalabsturz anregte. Ihre Eltern, äußerst erfolgreiche Restauratoren, besaßen ein behutsam von den Spuren eines ganzen Jahrhunderts befreites Herrenhaus: innen wie außen hell und freundlich und freundlicherweise mit all den Annehmlichkeiten ausgestattet, die der antibourgeoise Stadt-Hippie gerne regelmäßig genoss – selbstredend nur widerwillig und logischerweise nur, um diese später, am Kifferstammtisch, empört und politisch korrekt verurteilen zu können: Sauna, Pool, gefüllte Bar, atemberaubende Stereoanlage, große Glotze, bequeme Sitz- und Liegelandschaften. Die Eltern selbst hatten, ein Akt unbedachter Freundlichkeit, die Stadt zu einem Kurzurlaub nach Paris verlassen und ihrer sechzehnjährigen Tochter das Haus und damit leichtsinnig das Feld überlassen. Natürlich gab es keinen wirklichen Kifferstammtisch, zumal man sich über Stammtische allenfalls lustig machen durfte. Mehr nicht. Aber trotz der Tatsache, dass wir uns stets eher wie eine große, wabernde Wolke aus Wanderheuschrecken verhielten denn wie typische Stammtischbesucher, würde ich behaupten, es gab so etwas wie einen Kifferstammtisch. Denn an den ständig wechselnden Eltern-Couchtischen, in die wir uns so gerne, oups, mit Brandlöchern verewigten, wenn die großen Drei-Zigaretten-Mischungen durch mitgebrachte Wasserpfeifen blubberten, verhöhnten wir letztlich doch immer nur dämlich grinsend genau jene bürgerlichen Wunschträume, die wir gerade im Begriff waren zu nutzen.

Dreh- und Erinnerungsangelpunkt dieser Party jedoch war eine Babybadewanne, die im Zentrum der geräumigen Küche auf einem wuchtigen Holztisch Platz gefunden hatte. Enthusiastisch hatten die Mädchen eine fruchtige Bowle angesetzt, hatten bereits Tage vorher Kirschen, Aprikosen, Himbeeren, Pfirsiche, Birnen, Ananas und Rosinen in Rum eingelegt und nun, am Tag der Party, das Rum-Frucht-Konzentrat mit Sekt und Weißwein aufgefüllt. Bereits vor Einbruch der Dunkelheit hatten sich alle, nicht zuletzt aufgrund der großen Hitze dieses sirrenden Sommernachmittags, reichlich daraus bedient. Das Hauptproblem war jedoch, dass Hershy, einer der mit seinen zweiundzwanzig Jahren zu den etwas älteren Freaks gehörte, gerade von einem monatelangen Trip durch Südamerika zurückgekommen und nun bemüht war, seine vermeintliche Gefolgschaft mit blasierten Sprüchen auf Linie zu bringen – seine Linie. Sahen die Jungs, die in jenen Tagen aus Indien zurückkamen, meist aus wie das Wehende an sich, also wehende Haare, wehende Kleidung, wehender Gang und verblasene Sprache, so kamen die Südamerika-Reisenden eher wie im Zeitlupenwind taumelnde Traumfänger daher, mit dem immer leicht debil wirkenden Gesichtsausdruck des scheinbar Wissenden, als Wanderer zwischen der realen Welt und der Welt der Geister und Schamanen – mental in einer latenten Vorstufe zur Schizophrenie. Und Hershy war nachgerade der Prototyp eines Wissenden dieser Couleur. Er sprach wenig, bewegte sich langsam und grinste maskenhaft wie ein badischer Reb-Indianer mit Gesichtslähmung. Zu allem Überfluss hielt er es im Sinne unseres Menschwerdungsprozesses für eine pfiffige Idee, die Bowle mit Unmengen frischen Meskalins zu versetzen, ohne uns darüber zu informieren. Mit wirklichem Meskalin, nicht also mit jenem synthetischen Zeug, welches damals in Europa – wenn überhaupt – zu bekommen war, sondern mit dem echten, durch die Schilderungen von Carlos Castaneda hinreichend gefürchteten, frischen Extrakt des Peyotekaktus, dem man nachsagte, er würde einen, zuweilen recht ruppig, mit dem eigenen, indianischen Tiergeist bekannt machen. Eine solche Begegnung aber ist für Menschen unseres

Kulturkreises nicht wirklich wünschenswert, da degenerierte Stadtjugend auch schon mal den Mixer für einen Tiergeist hält, der dann im schlimmsten Fall nur gequirlte Scheiße redet, was wiederum für den Menschwerdungsprozess indianischer Prägung nicht hilfreich ist. Wie auch immer: Sicher ist, dass ein Flug mit Meskalin Airlines, den man unternimmt, ohne diesen Flug überhaupt gebucht zu haben, nicht wünschens-, wohl aber erzählenswert ist.

Mein Durst war nach sechs bis acht Bechern Bowle hinreichend gelöscht. So folgte ich belämmert den Forderungen des in seiner Wirkung zuerst einsetzenden Alkohols und suchte mir ein stilles Plätzchen, um den Rausch zu genießen und in Ruhe an der Rekonstruktion meines verflüssigten Sprachzentrums zu arbeiten. Die Treppe hoch und den langen Flur entlang öffnete ich eine Zimmertür nach der nächsten, bis ich schließlich einen Raum fand, der bis auf einen ausladenden, äußerst bequem erscheinenden Sessel und einen Fernseher leer war. Taumelnd ließ ich mich in das sumpfweiche Sitzmöbel fallen und schaltete ein: Charlie Chaplins ‚Modern Times' fing gerade an und ich dachte, sind wir nicht genau das: mechanisch gesteuerte Maschinenteile, unfähig zu individuellen Bewegungen – noch heute? Und ist es nicht genau das, woraus wir uns befreien müssen, indem wir die große Maschine zerschlagen und uns damit aus der weltumspannenden Fremdbestimmung lösen? Nie wieder tun, was andere von uns erwarten? Just in diesem Moment klappten sich die Seitenwände des Raumes herunter und ich war mitten drin in dieser schwarzweißen, von Chaplin in humorige Fließbandphilosophien verpackten Kritik an den Auswüchsen des beginnenden Industriezeitalters, wurde selbst zu einem Bestandteil der systematischen Bewegungsabläufe, die Chaplin und alle Dinge um mich herum nun vollzogen. Damit hätte ich mich trotz der Tatsache, dass ich gar nicht wusste, dass ich unterwegs auf einer psychedelischen Reise war, noch anfreunden können.

Doch bevor ich überhaupt nur in die Nähe eines Gedankens kam, der es mir erlaubt hätte, die derart modifizierte Realität als nicht real einzuordnen, hatte der große Schamane bereits meinem ‚ICH' den Lebensnerv durchtrennt und mir gezeigt, dass die Befreiung aus der Fremdherrschaft nicht ganz so simpel war, wie ich mir das vorstellte. Aus dem nebligen Moor meines Unterbewusstseins tauchte unvermittelt eine neue Persönlichkeit auf, der Schamane selbst gab sich die Ehre, übernahm ganz selbstverständlich die Rolle des bisherigen ‚ICHs' und teilte mir mit, dass ab sofort Geometrien wie auch Mechanik von der großen Speisekarte gestrichen seien. Stattdessen hätte ich ab sofort dem Pfad des Organischen zu folgen.

Alles klar.

Um das Gewicht des neuen Gebotes zu unterstreichen, ließ der große Schamane prompt Organisches in meine Wirklichkeit einbrechen – in Gestalt von Paula. Paula war ein dralles Geschöpf mit rotem Kopf, Brueghel-Gesichtszügen, blondem Schnittlauchhaar, Kochtopfschnitt und mit für eine sechzehnjährige viel zu üppigen Brüsten. Ihr breites Honigkuchengrinsen wirkte – vielleicht auch durch ihr wortloses Erscheinen – surreal und die germanisch ausladenden Schritte, mit denen sie unaufhaltsam auf mich zu steuerte und dabei Charlies wunderbare Bilderräume niederwalzte, machten ihr Erscheinen endgültig zu einer Einbahnstraße der Wahrnehmung. Als sie sich dann auch noch mit einem wohl lasziv gedachten, in jedem Falle aber breit gezogenen „Hi" auf meine Sessellehne plumpsen ließ, riss sie damit nicht nur eine Wirklichkeit nieder, sondern schuf auf diese Weise auch noch eine neue, nicht bestellte Wirklichkeit und ich begriff schlagartig, dass in diesem Raum und mit dieser Geschichte irgendetwas nicht stimmte, was ich aber wiederum mehr fühlte denn in Worte fassen konnte, weil das ‚ICH', wie gesagt, ja bereits vom Schamanen gefeuert worden war. Und doch blieb irgendwie der Eindruck, alles, was nun passierte, wäre mein freier Wille, obwohl das Über-Ich, also der Schamane, mich gleichzeitig ob dieser Annahme verhöhnte und ich das auch mitbekam, aber nichts dagegen unternehmen konnte. Zielstrebig stürzte sich diese ausgehungerte Walküre nun auf mich, befeuchtete mit ihrer Kompostzunge meinen Rachen und ließ ohne zu fackeln ihre schlüpfrigen Fangarme in meinen felsigen Schritt gleiten. Schon war die Jeans zu eng, fand sich keine Position mehr, in der der Marterpfahl meines Tiergeistes keine Schmerzen verursachte. Und genau an dieser Stelle zeigte mein Tiergeist denn auch zum ersten Mal sein wahres Gesicht: Es war ein fleischiger, haarloser Tiefseewurm, dessen besondere Fähigkeit darin lag, blubbernd und sich windend so etwas wie Zustimmung zu signalisieren. Binnen Nanosekunden hatte das Wesen auf meiner Sessellehne, dessen Tiergeist wohl die selten gewordene Wuchtbrumme gewesen sein mag, in nahezu prophetischer Antizipation meines Schmerzes mit zwei geschickten Griffen Knopf und Reißverschluss geöffnet und seine warmen, fleischigen Tentakel flächendeckend in die Zellstrukturen meines Genitalbereiches gesaugt.

Charlie Chaplin hatte sich längst betreten zurückgezogen und schiere Gier schwang das gewaltige Zepter in unserem Tiefsee-Separee. Wie nach einer Schockfrosttherapie zog sich jetzt der Raum hermetisch zusammen und die wunderbare, vormals dreidimensionale Wirkung mathematisch berechenbarer, geometrischer Bewegungsdetails wurde von der Gischt dieses weiblichen Wellenberges hinweggefegt. Stattdessen mutierte der Raum nun ins pulsierend Organische und unser beider Bewegungsabläufe bekamen etwas Obsessives. In einem Anflug von Wahrnehmung wurde ich mir plötzlich der überdurchschnittlich hohen Besucherfrequenz im Haus bewusst, ebenso wie der Tatsache, dass die Tür keinen Schlüssel hatte, wodurch eine gewisse, schicksalhafte Bedrohung von ihr ausging. Wie von Sinnen tanzte der irre Blick meines schamanischen Wurmes durch diese ausweglose Situation, aber schließlich war es die Wuchtbrumme, die den Tiefseewurm über eine unscheinbare Zugtreppe in den Speicher und damit ins Spinnwebland schob, um ihn dort von den letzten zellularen Körperkontaktbarrieren zu befreien. Nun stand der Brachialverschmelzung mit ihrem Aspikkörper nichts mehr im Wege. Dieses Wesen war eine elysische Götterspeise, ein Sahnehäubchen der Fleischeslust, ein Vulkan im Schafspelz und ich, der Tiefseewurm, war mittendrin, statt nur dabei. So nebelte ihre gestöhnte, doch wohl hoffentlich nicht ernst gemeinte Ermahnung, ich solle: „... nein, nicht in mich rein ...", an mir vorbei wie ein im Tarnmodus lautlos dahin gleitendes Raumschiff aus einer fernen Galaxie. Als sie mit mir fertig und von mir nicht viel mehr als glitschig beherzte Glückseligkeit übrig war, wich sie unvermittelt vor weiteren Frischzellen in die Nasszelle aus. Mein auf diese Weise vorübergehend testosteronlegierter und zu Titangröße aufgeblasener Tiergeist fand zwar nicht unmittelbar wieder der Situation angemessene Schritte, zumal als Wurm und damit ohne Beine, aber letztlich doch mit stolz geschwellter Brust und rollenden Hüften den Weg zurück in das tief unter uns liegende Steppenland der Sterblichen, welches zurück zu erobern der Tiergeist sich nun anschickte.

Vier Wochen später hatte ich längst akzeptiert, dass dieses Erlebnis unter Reisegesichtspunkten keine Beach-Party gewesen war. Eher vielleicht eine Abenteuerreise zu den sich gegenseitig den Verstand herausfressenden Eingeborenen eines virtuellen Papua-Neuguineas, in jedem Fall aber ein Gehirnzellenmassaker. War LSD noch eine Art beschauliches, inwendiges Fernsehen gewesen, dieser magische Kaktus führte eher zu einer vorübergehend in Fragmente zerfallenden Persönlichkeit, deren Einzelteile dann in hoher Schlagdichte in einen hitzigen Dialog miteinander traten: Thesen, Antithesen, aber nur selten Synthesen. Anstrengend, peinlich und wenig erheiternd war das Ganze vor allem vor dem Hintergrund gewesen, dass ich es offenbar unter Einfluss der Droge mit einer Frau getrieben hatte, einer Frau, die ich nüchtern nicht einmal mit der Beißzange angefasst hätte, nicht nur, weil sie wahrlich keine Schönheit war, sondern vor allem auch, weil sie eine jener vom Leben ständig getretenen Frauen war, von Geburt an links liegen gelassen und zu allem Überfluss mit einer ätzenden Stimme ausgestattet. Sie hatte sich von Anfang an in den Kopf gesetzt, in unseren ‚inner circle' aufgenommen zu werden, weshalb sie sich angewöhnt hatte, bei den Mädchen Kreide zu fressen, diesen also nach dem Mund zu reden und gleichzeitig, hinter deren Rücken, deren Freunde, eigentlich jeden von uns Jungs, der Reihe nach anzugraben, wobei sie sehr wohl verstand, dass – ob ihres eher unvorteilhaften Äußeren – dezent weibliches Auftreten nicht zu ihren Stärken gehörte. Wohl genau deshalb packte sie die Jungs da, wo diese am verwundbarsten waren: ihrer unstillbaren Geilheit und ihrer verzehrenden Sehnsucht nach hemmungslosem Sex ohne Regeln und Grenzen. Obwohl keiner jemals zugegeben hätte, dass er es mit ihr getrieben hatte, wusste ich doch, dass es nicht wenige gewesen waren, die sich darauf eingelassen hatten und nun reglos stillhielten, wenn es um Paula ging, um nur ja keine schlafenden Hunde zu wecken und um im schlimmsten Falle alles leugnen zu können. Dennoch oder vielleicht auch deswegen blieb Paula letztlich immer nur Zaungast. Und Paula wusste das ganz genau, weshalb sie durch die ständigen Demütigungen und herabwürdigenden Bemerkungen am Ende intrigant und gemein geworden war und damit schlicht ein bedauernswertes Geschöpf.

Auch an diesem Freitagabend wollten wir uns wieder in unserer Pizzeria treffen. Wir taten dies meist, um die Stunden bis zur Öffnung unserer genau gegenübergelegenen Diskothek, einer von zweien in dieser Stadt, zu überbrücken. Hier in der Pizzeria, und danach in der Diskothek, traf sich die gesamte Szene. An den Wochenenden waren hier, zwischen sechs und neun Uhr abends, um die 300 Freaks anzutreffen. Den überwiegenden Teil der Leute kannte man mehr oder weniger. Vom Sehen kannte man praktisch alle. Wir waren wie eine weitverzweigte Familie – mit allem, was dazugehört. Was in dieser Kleinstadt mit ihren angrenzenden Weindörfern, im Umkreis von vielleicht dreißig Kilometern, passierte und auch nur einen Hauch von Relevanz für unsere Szene hatte, wurde hier, in dieser Pizzeria, zu einem griffigen Gerücht. Ich hatte gerade meine für mich immer schon viel zu kleine Honda Dax geparkt und schlurfte benebelt in Richtung Eingang, als mir, nur noch einige Schritte von diesem entfernt, Bernd aus dem Laden entgegen kam. Bernd war ein Kumpel, mit dem ich im Allgemeinen nicht allzu viel zu tun hatte, über den ich allerdings im Laufe der Jahre immer mehr gehört hatte als von ihm selbst. Jetzt, da er mich vor der Pizzeria erblickte, begann er sich, unter Verzicht auf jegliche Form des Respekts, den er vormals vor mir gehabt haben mochte, scheinbar aus dem Nichts heraus vor Lachen auszuschütten:

„Du?!", brüllte er vor Lachen,

„... Du willst da rein!?"

Und als ich ihn verdutzt fragte, was er damit meine, bekam ich keine Antwort. Stattdessen ging er weiter, unaufhörlich geschüttelt von neuen Lachsalven. „Idiot", dachte ich nur und öffnete die Tür. Dicker Qualm und lautes Stimmengewirr schlugen mir entgegen – und urplötzlich, nach einem kleinen, tödlichen Augenblick – schmerzhafte Stille. Stirnrunzelnd wurde ich der auf mich gerichteten Augenpaare gewahr. Dann brach der Orkan bösartigen Gelächters über mich herein. Ich stimmte verunsichert und in meiner Unwissenheit blöde blökend in den kollektiven Lachanfall ein. Noch immer hatte ich nicht begriffen, wie schmerzhaft ich gleich auf scharfkantigen sozialen Grund auflaufen würde. Dann sah ich im Zentrum des Raumes die von Heulkrämpfen geschüttelte Paula allein an einem Vierertisch sitzen und es dämmerte mir, auch, wenn ich es noch nicht wirklich wahrhaben wollte. Der übrige Raum war brechend voll mit Leuten, teilweise dicht gedrängt an Tischen sitzend, teilweise stehend. So wirkte Paulas Tisch wie eine einsame Insel, auf der die Pest ausgebrochen war, weshalb sich auch niemand in das emotionale Quarantänegebiet hinein wagte. Ganz langsam verstand ich, dass es genau diese räumlich-personelle Situation sein musste, die das Bindeglied zu dem mir entgegen schlagenden Gelächter verkörperte und mir verging das Lachen. Ferngesteuert bewegte ich mich auf den Tisch meiner Clique zu, setzte mich mit meinem dumpfen Gefühl zu ihnen und sah sie zunächst nur fragend an. Die Jungs aber brauchten mich nur mit einem Blick zu streifen, um ein ums andere Mal wieder und wieder von Lachkrämpfen geschüttelt fast vom Tisch zu kippen. Die Mädchen schmunzelten erst, um dann immer und immer wieder in sich hinein kichernd die

Hände vors Gesicht zu schlagen, als würde mir so ihr Füllhorn des Spottes nicht auffallen.

Natürlich folgten jetzt spitzmündige Bemerkungen: „Willst Du Dich nicht lieber um Paulinchen kümmern? Die braucht dich doch jetzt so sehr ...“ Lachanfall. Oder: „Habt Ihr Euch denn schon einen Namen ausgedacht?“ Wieder brüllendes Lachen. Und so dauerte es gar nicht lange und ich floh entnervt zu Paula, setzte mich an ihren Tisch. Noch immer wollte ich die simple, offensichtliche Wahrheit nicht akzeptieren und fragte sie forsch: „Was ist los mit dir?“ Doch schon tat mir die schneidende Schärfe in meiner Stimme leid und das in diesem Augenblick völlig offene und sichtlich schutzlose Mädchen dauerte mich ob des erschütternden Häufleins Elend, das sich da vor mir in die Ritzen des braunen Stoffes der Polsterung verkroch. Das war von ihr nicht gespielt, hatte nichts Aufgesetztes. Mein an dieser Stelle (nein, ganz ehrlich!) zutiefst empfundenes Mitleid, das ich im Folgenden einfühlsam mitteilte, machte alles nur noch schlimmer. „Hey, bist du dir denn ganz sicher und hey – wenn Du dir sicher bist, ich meine, dreh einfach jetzt nicht durch. Du bist ja nicht allein auf der Welt. Da gibt´s doch jetzt so ein neues Gesetz ...“ Aber ihre sich ganz allmählich selbst in Fahrt bringende Verzweiflung und möglicherweise das Gefühl, dass ich sie verarsche, obwohl ich das gar nicht vorhatte, führten bedauerlicherweise nur zu einem parabelartigen Anschwellen der Lautstärke ihres Geheules, was wiederum eine Kurzschlusshandlung nach der anderen in mir auslöste, weil sich schon wieder alle zu mir umdrehten. Völlig überfordert von der langsam aber sicher eskalierenden Stresssituation in meinem Kopf, sprang ich hektisch, fast panisch auf, beherrschte mich aber im gleichen Augenblick wieder und schlenderte, mich wenigstens vorübergehend wieder unter Kontrolle bringend, betont lässig an den Tisch der üblen Rasselbande zurück, die ich meine Freunde nannte. War mein Gehirn auch in meiner Scham über Paulas ungewollte Schwangerschaft auf Nussgröße geschrumpft, so war ich aber doch noch Manns genug, mich jetzt wieder, in einer Art Flucht nach vorne, mit der männlichen Kaltschnäuzigkeit zu brüsten, mit der ich Paula angeblich klar gemacht hätte, dass sie sich bei ihrem Männerverschleiß ja nicht zu wundern brauchte und ich ja ohnehin nicht infrage käme, da ich ihr ja alles,

„Na ja, auf die Brüste, ihr wisst schon …"

Doch ihre Lachanfälle wurden nur noch schriller, hysterischer, sodass ich annehmen musste, dass selbst dieser gerissen inszenierte Fluchtversuch eine Sackgasse war. Der für hilfreiche Ideen verantwortliche Bereich meines Gehirns machte daraufhin, ob der inakzeptablen Drucksituation, kurzerhand dicht. Im Gegenzug drohte das schlagartig prall gefüllte Panikzentrum in meinem Kopf durch das Elektrogewitter durchbrennender Synapsen unappetitlich zu explodieren. Und dann machte mein Verstand plötzlich eine Art Manöver des letzten Augenblicks, verbündete sich mit dem bis dahin ziellos umherirrenden Willen und knallte kurz entschlossen einen Deckel auf die überkochende Emotionssuppe. Noch nie zuvor hatte ich in solch kalter Klarheit vor Augen, was zu tun war. Jetzt galt es, ein ganzer Kerl zu sein, Stärke zu zeigen, allen, auch mir selbst den Beweis dafür zu liefern, dass ich jede Situation meistern konnte. Genau. Und deswegen stieg ich jetzt auch auf meine Honda und begann mit 55 km/h Richtung Süden zu fahren, nach Marokko, ja, nach Tanger. Liefen nicht von dort die großen Pötte nach Südamerika aus? Und war ich erst einmal in Buenos Aires oder Rio – Mann, da konnte mir nichts mehr passieren. Dann würde ich die Honda verkaufen und von dem Geld ein neues Leben anfangen und niemand käme mir dann noch in die Quere. Scheiße war das kalt. Jetzt fuhr ich schon eine Stunde und Marokko war immer noch ein ganz schönes Stück. Dass das Ding auch nicht schneller fuhr. Vielleicht sollte ich trampen. Aber die würden vielleicht mich, aber ganz bestimmt nicht die Honda mitnehmen. Außerdem war ich schließlich hart genug für die Fahrt da runter. Wahnsinn, da war doch gerade eine noch offene Kneipe. Erst einmal aufwärmen und etwas essen. Vielleicht ein Bier oder zwei. Am Ende waren es zehn. Ich war sternhagelvoll und bekam das ‚heulende Elend'. Es jetzt zu Ende bringen, jetzt nicht einbrechen, nicht aufgeben, nur nicht nach Hause zurück fahren. Dann schon lieber ... Mein nächster Impuls trieb mich auf die Toilette, einsperren, erst mal alles raus lassen, dann das Messer, ein Opinelle. Ich klappe es auf, will es schnell hinter mich bringen und ziehe einfach durch. Ziehe es einfach durch. Aber nichts, kein Rot, kein Blut. Einfach nichts. Das Scheißding war einfach stumpf wie die Kriegsverletzung meines Großvaters. Das war es. Ein Zeichen. Es sollte nicht sein. Ich war einfach noch nicht dran. Und schon wieder wusste ich, was zu tun war, weil mir gerade noch rechtzeitig einfiel, dass ich ja gar kein Geld mehr besaß. Also sprang ich aus dem Fenster. Nach Norden. Nach Hause. Und dort alles regeln, was letztlich gar nicht so schwer war, weil es seit diesem Jahr die ‚soziale Indikation' gab, was ich ebenso begrüsste wie den Schlussstrich, den die Ärztin zog, als sie mich – und nur mich – nach 30 Sekunden aus ihrer Praxis warf. Kam wohl mit meinen Komplimenten nicht klar. Was weiß ich. Aber süß war sie schon, die Ärztin.

Der Kofferraum unserer Gehirne sah mittlerweile aus wie das mobile Rauschgiftlabor des 44. Dezernats der Kripo Frankfurt. Kaum ein Tag verging, an dem wir nicht polytoxikologische Experimente durchführten, wobei die fünf gesellschaftlich festgelegten Schul- und Arbeitstage für die Standardexperimente reserviert waren, also für die kontrollierte Überdosierung von Gras und Alkohol. Nur die Wochenenden, die auch gerne mal am Donnerstag beginnen durften und erst am Dienstag endeten, waren für die wahren, die echten Experimente reserviert, durch die mutig Neuland betreten und häufig ganze Gehirne riskiert wurden. In unserer heiter anarchischen Zeit der gefühlten, totalen Freiheit dominierten die psychedelischen Drogen, weil die das Leben und den Alltag so schön bunt machten. Beliebt waren LSD, Meskalin und PCB, besser bekannt als Engelsstaub, oder die auch hier heimischen und deshalb so gerne im Herbst gesammelten ‚Magic Mushrooms‘, also Psylocibin. Obwohl die grauen Zellen derjenigen unter uns, die sich auf halluzinogene Drogen spezialisiert – oder soll ich sagen: reduziert hatten, bereits schwer unter Druck standen – für einige Freaks waren selbst diese brachialen Gehirnzellen-Massaker nicht genug. Für sie gehörten zur Erweiterung des Horizontes auch Versuche mit Apothekenmittelchen wie Ephedrin, Valoron, Benzedrin, den Schlankheitstropfen X112 oder dem ausgekochten Sud von Asthmazigaretten. Die realitätstreuen Materialisten wie auch die regelkonformen Idealisten, die Jahr für Jahr in ihre Kirchen, Tempel oder Moscheen dackeln, in ihre Kinos, Kneipen oder Theater, sie alle haben eines gemeinsam: Sie glauben an die Existenz dessen, was sie mit ihren fünf Sinnen wahrnehmen können und erlauben sich lediglich gelegentlich das süsse Bonbon der Phantasie, der Träume vom Diesseits oder Jenseits, von einem besseren Leben, von Dingen, die sie nicht haben, aber gerne hätten, von Personen, die sie gerne wären, aber nicht sind, von Orten, die sie gerne bereisen würden, weil sie dort nicht hin können oder dürfen und vor allem von der Erfüllung all dieser in ein religiöses Papierchen eingewickelten, senilen Träume, wenn sie tot sind. Keiner dieser gesellschaftlich eingenordeten Bürger aber kann sich vorstellen, was wäre, wenn die sogenannte Realität Phantasie wäre und die Phantasie Realität. Was das soll? Hm. Ich fürchte, dass sich dies nur durch eine Geschichte veranschaulichen lässt – eine möglicherweise tatsächlich passierte Geschichte.

Einmal mehr war es Udo, der vom Pferd fiel, in seinem Zimmer, aber der Reihe nach. Es war echter Herbst geworden in diesem Jahr der Utopisten-Massaker, im Jahr 1977, und wir verkifften die Sonntagszeit unseres juvenilen Erwachens im Jugendzentrum – auf unseren vom Sperrmüll eingesammelten oder grosszügig von entrümpelnden Millionären geschenkten, zerschlissenen Weichsitzmöbeln. Ich glaube, zu dieser Zeit war gerade Arbeitgeberpräsident Martin Schleyer entführt worden, was uns allerdings ziemlich am Arsch vorbei ging. Wir scherzten pubertär, kicherten infantil und gammelten professionell, als Udo zu uns stieß und uns, ruhig zwar, jedoch völlig verwirrt, folgende Geschichte erzählte, während er, zum ersten Mal, seit ich ihn kannte, einen Joint ablehnte – ein böses Zeichen.

Am Montag, also fünf Tage zuvor, so eröffnete er seine Erzählung, habe er sich entschlossen, einmal allein ein Experiment zu wagen. Er hatte wohl Einiges zum Thema Atropin nachgelesen, einen Stoff, welcher einst nach Atropa Belladonna, der Tollkirsche benannt worden war. Atropin, so dozierte er zunächst, sei ein giftiges Alkaloid, das in natürlicher Form in den unterschiedlichsten heimischen Nachtschattengewächsen vorkäme und das ja bereits seit mindestens dem Mittelalter bekannt sei und zu den unterschiedlichsten Dingen genutzt würde. Atropin sei hauptsächlich in besagter Tollkirsche, aber auch im Stechapfel oder der Engelstrompete, einem Busch mit Bierflaschen-großen Kelchblüten, enthalten. Die Mädchen im Mittelalter hätten Atropin angeblich benutzt, um ihre Pupillen riesig groß und schwarz zu machen. Überdurchschnittlich große Augen aber, so erläuterte Udo weiter, würden schließlich selbst aus reifen Weibern Kindfrauen machen, also das

Kindchenschema bedienen und seien somit, heute wie damals, eine Art sexueller Stimulanz, die alte Männer aufgeile, weil diese glauben würden, sie hätten es mit einer jungfräulichen Knospe zu tun, auch, wenn das Weib selbst längst den Zenit überschritten hat. Atropin sei somit schlicht und einfach ein Täuschungsmittel, das es aus seiner Sicht unbedingt auszuprobieren galt.

Asthmazigaretten habe er ausgekocht, so erzählte Udo weiter, weil die besonders viel Atropin enthielten. Einen Sud habe er daraus hergestellt und diesen zu sich genommen, weil man dem Atropin eben auch halluzinogene Wirkungsweisen zuschrieb, zumindest bei einer entsprechenden Dosierung. Was allerdings eine entsprechende Dosierung ist, war wenig bekannt. Schließlich, so Udo, bewege er sich hier in den unerforschten Regionen des psychedelischen ,Outer Rims', den Grenzregionen also, die nie ein Mensch zuvor betreten hatte – oder so ähnlich. Allein wäre er bei diesem Experiment gewesen, alleine zu Hause.

Seine Eltern waren finanziell wie mental einfache Leute, die Familie zerrüttet, der Vater ausgezogen. Und seine Mutter, mit der er nach dem Auszug des Vaters zusammenlebte, war noch nicht von ihrer erschöpfend eintönigen Arbeit zurück. Udo saß also in dieser chronisch unordentlichen Zweizimmer-Wohnung, auf seiner mit einer bunten Hippiedecke überzogenen Matratze, die natürlich auf dem Boden lag, in seinem winzigen, von indischen Accessoires überbordenden Zimmer und wartete. Er strich sich die bis zur sechsten Rippe reichenden, schwarzen Haare aus dem Gesicht und fragte sich, ob er vielleicht zu wenig von dem übel bitteren Dreckszeug getrunken hatte. Und weil er sich nicht sicher war, stellte er die Frage noch einmal laut, damit auch das Pferd in seinem Zimmer sie gut verstehen konnte. Das Pferd grinste ihn aber nur kauend an und begann, sein Gegenüber kritisch musternd, ein Gespräch mit ihm: über Gott und die Welt, über die Schmach des Stalles, über gangbare Wege ins Nirwana. Nun war dieses große, braune Pferd zu diesem Zeitpunkt frei und ungesattelt, ein Ehrfurcht und Respekt gebietender Gesprächspartner eben, voller guter Ideen, mit Charme, Mähne und einem beißenden Humor. Insofern konnte sich Udo natürlich nicht hinreißen lassen, dieses intelligente und weise Wesen aus einer weit entfernten Fabelwelt der Freiheit einfach zu unterdrücken, es sich Untertan zu machen. Die Beiden waren sich schließlich einig, dass sie, obwohl von unterschiedlicher Rasse, in vieler Hinsicht ebenbürtig seien. Man bedenke: In Zeiten wie diesen und einer Welt wie dieser war das ein kleiner Schritt für das Pferd und ein großer Schritt für den Menschen unter ihnen. Schließlich war es das Pferd, das Udo die Hand reichte – natürlich im übertragenen Sinne – und ihm anbot, es zu satteln und gemeinsam mit ihm in den Sonnenuntergang zu reiten. Also erhob sich Udo von seiner Matratze, nahm die bunte Hippiedecke als Pferdedecke, faltete sie einmal, da sie sonst zu groß gewesen wäre, und legte sie sorgfältig, damit keine Falten entstünden, die später drücken konnten, auf den Rücken des Pferdes. Dann nahm er den silberbeschlagenen Sattel, wuchtete ihn hinauf und zurrte ihn schließlich fest. Er nahm den Kopf des Pferdes mit beiden Händen, sah seinem Gegenüber dabei mit freundlichem, offenem Blick tief in die Augen und mit einem Nicken beiderseitigen Einverständnisses schwang er sich auf dessen Rücken, um die gemeinsame Reise ans Ende der sichtbaren Welt zu beginnen.

Plötzlich stand Udos Mutter im Zimmer und mit einem leisen „Plopp" war das Pferd verschwunden und Udo stürzte aufgrund des immensen Stockmaßes seines neuen Freundes aus großer Höhe auf die harten Dielen seines Zimmers. Die Mutter war empört, wobei sich nicht direkt erschloss, worüber – das sich in Nichts auflösende Pferd oder Udos Unachtsamkeit. In jedem Falle mahnte sie die bereits späte Stunde und die Tatsache an, dass Udo am nächsten Tag Schule hatte, und schickte ihn barsch ins Bett, was Udo, obwohl er schon siebzehn war, auch befolgte.

Am nächsten Morgen ging Udo – er war natürlich noch etwas benommen – zur Schule. Es war der Dienstag. Wie immer stritt er sich mit einem Mitschüler, mit dem er gemeinsam dieselbe Schulbank drückte. Wie immer ging es um irgendeine Belanglosigkeit. Sie mochten sich einfach nicht. Die Lateinlehrerin betrat den Raum, pickte sich wie so häufig zunächst zwei der wild herumbrüllenden Adoleszenten heraus und trug sie ins Klassenbuch ein, ein routinierter Kniff, um für Disziplin zu sorgen. Später, in der dritten Stunde, schrieben sie eine Mathearbeit, was für Udo kein wirkliches Problem darstellte, da er ja in Mathe gut war und es ihm keinerlei Probleme bereitete, die abstrakten Formeln zu verstehen, herzuleiten oder auch für konkrete Berechnungen heranzuziehen. Nur in der letzten Stunde musste Udo leider einen Rüffel einstecken, weil er seine Geschichtshausaufgaben vergessen hatte. Es brachte ihm eine mündliche Sechs ein, was er gegenwärtig wirklich nicht gebrauchen konnte, weil er außer in Mathe und Physik sowieso überall hinterher hinkte. So ging er nach der Schule trotz des guten Gefühls nach der Mathearbeit etwas geknickt nach Hause, machte sich das von der Mutter vorgekochte Essen warm, löffelte es lustlos in sich hinein, erfand für sich selbst einen scheinbar triftigen Grund, die Hausaufgaben nicht zu machen, rauchte einen schön gedrehten, gut gefüllten Joint und legte sich, nach der letzten, sehr unruhigen Nacht, erst einmal pennen. Am frühen Abend, als er wieder griesgrämig erwacht war, musste er noch einmal raus, weil er es in der engen und stickigen Bude nicht länger aushielt. Er verabredete sich mit Gerti auf ein Bier im Wienerwald. Wir gingen gerne in den Wienerwald damals, denn wenn wir dort einfielen, um uns – schon mit fünfzehn Jahren – mal wieder richtig einen reinlaufen zu lassen, dann volltrunken grölten und pöbelten und schließlich rausflogen, dann war das immerhin nie wegen unseres Alters, sondern weil wir die anderen Gäste belästigten oder beim Trinken unter den Tisch pissten – und das war ein auch für uns akzeptabler Grund. Dort also hatte sich Udo mit Gerti verabredet. Sie tranken heute aber nur zwei Bier, beide hatten keine rechte Lust auf ein Besäufnis. Sie schwiegen sich eine Weile an, in tiefem Einverständnis und vertagten sich schließlich auf das Wochenende, weil sie auf unterschiedliche Schulen gingen und unter der Woche einfach zu wenig Zeit hatten. Schließlich standen sie beide in der Schule auf der Kippe und mussten eigentlich büffeln. Udos Mutter war an diesem Abend besser gelaunt, strich ihm einmal sogar liebevoll durch sein langes Haar. Als Udo aber schließlich am nächsten Morgen, also dem Mittwoch, in die Schule kam, fragte seine Klassenlehrerin als Erstes, wo er denn am Vortag gewesen sei! Bumm! Er traute sich nicht, etwas entgegenzusetzen. Er traute sich nicht, Fragen zu stellen. Tatsächlich hatte die Klasse am Vortag eine Mathearbeit geschrieben. Aber er war nicht mit von der Partie gewesen. Er hatte gefehlt, war einfach nicht da gewesen, obwohl er jede Sekunde des Vortages doch real erlebt hatte, alles, was am Dienstag passiert war, hätte detailliert beschreiben können. Der Dienstag hatte – zumindest so – für ihn nicht stattgefunden. Was aber stattdessen? Auch Jahre später war es ihm nicht möglich, den wahren Ablauf dieses Tages zu rekonstruieren. Und für mich war nach seinen Schilderungen klar, dass dies eine Form der Halluzination war, die ich nicht brauchte und definitiv nicht haben wollte. Ich meine, wenn einem mal eine Stunde fehlt oder auch zwei, drei, weil man irgendetwas zu viel intus hatte: in Ordnung. Aber einen Tag, einen realen, ganzen, höchst normalen Schultag zu erleben, obwohl dieser für den Betreffenden so gar nicht stattgefunden hat und niemand, auch Udos Mutter danach nicht sagen konnte, was er an diesem Tag getan hat – dann ist das doch etwas zu viel des Guten. Aber das bewirkte offenbar Atropin. Steffen, der mit dem Ende von Udos Geschichte gerade den Joint bekommen hatte, sah diesen kurz an, als hätte er einen Hundehaufen in der Hand und gab ihn angewidert weiter, ohne daran gezogen zu haben. Uns allen gab die Geschichte zu denken – zumindest ein oder zwei Tage lang – bis sich unser aller Konsum wieder auf das normale Maß eingependelt hatte und die vornehmste Eigenschaft des Menschen – das Vergessen – wieder das Zepter übernommen hatte.

Alles in diesen Tagen transpirierte Transzendenz. Für das Bürgertum transparent aber wurden unsere Ziele, also jenes von uns selbst als spirituelle Erleuchtung wahrgenommene Abdriften in die Welt des Dauerrausches, hauptsächlich durch unser stets bekifft sphärisches Gebaren und unsere indisch angehauchten Klamotten, die zwar eigentlich die tiefe Erkenntnis des schon lange von jeder profanen Wirklichkeit Abgehobenen signalisieren sollten, letztlich aber doch nur bewirkten, dass wir von diesen irgendwie andersdenkenden Mitmenschen als arbeits- und lichtscheues Gesindel begrüsst wurden, wo immer wir auch auftauchten. Natürlich waren die wenigsten von uns jemals aus Deutschland herausgekommen und der qualitative wie quantitative Grad unserer Erleuchtung war deshalb auch nur mit der Leuchtkraft handelsüblicher (und damals noch gar nicht verfügbarer) Energiesparbirnen vergleichbar. Aber wir wussten zumindest ganz sicher, dass wir mit unserer LSD-basierten Spiritualität eine neue Weltordnung schaffen würden – und dass es überall in der Welt besser war als in Deutschland, wo man für träumende Leistungsverweigerer im klassischen Sinne nur eine Antwort hatte: einstweilige Erschießung.

Warum zum Teufel sollten wir eigentlich nicht auf Kosten der Gemeinschaft schwerelos in den Tag hinein leben können? Und warum musste unsere Freiheit eigentlich unbedingt da enden, wo die Freiheit anderer Menschen begann? Mir ging einfach nicht in den Kopf, warum diese komische Gesellschaft so intolerant war und uns nicht einfach in Ruhe delirieren lassen konnte.

Frank gehörte nicht zu meiner Hippiegemeinde, obwohl er kiffte und auch sonst ein rebellierender Sonderling war. Er verströmte, obwohl ein oder zwei Jahre jünger als ich, eine unglaubliche Kraft, die mich anzog und neugierig machte, aber auch eine tiefe Zerrissenheit. Wohl wusste ich, dass diese innere Zerrissenheit daher rührte, dass er ohne seinen

Vater aufwuchs, ohne diesen Vater, der nur knappe hundert Kilometer entfernt lebte und doch nie für ihn da war, auch nicht für Franks jüngere Schwestern Sabine und Laura. Franks Vater war ein erfolgreicher Künstler, der schier unfassbare Bilder malte, abstrakte Bilder, die überall im Haus hingen, die einen in ihren Bann zogen, vor denen man stundenlang stehen konnte und in denen man zwangsläufig auf mannigfaltige Weise das Figürliche fand. Allzu leicht entführten sie den Betrachter in ein geschichtenreiches Land der Phantasie. Mal waren es Geister, die geschäftig den Himmel bevölkerten, mal Fabelwesen, die einem Meer entstiegen oder kleine Feen und Kobolde, die durch eine grüne Wiese raschelten. Aber jedes Mal, wenn ich aus einem dieser Betrachterräusche erwachte, vielleicht weil Frank mir ein neues Glas Rotwein oder eine selbst gedrehte Kippe brachte, war ich verwirrt, besonders dann, wenn ich schließlich nah an eines der Bilder herantrat und plötzlich nur noch die abstrakten Formen erkannte, die sie waren. All diese Bilder waren in klarem Blau, sattem Grün und karibischem Türkis gehalten. All diese Bilder waren groß, groß genug jedenfalls, dass man nicht, ohne in einen Dialog mit ihnen zu treten, an ihnen vorbei gehen konnte. Es waren diese Bilder, die mir irgendwann zeigten, dass es auch für andere Menschen, die nicht der Hippiebewegung angehörten, mehr gab als nur die graue Wirklichkeit, dass es Wege gab, schwärmerische Phantasien zu Geld zu machen und damit zu überleben. Und es waren neben meinen Drogenexzessen vor allem diese Bilder, die meine Wahrnehmung der Wirklichkeit nachhaltig veränderten, mich dazu brachten, mich für meine schwärmerischen Interpretationen der eigenen Wahrnehmung nicht mehr zu schämen, sie zuzulassen und am Ende für etwas Wertvolles zu halten. Sie stießen eine Pforte in mir auf und führten mich auf einen Pfad, der mich zunächst selbstbewusster träumen ließ und dann, durch die fast düstere Lage des Hauses selbst und drei verstörende Erlebnisse an ein und demselben Tag, an neue, irritierende und beängstigende Grenzen führen sollte. Während andere bereits in ferne Länder reisten, auf der Suche nach beglückender Spiritualität, nach

Indien, nach Afghanistan, nach Südamerika und auch nach Afrika, erlebte ich mein wahres spirituelles Erwachen hier, hier in der Provinz. Es war eine andere Art des Erwachens, eine, die sich später zunächst wieder mit den Erlebnissen der Reisenden der Hippiebewegung zum allgemeinen Weltbild der Zeit vermischten, aber mich letztlich auf den Boden einer allgemein anerkannten Realität zurückführten und mich damit diese Zeit überleben ließen. Bis dahin war allerdings noch ein langer Weg.

Den letzten Kilometer zu Frank, zum Haus der Kronenburgs also, musste man zu Fuß zurücklegen. Das kleine Sträßchen führte sehr steil und deshalb gemächlich weg vom geschäftigen Treiben der Einkaufsstraßen, weg von den letzten Einfamilienhäuschen, steil hinauf in eines der zahlreichen Seitentäler. Hügelige, saftig grüne Wiesen und die hier im Süden Deutschlands typischen Obstbäume, zumeist Pflaumen und Äpfel, aber auch Birnen oder Kirschen, erfreuten das Auge der Spaziergänger, wenn diese ihren Blick in den nördlichen Teil des Tales schweifen ließen. Ich war bereits zwölf Meter lang, kaum eine Chance mehr, über den eigenen Schatten zu springen. Immer schneller zog hungrige Finsternis nun das große Tischtuch des Lichts aus dem Tal. Bald schon würden die Dinge ihre Konturen verlieren. Bald schon würde sich das Bekannte zersetzen, wie jeden Abend. Und bald schon würde all jenes, was wir nicht mehr wahrnehmen, weil wir es zu oft gesehen haben, mit der Phantasie verschmelzen und Neues gebären, genährt von Ängsten und Verschüttetem, Verdrängtem.

Ich beschleunigte meinen Schritt, als ich den Steinmetz passierte, bemühte mich, seine kunstvoll ‚auf alt‘ gemeißelten Grabmale aus rötlichem Sandstein zu ignorieren, unangenehm beschlichen von der diffusen Angst vor dem Endgültigen, die diese in sich trugen, die Angst, die sich tief unter den fein gearbeiteten Ornamenten verbarg und den arglosen Passanten ein ums andere Mal befingerte, eine zarte, kalte Hand, die nur langsam von der Schulter glitt, je weiter man sich von der Hofeinfahrt entfernte. Nach nur wenigen hundert Metern verließ ich den geteerten Teil des Weges, sprang über den kleinen Graben rechter Hand, schlug mich durch eine schüttere Stelle in der dichten Hecke und begann mich diagonal entlang der zahllosen kleinen, ordentlich angelegten Pfade, immer weiter nach oben zu winden, mal links, mal rechts abbiegend, ein Labyrinth aus uralten und frischen Gräbern, die mich bei Tage distanziert berührten, zu dieser Stunde jedoch bis ins Mark ängstigten oder mir ohne ersichtlichen Grund die Kristalle des Winters über die Haut zogen. Dieser über zähe Jahrhunderte gewachsene Friedhof war immer schon, auch heute noch, ein verwunschener Ort. Seine moosig dunkle Mystik erfüllte mich, bei Licht betrachtet, mit einer tiefen Ruhe, mit der Gewissheit, dass alles in Ordnung ist, dass wir uns vor nichts fürchten müssen. Nun aber, da ich im Zwielicht, dieser gefühls- und geschichtenschwangeren Arena für unruhige Träume und von unseren Sinnen abgesegnete Realitäten, an einer der großen, längst verwitterten und von Efeu umrankten Familiengruften vorbeihuschte, auf deren Seitensäulen finstere Engel thronten, beschlich mich das Gefühl, das Böse glotze mich an, aus den Ritzen der mauerdicken Steinfronten, mich umschleichend, nach mir fingernd, von den Seiten, aus dem Boden und hinter mir her, getarnt durch das maskenhafte Leiden steinerner Protagonisten und lautlos rufend: „Komm doch. Teile unseren Schmerz!" Ein lang gezogenes, steinernes Kratzen schabte langsam durch die schwüle Abendluft und ich gefror, weil ich mit jeder Zelle meines Innenohres wusste, dass irgendwo ein Grab geöffnet worden war. Nicht weit entfernt, am Rande zur Blindheit, schattete eine Silhouette eilig zwischen Grabsteinen davon, lautlos, und ich begann zu rennen, weiter den Hang hinauf, immer weiter, immer schneller, bis ich schließlich und unweigerlich vor einer großen Gruft zum Stehen kam, als wäre sie mein Ziel gewesen. Die große Steinplatte zwischen den Säulen, diese letzte Bastion zum Reich der Toten, war weit geöffnet und ich fühlte, wie alles Blut aus meinen Gliedern wich. Ich wusste, dass die Toten neidisch waren − auf die unbeschwerte Leichtigkeit meiner lebendigen Jugend, darauf, dass die Sonnenstrahlen an den guten Tagen meine Haut erwärmten. Ich wusste, nein, ich fühlte wie sicheres Wissen, besonders, wenn ich den Weg alleine ging, dass man sich vor Dialogen mit den Toten hüten musste. Ich verdrängte die gefährlich süsse Verlockung der Kontaktaufnahme, aber ich kokettierte auch damit, weil sich Jugend eben unbesiegbar wähnt:

„Was wollt ihr von mir? Bin ich nicht unsterblich in dem Licht, das ich schaue oder bin?! Ihr seid doch nur Gefangene der Finsternis."

Und wieder die Antwort:

„Komm doch. Teile unseren Schmerz!"

Nein, häufig ließ sich nicht ermitteln, ob nicht doch ich es war, der, mittlerweile durch die psychedelischen Drogen durchgeknallt, einen inneren Dialog mit den Toten führte oder ob ich in diesen Momenten, bis der Friedhof schließlich nach zähen fünf bis zehn Minuten Weges überquert war, nicht letztlich doch einen wirklichen, einen echten Dialog mit den Toten geführt hatte. So wurde jeder Anstieg zum Haus der Kronenburgs zum aufwühlenden, metaphysischen Ereignis, die jungfräuliche Erfahrung des Todes als Teil des Lebens, erregend wie des Frühlings Erwachen, wie die Erkenntnis der Einheit aus Geburt, Lust und Tod und ängstigend ob der Möglichkeit einer lebendigen Existenz des Todes.

Jetzt aber lockte die Vernunft:

„Stell Dich Deinen Ängsten. Da gibt es nichts, wovor du dich fürchten müsstest, kein Jenseits, nur Tod, nur Stille."

Ich rang meine aufwallende Panik nieder. Ich zwang mich in den Glauben an die reine Vernunft. Eine Prüfung: Tor zur Hölle oder nichts weiter als eine offene Gruft, geöffnet vom Friedhofsgärtner, um – ja wozu? Gibt es überhaupt einen Grund, eine Gruft zu öffnen? Nachschub wäre möglich – aber jetzt, in der Dunkelheit? Ja, eine Prüfung.

Zaghaft betrat ich die faulige Düsternis der offenen Gruft. Schemenhaft, als wäre das genug, präsentierten sich die ersten Stufen einer schmalen, glitschigen Treppe, deren tatsächliche Länge sich im Schwarz der Tiefe verlor. Bis in die Hölle hätte sie führen mögen oder auch nur drei Meter weit.

„Du schaffst das!"

Kaum hatte ich die magische Linie überschritten, wendete sich das Blatt: Jetzt war es die Dunkelheit, die dominierte, zerschnitten nur von einer schmalen Klinge letzten Tageslichts. Nur drei Stufen tiefer und die kalte Hand an der Gurgel drückte zu. Noch vor meinem Gehirn wusste der Körper, dass ich genau jetzt weiter als nur einen Satz vom großen Portal entfernt war und von diesem Moment an beherrschte mich die Furcht, der Friedhofsgärtner könnte zurückkehren und die Gruft verschließen. Mein Schreien hätte er nicht mehr gehört und wenn, hätte er panisch die Beine in die Hand genommen, wie jeder Andere auch, der auf einem Friedhof weit entfernte Schreie hört und keinen Lebendigen erkennen kann. Der Tod wäre langsam gekommen, denn ich war mir bewusst, dass der Herzinfarkt, die barmherzigste aller Lösungen, nicht eingetreten wäre. Ich wäre verhungert, verdurstet oder von den Toten langsam und Stück für Stück aufgefressen worden. So trieb mich die Mutprobe nach unten und die Angst hielt mich auf dem Sprung. Zehn Stufen weiter, am Treppenabsatz, trat ich in schleimigen Morast, blickte nach rechts, sah im fahlen Restlicht, dass ich direkt neben einem jungen Sarg stand, sah aber auch, dass der Raum weiter in die Tiefe führte, und ahnte mehr, denn es zu sehen, dass dahinter weitere Särge die Reihe fortsetzten. Mit jeder Sekunde, jeder unendlichen Minute, in der sich meine Augen mehr an die Finsternis gewöhnten, verfeinerten sich die Geometrien des sich in der Flucht zersetzenden Bildes. Schnell wurde klar, dass der Grad des Zerfalls mit der Raumtiefe zunahm. Und kurz bevor meine Augen auch den letzten Sarg erkennen konnten, erkannte ich, dass dieser sich nicht mehr erkennen ließ, dass das, was ich erkannte, längst die reinen Gebeine waren, von denen sich zaghaft die letzten Streifen welken Fleisches lösten, die eins werden wollten mit dem morastigen Boden, verschmelzen wollten, zu just der zähen, schmatzenden Masse, in die ich soeben getreten war und ich blickte nach unten und schrie aus voller Seele, denn Hände und Gesichter lösten sich aus dem Schleim, reckten sich meinen Knien entgegen, griffen nach mir, hauchten mich mit ihren Schreien um Hilfe an und hielten mich fest. Mein Herz raste, mein Gehirn tobte und ich flog, flog die Treppe hinauf, verfolgt von diesem satanischen Bilderreigen. Später dann, oberhalb der den Gottesacker im Zaum haltenden Hecke, die große Erleichterung, das plötzliche Verstummen der Stimmen in meinem Kopf und meinem Herzen, die letzten, immer leichter werdenden Schritte über den schmalen, in zahlreichen harten Wintern vom Eis gesprengten Asphaltweg.

Der Beginn des Grundstücks ließ sich kaum ausmachen ob der unzähligen verwilderten Büsche und Bäume, die die wenigen, riesigen Grundstücke auf diesem morbiden Hügel über der Stadt miteinander verschmolzen. Ein Meter mehr oder weniger ‚meins‘ oder ‚deins‘ schien hier oben keine Rolle mehr zu spielen. Wer hier lebte, lebte hier bereits in mindestens dritter Generation. Wer hier lebte, war längst schon Teil des Fundamentes seines Jahrhunderte alten Hauses, Teil auch der Meter tiefen Wurzeln der ältesten Bäume in seinem Garten, einer Blautanne vielleicht oder einer Trauerweide.

Das Anwesen der Kronenburgs klammerte sich charmant verwildert an die Jahr um Jahr von rauen Westwinden zerzauste Kuppe. Alles hier oben wuchs den Weg des geringsten Widerstandes, wies mit strengen, knorrigen Fingern nach Osten. Die drei Obstbäume, ein Birnbaum und zwei Pflaumenbäume, eine über hundertzwanzig Jahre alte Fichte und zahlreiche Holunderbüsche, die ungeschützt den schlingernden Trampelpfad vom verwitterten Holzgatter zum Haus säumten, strengten sich besonders an, dem Besucher mit einer tiefen Verbeugung und auf unheimliche Weise einladend den Weg zu weisen. Und wenn ich mich zurück in meine frühe Kindheit träume, an den bollernden Kachelofen, an dem mir meine Großmutter gerne Märchen vorlas, so wird mir klar, dass das Hexenhaus, in dem sich die pädophile Hexe Hänsel und Gretel gefügig zu machen suchte, in meiner kindlichen Phantasie genau so aussah wie das Haus der Kronenburgs. Auf einem grau, grün und braun von Flechten und Moos eroberten Steinsockel verkrallten sich die uralten, tief dunklen und von Regen und Wind gebeizten Holzbohlen zu einem einstöckigen

Häuschen mit Erkern und Nischen, behütet von einem welligen, viel zu lange nicht mehr reparierten Schindeldach. Längst schon schlossen die hutzeligen Fenster nicht mehr richtig und die ursprünglich kunstvoll geschnitzten Fensterläden quietschten, wenn sie gegen die heulenden Geister des Windes geschlossen wurden oder knallten an die Hauswand, wenn sich die krumme Arretierung mal wieder aus den schiefen Ösen löste. Bewaffnet mit Abertausenden winziger Saugnäpfe eroberte zudem dichter Efeu die linke, vordere Hausecke, Sturm um Sturm trotzend, mit unbeugsamer Beharrlichkeit, seine Beute fest im Griff. Hinter dem Häuschen stürzte der Hügel wieder zu Tal, weit schneller als vorne, beherrscht von einer ausladenden, verrotteten Terrasse, deren einen halben Meter breite und ebenso hohe Steinmauer den einzigen Schutz vor den gierig gipfelwärts drängenden Brombeerhecken darstellte. Erst gut hundert Meter weiter unten, durch den dichten Baumbestand und die mannshohen Brombeerhecken fast schon außerhalb der Sichtweite, vermoderten die äußeren Bereiche des Grundstücks sang- und klanglos in die verwilderten Hänge des Schwarzwaldes hinein, deren Strukturen sich jetzt, in der nebelzerfetzten Farbigkeit des Oktobers, verloren und in mir das Gefühl behüteter Verlorenheit in einer entdeckungswürdigen Welt auslösten.

Frau Kronenburg freute sich immer über alle Maßen, wenn ich zu Besuch kam. Ich denke, es gab zwischen ihr und mir immer so etwas wie eine erotische Grundspannung. Wir mochten uns wirklich sehr, und oft, wenn niemand anderes da war, weil ich mal wieder unangekündigt vorbeigeschaut hatte, saßen wir gemeinsam, eng aneinander gekuschelt, im Wohnzimmer auf dem durchgesessenen, von den Hunden und Katzen zerfledderten Sofa, unter der alten, braun gemusterten Kuscheldecke, und phantasierten uns in ferne Welten. Selten sprachen wir dann über Alltagsthemen, ließen stattdessen unsere Gedanken fliegen, erzählten uns von unseren Lebensträumen oder ließen unsere Phantasien dem Blick hinaus in die Wälder folgen. Ich hatte mich sehr gefreut, als mir Luisa eines Tages endlich das Du angeboten hatte, zumal ich ihren Namen,

Luisa, immer als sehr sinnlich empfunden hatte. Luisa trug ihr schwarzbraunes Haar von jeher offen oder in einer Art tief und locker gebundenem Pferdeschwanz. Sie hatte ein sehr schmales, feines, fast scharfkantiges Gesicht und große, traurige Augen, dunkel wie ihr Haar, bodenlose Abgründe, deren mitleiderregende Wirkung wohl vor allem dadurch zustande kam, dass die bleiernen Tropfen der Melancholie an ihnen wie auf einer nach außen hin abschüssigen Rampe abflossen, um dann über ihr steiles Jochbein und ihre eingefallenen Wangen tief in ihrem Herzen zu versickern. Wer Luisa nicht kannte, mochte sie für einen unglücklichen Menschen gehalten haben. Aber das war sie nicht, denn ihre zu schmalen Lippen verbreiteten zumeist tiefgründige Heiterkeit, auch oder gerade, weil ihr tiefster Schmerz die Einsamkeit war.

Ihre drei Kinder hielten zwar die Mutter in Bewegung, boten ihr aber als Frau keinen Halt. Auch Luisa malte. Besonders an den Wochenenden saß sie häufig vor ihrer Staffelei und ließ ihren zu Phantasien erstarrten Emotionen freien Lauf. Stille war an solchen Tagen die kostbarste Labsal, die wie ein Kraftfeld Schwingungen erzeugte – und Konzentration, als wäre das Phänomen Stille ein menschliches Gefühl wie Vertrauen oder Lust oder unbeschwingte Lebensfreude. Obwohl ich später völlig andere Bilder umzusetzen versuchte, zogen mich ihre Stillleben auf eine ruhige und kraftvolle Weise in ihren Bann, waren sie doch voller Leben, als wollten ihre Birnen, Äpfel und Zitronen, ihre Tischausschnitte mit Rotweinglas und Porzellan, als wollten all diese toten Gegenstände die Bilder verlassen, um ins Leben zurückzukehren.

Heute aber wiesen mich Luisa und Frank in die Geheimnisse der Ölmalerei ein, das Spannen der richtigen Leinwand, die Grundierung, Verwendung und Mischen der Farben, Aufbau eines Bildes vom Hintergrund zum Vordergrund. Ich brauchte einige Zeit, bis ich die Erlebnisse auf dem Friedhof verdaut hatte. Dann aber saßen wir, Frank und ich, stundenlang im Wintergarten vor dem Panoramafenster, ohne auch nur ein Wort zu wechseln, ein jeder vor seiner Staffelei und bannten, sobald unsere Träume den Weg in die Pinselhand gefunden hatten, unser Innerstes auf die Leinwand. Aus mir aber strömten, an diesem von mir als morbid empfundenen Tag, nur schwärzeste Sex- und Gewaltphantasien, die für mich gerade jetzt, in der Zeit des beginnenden, großen Sterbens, jetzt, im Oktober, da der Altweibersommer die Luft mit seinen düsteren Verheißungen erfüllte und mit seinem fahlen, die Kälte der kommenden Monate vorausschickenden Licht, mit seinen dunstigen Morgen und den staubigen Abenden, die Welt hinter der großen Wohnzimmerscheibe zu einem Fenster ins Jenseits machten, zu einer Welt der Abgründe, der verbotenen Phantasien, zum Tor zur Hölle in mir.

Mein erstes Ölgemälde war furchterregend, nicht zuletzt, weil die Bilder aussahen, als hätte Hieronymus Bosch einem fünfjährigen Telefonkritzler die Hand geführt. Das Bild hatte keinerlei inneren Zusammenhang, weder räumlich noch farblich. Inselartige Gewaltflecken ließen das Auge des Betrachters wahllos und irre hin und her springen, auf der Suche nach irgendeinem diese Inseln verbindenden Element. Größenverhältnisse: Fehlanzeige. War links unten eine offensichtlich abgerissene Hand zu sehen, mit fehlenden Fingern und aus den Stümpfen spritzendem Blut, so konnte man direkt daneben, wesentlich kleiner, einen Zwerg sehen, der mit riesigem, pulsierendem Schwanz eine zarte, vielleicht zehnjährige Elfe rammelte, deren Unterleib von dem gewaltigen Glied des Märchenzwerges auf doppelte Größe gedehnt wurde und aus deren überdimensional kullernden Kinderaugen Tränenfontänen schossen.
Eine Insel weiter kroch eine Nacktschnecke, bewehrt mit symmetrischen Reihen glänzender Rasierklingen langsam durch die Täler und Hügel aufplatzender Gedärme eines mit einer Gartenharke geöffneten Bauches. Der Bauch gehörte einer alten Frau, die sich in einer ständig größer werdenden Lache aus Scheiße wand, die sich durch die explodierten Darmschläuche unter ihr und der Schnecke gebildet hatte. Die Schnecke blickte mit einem ruhigen, breiten Lächeln siegessicher den Betrachter des Bildes an. Ich war verstört, weil ich keine Blumen malte,

oder lachende Menschen in glücklichen Momenten. Und doch – tief drinnen – spürte ich, woher all diese Gewalt in mir kam, die an diesem Tag aus mir heraus brach. Weil Frank, den Blick starr auf mein Bild richtete und partout nicht mehr aufhörte, mit dem Kopf zu schütteln, erzählte ich ihm die Geschichte, an die ich mich mit einem Mal wieder glasklar erinnerte:

Ich bin fünf Jahre alt, meine Schwester, ich nannte sie immer Lula, ist acht. Meine Eltern haben beschlossen, wie so viele Eltern nach den ersten anstrengenden Jahren des Kinderarsch-Wischens, der ständigen Fürsorge, der täglichen Präsenz und Aufopferung, der Selbstaufgabe und vor allem der sukzessiven Aufgabe der Erwachsenenliebe, nach all den Jahren der schleichenden Entfremdung endlich einmal wieder nur zu zweit, nur eng beieinander und füreinander da zu sein. Um dies zu realisieren, beschließen sie, uns Kinder für sechs Wochen in ein Kinderheim zu geben und in Urlaub zu fahren. Sie begutachten das gewählte Kinderheim, vertrauen in ihren Glauben und in das, was für sie Glaube bedeutet, zumal christlicher. So scheint es Ihnen das Sicherste zu sein, ein katholisches Kinderheim zu wählen, ein Heim also, in dem sich von Christlichkeit und Nächstenliebe durchdrungene Schwestern liebevoll um Waisen- und Urlaubskinder kümmern.

Ich stand auf der Außentreppe des Heimes, einer dunklen, alten Holztreppe mit gedrechseltem Geländer auf der rechten Seite. Das Geländer war, ich sehe es bedrohlich klar vor mir, an einigen Stellen durch Holzsäulen mit der Decke verbunden, an denen märchendunkle Kletterpflanzen hochrankten. Lula stand ein oder zwei Stufen über mir und weinte.

Mein Vater wartete bereits ein gutes Stück entfernt. Ich denke, seine Zweifel an der Richtigkeit seiner Entscheidung taten ihm so weh, dass er nur noch weg wollte. Und als meine Mutter endlich, mit selbst für mich spürbar schlechtem Gewissen, die Umarmung löste und sich unter ständigem Umdrehen und zaghaftem, unsicherem Winken zum Gartentor hin entfernte, um schließlich ganz dahinter zu verschwinden, zog sich diese kurze Zeitspanne des plötzlich realen Abschieds zäh wie ein Kaugummi und schmerzhaft wie eine Bärenfalle, die im Brustkorb zuschnappt und das Herz dabei zerdrückt. Ich war noch zu klein, die Dimension der Trennung zu erfassen. Aber ich wusste, dass wir hier abgeladen worden waren, zurückgelassen und dass unsere Eltern uns nicht mehr haben wollten. Es war klar, dass sie nie mehr wiederkommen würden. Sechs Wochen, das war für mich, einen Fünfjährigen, noch eine leere Worthülse, die in mir kein Gefühl für eine tatsächliche Zeitspanne auslöste, da ich so etwas wie sechs Wochen noch nie als bewusst durchlebte Zeit erfahren hatte und sowieso keinerlei Vorstellung von einem Zeitraum hatte, der über das Jetzt hinaus ging. Wer weiß wie Morphium, intravenös verabreicht, binnen Sekunden die Willenskraft jeder einzelnen Zelle im Körper in nackte Schwerkraft aufzulösen vermag, kann vielleicht erahnen, was in diesem grabsteinschweren Augenblick mit mir geschah – allerdings ohne das für Morphium übliche Wohligkeitsgefühl.

Ein Erwachsener wird jetzt vielleicht nicken und sagen: „Kenne ich: Das sind die Augenblicke im Leben, da man einfach nur tot sein möchte."

Aber ich denke, das gibt es nicht ausreichend wieder, da ein Kind von fünf Jahren niemals bewusst so etwas Abstraktes wie den Tod herbeisehnen würde. Es war eher so, als wollte mein Fleisch nicht mehr auf den verdammten Knochen bleiben, als wollte es einfach abrutschen, abgleiten, in den Ritzen dieses uralten Parkettbodens, diesem Tor zur Hölle als haltloser, nur noch von der Erdanziehung gewollter Schleim versiegen. In dem Moment, da ich mich umdrehte und die Schwelle zu einem stockdunklen, allseitig in fast schwarzem Holz getäfelten Flur überschritt, lief mir der Urin an den Beinen entlang in die Schuhe. Noch immer wie gelähmt und dennoch einem antrainierten Reflex folgend, stand ich da, ein Häuflein Elend, in Erwartung tröstender, warmherziger Worte, in Erwartung mütterlichen Verständnisses und aufopferungsbereiter Liebe. Starr vor Einsamkeit hatte ich noch immer mein kleines, braunes Köfferchen in der Hand, regte mich nicht. Stattdessen blickte ich mit dicken Tränen in den Augen, die mir den Blick für alles um mich herum trübten, in das verhärmte Angesicht meines sechswöchigen Martyriums, das sich nun aus dieser höllengleichen Düsternis schälte und Besitz von mir ergriff. Schwester Elisabeth, einer jener grau-weißschwarz gewandeten Pinguine, arbeitete von Anfang an hart an ihrem Image, den Kindern nicht als von Gott gesandter Engel in Erinnerung zu bleiben, sondern als Missgeburt der Hölle.

Schwester Elisabeth wurde selten laut. Sie hatte eine eigene Methode entwickelt, eine leise Methode, die, in besonders schlimmen Fällen von einem schmalen, der reinen Boshaftigkeit entstammenden Lächeln begleitet wurde, das in Bruchteilen eines Augenblicks jede einzelne Säule kindlichen Urvertrauens zum Einsturz bringen konnte. Wenn ich heute zurückdenke, so bin ich mir sicher: Schwester Elisabeth war Jahrhunderte alt, ein vor lauter Bösartigkeit in den Augen jedes denkbaren Gottes todesunwürdiges Relikt der ‚Heiligen Inquisition‘, eine Großmeisterin der ‚Peinlichen Befragung‘, verdammt zu ewigem Leben, weil es für so viel Boshaftigkeit außer auf diesem Planeten nun mal keine Verwendung gibt.

Die ersten Stunden meines Kuraufenthaltes verbrachte ich in der Dunkelkammer, einer absolut lichtfreien Abstellkammer unter der Treppe. Der nackte, elementare Schrecken ließ mich, noch immer das Köfferchen in der Hand, reglos eingefroren verharren – stehend. Kein Laut kam über meine Lippen. Lediglich das leichte Kitzeln der über meine Backen rinnenden Tränen machte mich glauben, ich sei nicht tot.

Mein kleines Kindergehirn lief auf Hochtouren, war über gefühlte Ewigkeiten hinweg nur damit beschäftigt, die dumpfen, grollenden und grummelnden Geräusche, deren Herkunft kaum zu orten war, nicht als gefräßige Ausgeburten der Hölle zu interpretieren, die alles daran setzten, die Falltür unter mir aufzureißen, um mich mit ihren Reißfängen hinabzuziehen und zu vertilgen. Konnte mein Gehirn zwar durch zwei immer und immer wieder geflüsterte Worte: „Mama, Bitte, Bitte Mama" auch die akustisch an mir emporkriechende Bedrohung im Zaum halten, der durch nichts zu eliminierende oder auch nur wegzudenkende faulige Kellergeruch ließ jegliches Selbstberuhigungsmanöver erbarmungslos zu Staub zerfallen. Aber der liebe Gott wollte mich wohl prüfen, ob

ich denn trotz meiner wenigen Lenze bereits der Tugend christlichen Vergebens fähig wäre. Schließlich, so könnte man meinen, war ich ja an meiner Bestrafung nicht ganz unschuldig: Hatte ich nicht durch mein respektloses Pinkeln den heiligen Schwestern Arbeit aufgehalst und ihnen damit Lebenszeit gestohlen?! Nein. Aber wäre es so gewesen, so könnte ich Ihnen dennoch auch heute noch nicht vergeben. Schwester Elisabeth verfügte, um nur ja aus meiner Bestrafung letztlich eine bleibende Erinnerung zu machen, dass ich nach meiner großherzigen Freilassung alleine, nackt und barfuß auf dem welligen Lehmboden des modrigen Waschkellers meine Kleidung selbst vom Urin reinzuwaschen habe. Da half auch all das Flehen meiner Schwester nichts, die, so glaube ich heute, letztlich mehr unter diesem Ferienaufenthalt gelitten hat als ich. Die meisten Kinder dieses Heimes hatten über die Zeit individuelle Systeme entwickelt, mit der eisigen Herzenskälte dieser Schwestern fertig zu werden. Einige dürften das Erwachsenenalter nicht erreicht haben. Andere dürften noch heute auf der Analysecouch vor sich hinvegetieren. Mich zu zerstören haben sechs Wochen nicht ausgereicht. Schließlich war ich mir selbst schon immer ein guter, durch regelmäßige Asterixlektüre gebildeter Verhaltenstherapeut – frei nach dem Motto:
„Wenn Du Angst hast, dass dir der Himmel auf den Kopf fällt, laufe im Handstand."
Einen kurzen Tagtraum lang dämmere ich mich zurück in unseren Schlafraum. Etwa zehn Kinder waren in jedem dieser Zimmer untergebracht. Diese glichen einer Kaserne: dasselbe dunkle Holz all überall, ein winziges Fensterchen, vergittert, und Kinderbetten wie Gefängniszellen im Miniaturformat. Man musste durch eine kleine Klapptür hinein- und auch wieder herausklettern. Die Klappen wurden allerdings nachts verriegelt. Somit war Bettnässen vorprogrammiert, wenn nicht sogar provoziert, um sadistische Strafen verhängen zu können. Immer zwei Kinder teilten sich ein kleines Nachttischchen, in dem die Habseligkeiten untergebracht waren. Nachttischchen und Knastbetten wurden jeden Abend kontrolliert. Kuscheltiere

waren verboten. Schließlich hätte ein solcher Wärmeersatz ja Neid und Missgunst bei anderen Kindern hervorrufen können, die kein Kuscheltier besaßen. Sechs Uhr Abendessen, sieben Uhr absolute Ruhe in den Schlafsälen. Es war Sommer, aber die Einsamkeit kroch um Mitternacht auf dem Rücken des fahlen Mondlichts wie ein eisiger Winterwind in unsere Betten. Kein Kind, das hätte schlafen können. Alle lagen wir mit offenen Augen da und versuchten uns verzweifelt in den rettenden Schlaf zu wippen.

Einige Kinder, vor allem die sechs- bis achtjährigen Mädchen – ich konnte ihre rhythmisch wippenden Umrisse im Mondlicht erkennen – begannen in ihrer Verzweiflung regelmäßig nachts zu masturbieren. Wer dabei von den eisigen Schwestern erwischt wurde, musste mit härtesten Strafen rechnen. Mehr als einmal wurden Kinder bei Routinerundgängen dabei ertappt und mussten mitkommen. Wenn wir diese Kinder am nächsten Morgen wieder zu Gesicht bekamen, fielen sie meist durch versteinerte Mienen auf, als wären sie über Nacht um Jahrzehnte gealtert. Aber da die Masturbation wohl für viele die einzige Chance auf wenigstens ein kleines bisschen Zärtlichkeit und etwas körperlich Angenehmes war, machte, wer einmal damit angefangen hatte, natürlich weiter. Auf zynische Weise wurde so ein alter Witz – ‚Masturbation ist die Liebe an und für sich‘ – zu einer schalen, wenn nicht zutiefst traurigen Wirklichkeit. Lula wurde einige Betten weit von mir weggelegt, damit wir nachts nicht miteinander tuscheln oder gar kuscheln konnten. Denn gerade Schwester Elisabeth war es natürlich nicht entgangen, dass meine Schwester mir, dem Kleineren, tagsüber bei jeder möglichen Gelegenheit körperliche Nähe, fürsorgliche Zärtlichkeit und Hilfe zukommen ließ – auch wenn sie, wie ich heute weiß, an dieser für eine Achtjährige viel zu großen Verantwortung fast zerbrochen wäre. Als müsste jede Form des Glücks – und sei es noch so klein – bei Kindern aus erzieherischen Gründen im Keim erstickt werden, begann Elisabeth, der Todesengel jeder Kinderseele, die Bemühungen meiner Schwester zu attackieren. Wollte Lula mir helfen, die Schuhe zu binden, Schwester Elisabeth verbat es ihr und machte sich, lautstark und voll Häme, coram publico über mich lustig. Kaum begann ich, wie in so vielen Nächten, verzweifelt leise zu weinen, kam sie polternd, sodass zwingend alle aufschreckten, in den Raum geschossen: „Bedankt euch bei dem da!" und riss mich am Ohr aus dem Bett. Dass mir hierdurch regelmäßig das Blut des aufgerissenen Ohres den Hals herunter lief, ignorierte sie eisern. Stattdessen musste ich dann die Nacht im kalten, zugigen und stockdunklen Hausflur verbringen: auf einer schmalen, kippeligen Holzbank, ohne Decke und ganz allein. „La Li Lu, nur der Mann im Mond schaut zu ...".

Frank brachte mir ein neues Glas Wein und wir mussten plötzlich beide, weil wir andernfalls geheult hätten, über mein düster-infantiles Gemälde lachen. Schließlich war die Welt grenzenlos fröhlich und Vergangenheit nur staubiger Ballast. Und es war die Zeit der Hippies, des fortwährenden Lachens, der freien Liebe, der Leichtigkeit. Also ‚Hopp und Ex' und weiter geht's – für dieses Mal.
Denn immer öfter beherrschten mich die dunklen Geister. Oft konnte ich sie förmlich sehen. Sie strichen um mich herum, lauernd, und sie nutzten jede Gelegenheit, ihre düsteren Botschaften in mich zu versenken. Ich war wie ein Schwamm. Alles sog ich in mich auf und alles hielt ich für möglich. Die psychedelischen Drogen hatten mir gezeigt, dass die Realität, die man uns zu verkaufen versuchte, nicht die einzige war, die es gab. Das machte mich auf der einen Seite frei, denn es suggerierte mir Grenzenlosigkeit. Auf der anderen Seite aber war ich mental weit geöffnet – und damit schutzlos – auch dem Unvorstellbaren, dem Dunklen und Bösen ausgeliefert, welches sich auf die eine oder andere Weise an den fünf Sinnen vorbei zu schleichen vermochte, tief in meine Seele hinein – auch ohne Drogen.

An diesem Abend waren alle da gewesen, auch die beiden Mädchen. Später kam sogar noch Werner dazu, dessen Vater früher einmal Bürgermeister gewesen war und der heute, mit

17 Jahren, starke Identifikationsprobleme hatte, weil sein Vater, der mit seiner Demission nicht zurechtgekommen war, nur noch soff und die Familie schikanierte. So waren wir an diesem Abend zunächst zu sechst und überlegten, was wir tun wollten. Dann aber kam noch unerwartet eine Freundin von Luisa, die ich nicht kannte, und ergänzte unsere Runde. Luisa stellte sie uns als eine Frau mit übersinnlichen Fähigkeiten vor, als ein Medium, einen Menschen mit Verbindung in die Welt des Jenseits. Das klang unheimlich und daher spannend. Ich fragte die Frau, deren Namen ich zwar vergessen haben mag, deren Gesichtszüge und Mimik sich jedoch in mein Gedächtnis geätzt haben wie ein Rinnsal aus Salzsäure, wie sie denn Verbindung ins Jenseits aufnehmen wolle, als Lebende? Sie sah mich prüfend an, realisierte sehr wohl meine Skepsis und die provokative Komponente meiner Frage, antwortete dann, nachdem sie ihre Hand auf meinen Unterarm gelegt hatte, mit einem intensiven Blick in meine Augen: „Du hast erst kürzlich deine Großmutter verloren und der Verlust schmerzt dich sehr. Möchtest du mit ihr sprechen?"
Mir lief es eiskalt den Rücken herunter, weil es stimmte und weil mir einfiel, dass ich den Tod von Oma Lina definitiv für mich behalten hatte. Ich konnte es einfach niemandem im Freundeskreis erzählen. Es hatte zu wehgetan und sie hätten es ohnehin nicht verstanden. Ich habe meine Großmutter sehr geliebt. Sie war spürbar die Kraft in der Familie, die alles zusammenhielt, eine starke Frau mit starken Prinzipien, streng, aber voller Liebe. So hatte ich den Verlust in mir verscharrt und gehofft, dass der Schmerz im Vergessen versickern könnte. Und jetzt saß da diese Frau und popelte in meiner Wunde, obwohl sie gar nicht hätte wissen können, dass meine Großmutter gestorben war. Trotzdem sagte ich:
„Ja, warum nicht!?"
Ich verstand es als Mutprobe, wusste ja auch noch nicht, was sie vorhatte, genauso wenig wie die anderen, Frank, Werner, Sabine und Laura, die jetzt allesamt, erfüllt von ängstlich-kindlicher Vorfreude in die Hände klatschten, weil es sich für uns alle so anfühlte, als würden wir mit Erlaubnis der Erwachsenen etwas

Verbotenes tun. Die Hexenmeisterin blickte fragend zu Luisa und Luisa willigte ein, indem sie aufstand, aus dem Flur einen seltsamen Satz Karten holte und ein gewöhnliches Wasserglas. Elektrisches Licht wurde gelöscht. Alle Tiere mussten aus der Küche gebracht werden. Lediglich ein paar Kerzen flackerten noch ihre nervösen Schatten über das dunkle Holz des Tisches, der Anreiche und der Wandtäfelung. Mit leuchtenden Augen, wie an Weihnachten, saßen wir um den Küchentisch, die Kleine, Laura, wurde von Luisa unter Protest zu Bett geschickt – Gott sei Dank. Gott? Unterdessen hatte die etwa vierzigjährige Frau, die Hexenmeisterin, die Karten in einem großen Kreis auf den Tisch gelegt. Sie klang, wenn sie sprach, metallisch, sprach aber glücklicherweise wenig und wenn, dann hörte sie sich trotz der durchdringenden, hohen Stimme dunkel und unheimlich an. Sie hatte einen stechenden, bohrenden Blick, lachte nie und hatte als Make-up lediglich eine freudlose Strenge, die, so weiß ich heute, nur jemand haben kann, der ein schreckliches Geheimnis mit sich herumträgt. Sie trug altbackene Kleidung, eine rosa Rüschenbluse und einen olivgrünen Samtrock. Dazu flache, braune Oma-Schuhe mit einer Lederblume auf dem Fußrist. Hoch konzentriert verteilte sie die Karten auf dem welligen Weichholztisch, eine Karte für jeweils einen Buchstaben des Alphabetes und die Zahlen von null bis neun. Schließlich stellte sie noch das Glas verkehrt herum in die Mitte des entstandenen Buchstaben- und Zahlenkreises und holte vernehmlich tief Luft:

„Legt eure Hände rechts und links von euch auf die Tischkante. Alle Hände müssen sich mit den Händen eurer jeweiligen Nachbarn berühren und egal, was auch geschehen mag – ihr dürft diesen Kreis auf gar keinen Fall unterbrechen. Niemand kann sagen, ob und was geschehen wird. Aber sollten wir Kontakt zu einem Toten bekommen, werde ich versuchen, in Dialog mit ihm zu treten. Sollte einer von euch den Toten kennen, könnt auch ihr ihm Fragen stellen. Sollten wir allerdings Kontakt zu einem Dämonen bekommen, werde ich die Séance sofort beenden. Dämonen bergen unabsehbare Gefahren.“

Mir wurde plötzlich flau. Übelkeit pulsierte aus meinem Magen hoch und ich musste auf die Toilette. Als ich zurückkam, setzten wir uns und begannen. Keiner sprach mehr ein Wort. Nur das vermeintliche Medium, die Hexenmeisterin, murmelte beständig unverständliche, lateinisch klingende Formeln. Bis sie plötzlich laut und deutlich rief:
„Ich rufe Pauline Flor!"
Woher sie den Namen meiner Großmutter kannte – ich konnte es mir nicht erklären. Aber sie wiederholte die Frage immer und immer wieder, bis schließlich das Glas im Zentrum des magischen Kreises zu vibrieren begann und sich dann langsam aber sicher auf die Buchstaben zu bewegte. Dann wurde es plötzlich schneller, zielstrebiger, schabte über die Holzplatte und punktgenau zu einzelnen Buchstaben. Unwillkürlich tauchte ich seitlich ab und sah unter den Tisch, wollte prüfen, ob dort irgendein Mechanismus angebracht war, der das Glas hätte in Bewegung setzen können. Fehlanzeige. Nichts zu sehen. Ich verschaffte mir mit einem schnellen Rundblick ein Bild, ob vielleicht einer der Beteiligten ein Tischbein berühren würde, aber keines der Beine hatte Kontakt zum Tisch. Ich kam wieder hoch und mein Herz begann zu rasen, als ich die Buchstaben, die das Glas ansteuerte zu einem Satz zusammensetzte:
„Ich kann Fips nicht finden!"
Frank grinste, Luisa zeigte sich eher unbeteiligt, möglicherweise, um den Anderen nicht den Spaß zu verderben, nur Sabine wirkte deutlich verunsichert. Und ich, ich fand es auf eine Art schaurig schön, aber eigentlich nur, weil ich es bis jetzt für ein irgendwie von Menschenhand manipuliertes Spiel halten konnte, obwohl der Hund, einer der Hunde meiner Großeltern, tatsächlich Fips geheißen hatte. Doch dann forderte mich die Hexenmeisterin auf, meiner Großmutter Fragen zu stellen, die kein Anderer beantworten könnte als ich selbst. Ich überlegte eine Weile. Dann fiel mir ein Ereignis ein, weit zurück in der Vergangenheit, aus der Kindheit meiner Mutter und ich fragte die Tote:
„Wer verschaffte sich im Jahr 1934 Zutritt zum Haus und

versetzte die ganze Familie in Angst und Schrecken?"
Und ohne auch nur einen Moment zu zögern, begab sich das
Glas wieder auf seine Zickzackreise. Bangen Blickes verfolgten
alle die langsame Entstehung der Antwort:
„Kugelblitz. Wo bin ich? So dunkel."
Jetzt gefror mir das Blut in den Adern, denn ein Kugelblitz
war damals tatsächlich, wie mir meine Mutter erzählt hatte,
während eines trockenen Gewitters durch die geöffnete Haustür
ins Haus geschossen, hatte kurz verhofft, um sich dann am
gedrechselten Treppengeländer entlang in den ersten Stock zu
rollen und oben mit lautem Knall zu explodieren. Niemand
konnte diese Geschichte kennen. Jetzt wurde es wirklich
unheimlich, und weil mich alle am Tisch schwer atmen sahen,
erfasste auch sie die Furcht. Alle begriffen mit einem Mal, dass
dies kein Spiel mehr war. Dann flog plötzlich das Fenster auf,
ein starker Windstoß fegte die Karten vom Tisch und löschte
die Kerzen. Alle schrien im Dunkeln entsetzt auf. Es dauerte
einige Minuten, bis wir schließlich wieder Licht hatten und
alles wieder an seinem Platz war. Doch kaum berührten sich
wieder unsere Finger, raste das Glas los und schrieb:
„Ich will spielen!"
„Wer bist Du?", herrschte die Hexenmeisterin den Geist an.
Stille. Dann, ganz langsam, begann das Glas zu vibrieren,
immer stärker und raste schließlich erneut los:
„Rettet mich!"
„Wer bist Du?", wiederholte das Medium mit strengem
Unterton seine Frage. Wieder setzte sich das Glas in Bewegung
und formte jetzt den Namen: Frieder Klein. Ich hatte das
Gefühl, mir würde der Boden unter den Füssen weggezogen,
denn ich kannte Frieder gut. Er war eine Klasse unter mir auf
derselben Schule. Allerdings konnte das kaum sein. Schließlich
hatte ich erst vor zwei Tagen noch mit ihm gesprochen und
da erschien er mir ziemlich lebendig. Und so traf mich die
Nachricht wie ein Beil. Ich stammelte instinktiv die bange
Frage:
„Seit wann bist Du tot?"

Sehr viel langsamer als zuvor steuerte das Glas nun Zahlen an und ‚formulierte' ein Datum, das in der Zukunft lag. Ich schrie auf, panisch, riss die Arme hoch, sprang auf und rannte aus dem Zimmer. Das war zu viel für mich. Die Hexenmeisterin kam hinter mir her, redete bestimmt minutenlang auf mich ein, doch ich hörte sie gar nicht, konnte nichts mehr an mich heranlassen, wollte einfach nichts mehr hören, nie wieder mit so etwas zu tun haben. Aber am Ende kam es sogar noch schlimmer, denn nur wenige Wochen später, an dem vorhergesagten Datum, welches der bereits zu jenem Zeitpunkt angeblich Tote genannt hatte, kam Frieder tatsächlich ums Leben – bei einem Autounfall.

Ich brauchte jetzt dringend frische Luft, trat aus dem Wohnzimmer in den düster bläulich schimmernden, nur durch das kleine Fenster vom fahlen Mondlicht illuminierten Flur und erschrak fürchterlich, denn auf dem Boden, dicht an die geschlossene Küchentür gepresst, kauerte Laura. Ihr dreizehnjähriger, zart knospender Körper zitterte wie Espenlaub. Sie hockte auf dem Boden, die Knie angezogen, von ihren Armen eng umschlungen, aufgelöst in Tränen. Sie hatte ganz offensichtlich, wie Kinder es nun einmal gerne tun, gelauscht und durch das Schlüsselloch gelinst. Da sie natürlich von dort aus nicht die Buchstaben sehen konnte, wohl aber das herumrasende Glas, unsere Reaktionen und Gespräche, war sie nun völlig verschreckt. Just in diesem Moment kam Luisa aus der Küche, sah ihre aufgelöste Tochter und begann, vermutlich auch wegen des eigenen schlechten Gewissens, weil sie dieses düstere Spiel überhaupt zugelassen hatte, lautstark zu schimpfen. Ich versuchte, sie mit einer abwehrenden Handbewegung zu beruhigen, zog Laura vorsichtig hoch und nahm sie in den Arm.

„Ist OK, Luisa, ich werde mit ihr ein paar Schritte gehen und mit ihr sprechen", flüsterte ich.

Und so nahm ich unsere Jacken, wir zogen unsere Schuhe an und verließen das Haus. Im Gehen warf ich Luisa noch über die Schulter zu:

„In einer halben Stunde sind wir wieder da."
Laura klammerte sich beim Gehen fest an mich. Sie schluchzte noch immer, und als wir das Gartentor erreichten, zog sie mich schnellen Schrittes rechts an der Friedhofsmauer entlang, weg vom Ort der Toten, den Hang hoch, nur schnell weg, weit weg. Von der nahen Hügelkuppe führte der von tanzenden Nachtschatten belebte Weg in eine flache Senke, dann folgte der steile Anstieg zum Merkur, auf dessen Gipfel die bröckelnde Ruine der alten Zahnradbahn thronte. Die Nacht sträubte sich gegen das zwielichtige Grell des vom Dreiviertelmond reflektierten Lichts, kämpfte mit der Dunkelheit gegen die kalten Farben des Todes. Violette Wolkenfetzen schlichen über den Himmel, der sich windende Weg kroch bläulich schimmernd auf uns zu und nur die Scherenschnitte der Bäume präsentierten sich ganz in Schwarz, als Verbündete der Nacht. Wir stapften also durch das optimale Szenario, das einer zitternden dreizehnjährigen äußerst glaubhaft versicherte, dass der Kontakt zum Reich der Toten, den wir gerade zelebriert hatten, lediglich Fiktion war, kollektive Suggestion oder irgendetwas Anderes, nur eben kein echter Kontakt, weil der ja gar nicht möglich sei. Vermutlich spielte der Inhalt dessen, was ich Laura zur Beruhigung sagte, gar keine Rolle. Und vermutlich war es nur der sonore Klang meiner Stimme, der die kleine Knospe schließlich wieder ruhiger atmen ließ. Noch immer – und irgendwie noch fester als zuvor – klammerte sich die Kleine an mich, wobei nun allerdings jedem kräftigen Klammergriff ein leichtes Streicheln folgte. Ein Arm von ihr ging unter meinen Parka, in den Rücken, ihren Kopf vergrub sie unter meiner Achsel und die andere Hand kraulte mir den Bauch. Dabei schluchzte sie und trocknete ihre Tränen an meiner Brust. Ihre Schutzbedürftigkeit glitt zunehmend in fordernde Zärtlichkeit, ihre Angst in Erregung. Aber noch war ich viel zu sehr damit beschäftigt, einen Weg zu ihrer Beruhigung zu finden, als dass ich für ihre drängende Zärtlichkeit hätte empfänglich sein können. Ich musste ihre Gedanken in das Reich der Lebenden zurück dirigieren, was mir schwierig erschien, da Laura ganz offensichtlich alles

mitbekommen hatte, was in dieser unsäglichen Nacht in der Küche passiert war. Schließlich kam ich auf die glorreiche Idee, ihr – und vermutlich auch mir selbst – zu beweisen, dass der Kontakt zu Toten gar nicht möglich ist. Nichts schien mir dafür geeigneter als die unmittelbare Konfrontation mit den eigenen Ängsten – und zwar direkt an der Quelle. Also kehrten wir um, um uns in der Stille des alten Friedhofs unseren Ängsten zu stellen. Ich hatte einen Arm um sie gelegt, mein Parka deckte uns beide zu, meine Hand glitt unter ihre Achsel, halb um ihren zierlichen Körper herum und ich hielt sie fest. Erst nach einer kleinen Weile – und nur, weil sie sich mit einer weichen Körperdrehung in meine Hand hinein drehte – bemerkte ich, dass ich eine ihrer festen, knospenden Brüste in der Hand hatte. Sie mochte es. Und aus irgendeinem Grund schien sie der Gedanke, auf den Friedhof zu gehen, gar nicht zu beunruhigen. Sie fühlte sich ganz offensichtlich wohl bei mir, wurde jetzt auch zunehmend quirliger. Sie benahm sich, als wären wir ein verspieltes Liebespaar. Sie giggelte und sprang auf meinen Rücken, ließ sich von mir tragen und hielt mir dabei die Augen zu. Dabei küsste sie meinen Nacken, presste meine Rippen fest mit ihren Schenkeln, bis mir der Atem stockte. Zudem bedrohte sie mich, kaum merklich, aber gnadenlos, am unteren Rand meiner Brustwirbelsäule mit ihrem harten Venushügel, als wäre dieser der Lauf einer Pistole. Auch ich vergaß daraufhin zunehmend das vorangegangene Ereignis. Ich hatte Laura bis dahin noch nie bewusst als Frau gesehen. Sie war für mich die Kleine, das Nesthäkchen, ein Kind. Jetzt aber realisierte ich zum ersten Mal, dass sie bereits alle Attribute sinnlicher Weiblichkeit hatte, den betörenden Geruch, zielführende Lüsternheit und die verbissene Unfähigkeit, Beute, die einmal in ihren Fängen zappelte, wieder freizugeben, eben so, wie man das von geschlechtsreifen Frauen kennt – oder eben von ganz jungen Mädchen, die mit Macht ihre aufkeimende Sexualität erforschen wollen – bedingungslos, hemmungslos und gierig. Als wir schließlich nahezu blind vor Bedenkenlosigkeit ins Reich der Toten geklettert waren, überfiel uns nicht wie zunächst angenommen die Angst, sondern beiderseits nicht mehr aufzuhaltende Geilheit. Der behände Sprung über die Friedhofsmauer fühlte sich wie der Eintritt in eine geschützte Laube an, ins Schlaraffenland märchenhafter und verbotener Lust und nicht wie der Eintritt in die Welt derer, die man nicht stören sollte. Mit zarter Hand, aber unwiderstehlich energisch zog mich jetzt diese zarte Nymphe, deren filigrane und zerbrechliche Schönheit mir plötzlich und zum ersten Mal in die bewusste Wahrnehmung sickerte, unter einen kitzelnden Busch. Sie stellte sich vor mich, zog mich am Hals zu sich herunter und flüsterte mir, während mich ihr betörender Duft und die Pfirsichhaut ihres Gesichtes berührten, beschwörende Formeln ins Ohr, dass sie mich doch so sehr liebe, dass sie es sich so sehr wünsche, so lange schon, dass ich ihr ‚Erster' sein solle. Dabei terrorisierten ihre langen, blonden Haare, kaum und nur unbewusst spürbar, meine Unterarme, und während meine Hände, diese Primärwerkzeuge männlicher Dominanz, instinktiv ihren zerbrechlichen Körper an mich heranzogen, stellte sich nur noch der Flaum meiner Körperbehaarung ihrem Angriff auf meinen Verstand entgegen. Dann berührte sie in zitternder Erregung meine Lippen mit den ihren, ihre spitze, nasse Zunge schob sich fordernd in meinen willfährig geöffneten Mund und ich glitt an ihrem Rücken nach unten, umfasste mit meinen Klodeckel-großen Handtellern ihre Völkerball-harten Kinderarschbacken, drückte ihren Unterleib in mein breitbeinig geöffnetes Dreieck weltbeherrschender Männlichkeit. Ihr ganzer Körper erzitterte bei dieser ersten, zutiefst erwachsenen Berührung wie ein Vulkan, der kurz vor dem Ausbruch steht und ihre feingliedrigen Hände, kühl waren sie, weil vermutlich bereits alles Blut in ihre jungfräulichen Lippen und ihren noch unerforschten Lustkanal entwichen war, trommelten ein behutsam nervöses Pizzicato auf meinen Hals, glitten hauchzart auf meine Brust, fummelten zitternd die Knöpfe meines Indienhemdes auf und fuhren schließlich vollflächig aufgelegt auf Höhe des Bauches in meine Seiten, in den Rücken, zurück zum Bauch, erfühlten meine Muskulatur, mein erregtes Zittern, das sich jetzt wie die Wellen eines grollenden Erdbebens im Epizentrum der Bauchmuskulatur aufbaute und ein ums andere Mal pulsierend über die Lenden in die Beine ablief. Natürlich war ich vier Jahre älter, hätte vielleicht Einhalt gebieten müssen, hatte es jedoch nicht gekonnt, zu sehr schäumten jetzt meine Säfte hoch und außerdem war auch ich letztlich dankbar, dass wir dem Schrecken mit übermächtiger Lust den Garaus machen konnten. Ängstlich suchte und hielt sie den Augenkontakt, ängstlich, ich könnte einen Schlussstrich ziehen, könnte beenden, was nicht sein durfte und ihre Bemühungen zunichtemachen. Und mit dieser Furcht im Nacken und einem Reh-scheuen Blick ihrer Kulleraugen sank sie langsam in die Knie, Blick- und Körperkontakt keine Sekunde unterbrechend, glitt mit den Händen an meiner Bauchdecke entlang lustwärts, nestelte uns auf eine erste sich brechende Hawaiiwelle der Lust, die sich, selbst Teil eines Meeres aus säurehaltigem Mädchenblut, in den Strand meines Gedächtnisses fraß und dort versickerte. Vielleicht hatte Timothy Leary ja doch recht, als er behauptete, die wichtigsten Ereignisse im Leben eines Menschen würden sich in so tiefen Engrammen im Gehirn verewigen, dass sich diese Erlebnisse in die DNA schrieben und somit auf die nächste Generation übertrügen – Blasen wäre somit also quasi eine genetische Immobilie sexueller Fertigkeiten, die Mär vom ‚Anlernen' also eine abstruse Phantasie männlichen Vorherrschaftsdenkens. Eine beruhigende Vorstellung. Ich beugte mich zu der kleinen Elfe hinunter und streifte ihr behutsam das eng anliegende Hemdchen über den Kopf, legte ihre eines Tages vermutlich formvollendeten Brüste frei und drehte sie anschließend mit leichtem Druck um, sodass sie mit dem Rücken zu mir stand, packte sie mit einer Hand im Genick und drückte sie nach vorne. Dann ließ ich mich auf die Knie fallen, genoss für einen erregungsexzessiven Augenblick ihre knospende Orchideenblüte, deren Tau, noch durch kein Gestrüpp behindert, verzerrt die Diamanten des nächtlichen Himmelszeltes spiegelte. Dafür löste sich, schimmernd im fahlen Mondlicht, einer dieser Schuld behafteten Tropfen aus seiner der Schwerkraft trotzenden Verankerung, aus ihrem

Schritt und der Erregungswahnsinn verwässerte langsam aber sicher mein Augenlicht: Ich war zum ersten Mal in meinem Leben ein richtiger Mann, ein Opfer, und ich war es gern. Sie richtete sich auf, drehte sich um, blickte mich triumphierend an, spürte ganz offensichtlich ihre Macht in diesem Moment, hob frech ihr Röckchen mit provokativ spitzen Fingern, schob ihr Becken nach vorne und drückte mir ihre tief durchtränkten, kleinen Lippen ins Gesicht. Und als ich gar nicht anders konnte als mit meiner Zunge der Länge nach durch ihren Schritt zu lecken, ließ sie sich mit einem unterdrückten, spitzen Schrei der Lust nach hinten, auf meinen auf dem dichten Efeu ausgebreiteten Parka fallen und ließ dabei ihre dünnen Beinchen auseinanderklaffen und nachfedern. Geschickt hatte sie noch im Fallen meinen Kopf gepackt und zog mich also mit sich, damit nur ja keine Sekunde lang meine Zunge aus ihrer nass triefenden Spalte entgleiten konnte. Ihr Geruch verführte mich, meine Zunge nicht wie einen unkontrolliert geilen Lappen einzusetzen, vielmehr wie eine Feder, so leicht, so fürsorglich, so zart, als perle Morgentau von einem Blatt. Mit beiden Händen griff ich mir ihren kleinen Arsch und drückte ihn auseinander, nur um meine geschlängelte Zungenreise tief in ihrem Schritt beginnen zu können, nahe am Anus, erst über die linke Seite ihrer Außenlippen, dann über die rechte – und erst beim dritten Anlauf erlaubte ich meiner kunstfertigen Feder einen lyrischen Text durch die Mitte, einen Text, bei dem ich mich bemühte, all ihre jungfräuliche Nässe mit auf die kurze Reise zu nehmen, ihren Saft der Verheißung über die Außenseiten meiner glatten Schlange in die Mundhöhle ablaufen zu lassen und schließlich zu trinken, nicht ohne ihn vorher über jede einzelne Geschmacksknospe meiner Zunge zu schicken, um nur ja keine Feinheiten ihres komplexen Lustgeschmacks zu verlieren. Laura begann zu vibrieren als hätte man sie an eine 220-Volt-Steckdose angeschlossen. Tränen rannen über ihr Gesicht. Dann stöhnte sie sich in ihre erste, nicht von eigener Hand hervorgerufene Ekstase, fuhr mit ihren Krallen in meinen Hals, besinnungslos vor überbordender Lust und kam, kam, kam. Ihr jungfräulicher Damm brach in diesen späten Tagen des Sommers ohne einen Laut und die Frau in ihr ergoss sich über mich mit einer Macht, einer Gewalt, dass ich mich nur Sekunden später der Ohnmacht nahe in sie ergoss, als wolle ich den See hinter ihrem Damm wieder bis zur Oberkante auffüllen.

Wolfgang Morsenbach: Der Namen tropfte wie Essigsäure in meine Augen. Als ich blinzelte, schlug die Erkenntnis, dass es keine Zufälle gibt, wie ein tödlicher Blitz in mir ein. Ich war nur sechzig Zentimeter von der verschnörkelten, in Marmor gemeißelten Inschrift entfernt, während ich mich noch pumpend in Laura verbohrte. Wir hatten es auf dem noch taufrischen Grab eines Schulfreundes getrieben, eines Bekannten, der, nur ein Jahr älter als ich, gerade vor Kurzem durch einen ‚goldenen Schuss‘ ins Gras gebissen hatte, ein Hippie wie ich, den seine pubertäre Verunsicherung genau bis hierher gebracht hatte, wie so viele andere, die hier mittlerweile verstreut lagen und sich den Rest ihres vermurksten Lebens nur noch erträumen konnten, aus der Ferne, aus einem weit entfernten Land, das man so lange wie möglich nicht besuchen sollte, weil eben nur wenige daraus zurückkehren. Nachdem mein gellender, die morbide Herbstluft zerreißender Schrei verhallt war und ich längst durch ein anderes Stadtviertel stürzte, war ich mir sicher, dass dieser Vorfall etwas zu bedeuten hatte, dass mir der junge Tote etwas mitteilen wollte: nur was?

Risse im Peace

Als ich 18 Jahre alt wurde, starb meine Großtante und vererbte mir netterweise genug Geld, um damit den Führerschein und mein erstes Motorrad bezahlen zu können. Ein Motorrad war für uns in diesen Tagen kein Symbol der Stärke, wohl aber das stärkste Symbol für Freiheit. ‚Easy Rider', dieser eigentlich lausig gemachte Kultfilm aus dem Jahr 1976, hatte den Geist der Freiheit auf die Reise geschickt und dieser Geist fegte nun wie ein Hurrikan durch unsere Köpfe. Dass die Geschichte im Film schlecht ausging und der Streifen von Denis Hopper und Henry Fonda eigentlich als Kritik am durch Intoleranz und Hass sterbenden ‚amerikanischen Traum' von der grenzenlosen Freiheit zu verstehen war, blendeten wir in unseren Köpfen dabei wie selbstverständlich aus. Stattdessen stampften wir trotzig mit den Füssen auf und behaupteten einfach, der Film sei sehr wohl und eben doch ein Denkmal für das Lebensgefühl der Hippies und damit Kult und basta. Wenn sich zwei oder mehr Motorradfahrer begegneten, grüssten sie sich natürlich mit dem ‚Peace'-Zeichen, nicht, weil man sich kannte oder gar kennenlernen wollte, sondern weil jeder unterstellte, dass der jeweils Andere, genau wie man selbst, auf dem Weg zum Berg Ararat der Hippiearche war und dadurch natürlich per se cool. Auf diesem Weg war man automatisch Teil einer heiligen Gemeinschaft, am Beginn der neuen Zeit. Und diese Gemeinschaft der wahrhaft Freien unternahm große Anstrengungen, um diese nie wirklich formulierte, wohl aber tausendfach unterschiedlich gelebte Freiheit, die alle suchten, mit Gesten, Symbolen und Utensilien zu füllen. Das war wichtig, denn schließlich ging es um nicht weniger als Wind in den Haaren, eine frische Brise im Gesicht, den Swing in den Kurven, das Gleiten, das Schweben, das Losgelöst-Sein. Es ging um Beschleunigung, weil das etwas Rauschhaftes hatte, aber nie um Höchstgeschwindigkeit, weil die Welt, die wir suchten, die Welt, in der Rausch Realität war, bei hohen Geschwindigkeiten ohnehin nur zerriss, was uns dann ja in die andere, die nackte

Wirklichkeit zurückgeschleudert hätte. Es ging darum, der Natur auf dem stählernen Ross näher zu sein, um den offenbar global agierenden Geist der Indianer und die Weite der Prärie. Und natürlich ging es darum, dieses andere Denken zu zelebrieren. Denn wer eine schwere Maschine hatte, war automatisch ein ungebundener Freigeist, einer, der die Fesseln spießiger Enge gesprengt, dem Satan der Engstirnigkeit entsagt hatte. Dazu gehörten die langen Haare, schwarze Lederjacken mit Fransen, das Stirnband, die Sonnenbrille, die lange Vordergabel, die ledernen Satteltaschen und die gerollte Pferdedecke für das nächtliche Lagerfeuer. Wer so einen Ofen hatte, brauchte kein festes Zuhause, weil er einfach überall zuhause war, weil er überall schlafen konnte. Dass man dennoch Geld für Sprit und Nahrung brauchte, war eine unschöne Widrigkeit, und wo man sich dieses Geld besorgte, etwas, worüber man, ganz im Einklang mit der Baden-Badener Geldelite, nicht sprach, weil arbeiten zu den peinlichen Dingen gehörte und nur etwas für dumme Menschen war, die nichts begriffen hatten. Man verschloss entweder die Augen vor der Erkenntnis, dass auch ein Metallindianer für seine Freiheit schwitzen musste, oder schwieg darüber, weil der Freigeist mit Dope dealte. Gesetze interessierten uns in dieser Zeit wenig. Wir gingen ohnehin davon aus, dass alles, was wir taten, verboten war und warfen deshalb jegliche Scheu über Bord. Wir konnten dies, weil wir in einer arglosen Enklave beschaulicher Selbstzufriedenheit aufwuchsen, einer Enklave, die angesichts dieser brodelnden Generation von autistischen Rebellen polizeilich hoffnungslos unterbesetzt war. Die meisten von uns dealten in kleinerem Umfang, gerade soviel, dass die Kombination aus von den Eltern gefüllten Kühlschränken und dem Gewinn aus den kleinen Haschdeals ausreichte, um mit einem immer gefüllten Tank durch den Schwarzwald, die Rheinebene und das Elsass zu brettern und ein üppiges, exzessives Luxusleben in teuren Restaurants und Diskotheken zu führen, das Abschleppen von Mädchen und Ausflüge auf die Pferderennbahn inklusive. Dort demonstrierten wir der feinen Gesellschaft in schwarzem Leder und Indianer-Feintuning, wie verdammt cool und toll anders wir waren, weil wir uns die ungeheuerlich revolutionäre Freiheit nahmen, mit der Kleiderordnung zu brechen. Die Bonzen lebten ein nadelgestreiftes Saubermannleben, das keines war, weil sie zwar wie wir Wollust, Rausch und Freizeit, Pardon: Freiheit suchten, das aber nur kaufen und ängstlich im Verborgenen oder im Rahmen des engmaschigen Netzes nie hinterfragter, gesellschaftlicher Spielregeln leben konnten. Ihre Gelüste suchten sie durch ständige Lügen vor ihren Freunden, ihren Nachbarn, ihren Partnern und Kindern, ihren Vereinsmitgliedern und Geschäftspartnern zu verbergen, und alles, was sie eigentlich gut fanden, kehrten sie unter den ach so sauberen Teppich einer spießigen Fassade. Der Unterschied war also, dass wir offen das taten, was die ungeschriebenen Gesetze der Gesellschaft aus unerfindlichen Gründen als verwerflich definiert hatten und dass wir für uns in Anspruch nahmen, als Teil dieser Gesellschaft dazu berechtigt zu sein, unsere individuelle und alternative Lebensweise zu leben. Ich denke, wir lebten, was wir fühlten und fühlten uns dabei frei.

Noch ein letztes Mal ließen wir jetzt im letzten Rennen des Tages eine Handvoll Zehner auf den Tresen des Wettschalters flattern, hatten uns vorher Quoten und Pferde angesehen und fremde Gespräche mitgehört, um schließlich den größten Teil des Geldes auf den Sieg eines dreijährigen Rappen und einen kleinen Teil auf die Reihenfolge, die Platzierung der ersten drei Pferde zu setzen. Wir waren mit unserem Champagner in der Hand heiter zur Tribüne getrabt, an diesem letzten warmen Tag im Oktober, unter unserer Lederkluft stark schwitzend und dementsprechend so ähnlich riechend wie die Pferde, und hatten auf den Startschuss gewartet, der schließlich abgefeuert worden war, hatten noch einmal mitgefiebert und schließlich erneut gewonnen, alles in allem über tausend Mark, was uns, weil erst Freitag war, ein von Sinnenfreuden überbordendes Wochenende versprach. Zu dritt waren wir gewesen und Tom, dessen Eltern eine urige Hütte in den Vogesen besaßen, hatte uns im Überschwang der Gefühle dorthin eingeladen. Toms Vater, ein alter Waffennarr und überzeugter Veteran der Totenkopf SS, hatte die Hütte für Tom und seinen Bruder gekauft, zünftig

im Stil eines Pfadfinderlagers ausgerüstet und eingerichtet. Er hatte nach und nach ein Luftgewehr, Schwerter, einen Wettkampfbogen und Äxte zur Körperertüchtigung seiner Brut besorgt, die dort Sommer für Sommer auf Geheiss des Vaters Holz hacken, Feuer machen und selbst im Winter – zur Abhärtung ohne Schlafsäcke – unter freiem Himmel schlafen musste, unter immer zu dünnen Wolldecken. Tom hatte all das immer gehasst, wie er sagte und doch war er derjenige unter uns, der in der Wildnis hätte überleben können, jederzeit und in jeder Region der Welt, wofür wir ihn bewunderten. Und so waren es auch seine physische Härte, seine Selbstdisziplin und seine Rebellion gegen den Vater, von dem er, ohne es zu wollen, über die Jahre so viel angenommen hatte. Später führte ihn das in die entlegensten Gebiete von Afrika, wohin er als Abenteurer schließlich Konvois aus alten 504er Peugeots organisierte, diese mit alten Klamotten, allerlei Glitzerkram und Schulsachen vollstopfte, durch die Sahara führte, dort mit Beduinenstämmen handelte, die Sachen gegen afrikanisches Kunsthandwerk und Schmuck tauschte und am Ende der Reise in Guinea die schrottreifen und in Deutschland längst ausgemusterten Wagen als Taxis zu völlig überhöhten Preisen verkaufte. Danach flog er wieder nach Hause, die Taschen voller Geld und Waren, und machte die damals hierzulande noch sehr seltenen afrikanischen Schmuckstücke zu barer Münze. Dann plante er sogleich den nächsten Trip ins Nirgendwo.
Begeistert von seiner Idee, das Wochenende in deren Hütte zu verbringen, fuhren wir kurz nach Hause, holten unsere Schlafsäcke und was wir sonst noch brauchten und starteten in einen Sonnenuntergang, der die Vogesen jetzt in verheißungsvoll gleißendes Gold tauchte. Während sich Tom wie die geballte Faust der Freiheit auf seiner kultigen, schwarzen 500er Honda in den Stummellenker krallte und Mike dank seines hohen, geschwungenen Lenkers lässig die Cowboystiefel auf die Sturzbügel des Boxermotors seiner BMW ausstreckte, kauerte ich, zerfressen von Ungeduld, auf meiner Maschine, der ersten, die ich für mein Geld bekommen hatte, einer hellblauen 250er Suzuki und musste mir die coole Sitzposition, den coolen

Look der Maschine wie auch den brabbelnden Klang eines Viertakt-Langhubers in meinen Träumen ausmalen, musste mich wirklich anstrengen, den Wespensound dieses nervösen Zweitakters irgendwann einfach zu überhören. Dafür hatte ich mir als Erster, lange bevor japanische Walkmänner den hiesigen Markt überschwemmten, aus einem alten Kassettenrekorder meines Vaters und einem beim Südwestfunk ausgemusterten, tellergroßen Kopfhörer eine Konstruktion gebastelt, die es mir erlaubte, das ‚Ueeeengengeng‘ meiner Wespe mit dem scheppernden Gejaule von Patty Smith zu übertönen. Ich sah aus wie eine rasende Blechstatue der Lächerlichkeit, weil der klobige, steinalte Kassettenrekorder nur mit Gummispannern auf dem Gepäckträger hatte festgezurrt werden können und ich mit meinem billigen Halbschalenhelm und den faustgroßen Ohrlauschern vermutlich wirkte wie das falsch zusammengesteckte Spielzeug aus einem Überraschungsei. Wenigstens musste ich mir so aber auch nicht dauernd die spöttischen Kommentare meiner Kumpels anhören, die mit ihren Fransenlederjacken und den von der Hüfte bis zu den Knöcheln gebundenen, supercoolen Lederhosen gut Lachen hatten. Denn bei mir hatte es leider nur für eine Kunstlederhose gereicht, die sich dann zu allem Überfluss bereits am ersten Abend dieses Wochenendes am Lagerfeuer in ihre Bestandteile auflösen sollte, weil die Hitze der züngelnden Flammen die äußere Schicht des Kunststoffes in schmelzenden Fahnen von der weißlichen Unterschicht löste: schwarze Trauertropfen, die aussahen wie Zeitlupenkaskaden in den Waldboden versickernder Coolness.

Wir hatten große Träume damals, weil die Welt noch unerforscht und unendlich groß zu sein schien. Alles war besser gewesen als die Vorstellung eines toten, nicht lebendig gelebten Lebens in der spießigen Enge Deutschlands. Lange vor den Zeiten einer jederzeit googelbaren Welt, lange also vor der digitalen Enge einer vorgegaukelten Omnipräsenz von Weltwissen und Nähe, waren wir damals noch auf Wissen aus Büchern angewiesen, wenn wir denn welche gelesen hätten, auf Informationen aus Fernsehberichten, die wir uns nicht ansahen, weil Fernsehen das Zeittotschlagen der Alten war, aus Zeitungen, die uns nicht interessierten, weil die sowieso nur aus manipulierten Nachrichten vom und über das Establishment bestanden und vor allem auf Berichte von heimkehrenden Weltenbummlern: Deren ausladend schwadronierende Erzählungen aus den fernen Ländern bildete das Fundament unserer Träume. Mike, der Dritte im Bunde, und ich träumten damals von Kanada, den unendlichen Weiten, von ursprünglicher Natur, vom Goldwaschen, Jagen und Fischen, vom Leben in einer selbst gebauten Blockhütte in der Wildnis, aus eigenhändig mit der Axt gefällten Bäumen, ausgestattet nur mit dem Nötigsten, also Stereoanlage, Video, Jeep und Hubschrauber, mit Cannabisfeldern so weit das Auge reicht sowie zwei Frauen pro Mann und Schwanz, die wir natürlich grosszügig untereinander getauscht hätten. Wir träumten vom harten Überlebenskampf und natürlich unserem Sieg über den Grizzly und damit die Natur an sich, nur mit einem Messer, versteht sich. Man hörte, die kanadische Regierung würde Land praktisch verschenken und noch bis zu fünfzigtausend Dollar drauflegen, wenn Einwanderer den Weg in die kanadische Ödnis fänden, um unwegsame Wälder urbar zu machen. Und das war genau unser Plan: harte Bedingungen, ein Kampf Mensch gegen Natur, zwei Männer, den Sieg vor Augen, unabhängig und stark, zwei unbeugsame Kreaturen, die sich behaupteten. Ja. Genau. Das war es.

,Onkel Toms Hütte' in den Vogesen sollte hierauf ein Vorgeschmack sein, ein perfekter Ort, um das raue Leben Kanadas bereits hier, in der französischen Diaspora zu erproben, für den großen Augenblick, da wir alles hinter uns lassen würden, den heroischen Abgang ohne Wiederkehr, die ganz große Geste, mit der wir dann tatsächlich gehen würden, ohne uns noch einmal umzudrehen, nur noch das bewundernde und ungläubige Leuchten in den Augen der zurückbleibenden Freunde im Gepäck. Trotzdem war uns nicht ganz wohl bei dem Gedanken, möglicherweise Mangel leiden zu müssen. Und so fuhren wir, nur aus Sicherheitsgründen, bevor wir endgültig in gefährlich unberührte Natur abtauchen würden, also ins Ungewisse, doch noch schnell in einen der großen Supermärkte um die Ecke, um uns dort mit dem Allernotwendigsten auszustatten: Escargots in Kräuterbutter, Rillettes de Volailles, Schinken im Brotteig, Flammkuchen, Enten- und Gänseleberpastete, ein paar Flaschen Bordeaux, drei Flaschen Cremant d'Alsace, Schnaps, Bier und weiteren Grundnahrungsmitteln. Tatsächlich lag die Hütte ein wenig zurück gesetzt von der Straße im dichten Wald. Ihr Fundament bestand aus großen Steinblöcken und nach oben hin entwickelte sie sich zu einer Art Stelzenbau, der sich dem Steilhang optimal anpasste. Praktischerweise hatte der Hausherr eine in Zement gefasste und somit vor Wind geschützte Feuerstelle angelegt, geeignet für das männliche Trapperfeuer, das am Ende sogar wir ankriegen sollten, da auch ausreichend Feuerzeuge und Brandbeschleuniger in einer regendichten Kiste zur Verfügung standen. Diese hatten wir allerdings nicht unmittelbar zu Anfang entdeckt, was dazu führte, dass wir zunächst in Streit gerieten, weil wir weder Feuerzeuge noch Brandbeschleuniger im Gepäck hatten und Mike darauf beharrt hatte, sie extra nicht mitgenommen zu haben, weil ein echter Mann der Wildnis Feuer schließlich mit dem Feuerstein macht, er mir dann allerdings nicht erklären konnte, was ein Feuerstein überhaupt ist, wo man so einen Stein finden kann und wie man diesen dann, wenn man denn einen gefunden hat, benutzen muss. Für uns lag die Hütte tief im kanadischen Urwald, weit weg vom Schuss und am Ende hatten wir uns den Weg sogar mit einer Machete freischlagen müssen, da wir sonst die Mulis mit dem Gepäck hätten zurücklassen müssen. Und tatsächlich war der Waldweg zur Hütte gegen Ende zu etwas schmaler geworden und tatsächlich hatten wir in diesem letzten Teil Schwierigkeiten, weil wir so stoned waren, dass wir die schweren Straßenmaschinen kaum mehr im Gleichgewicht hatten halten können. Schnell waren wir uns einig geworden, dass es für Jagd und Fischerei jetzt, in der nun schnell um sich greifenden Dunkelheit, zu spät war, riefen somit unisono den Notstand aus, der es, um des nackten Überlebens willen, notwendig machte, die eisernen Reserven anzubrechen, was allein schon deshalb unumgänglich war, weil es da ja schließlich auch leicht verderbliche Nahrungsmittel wie Rotwein gab und wir uns sicher waren, dass nicht rechtzeitiges Essen und Trinken in der Wildnis tödlich enden können. Um einen unnötigen Energieverlust durch das kräftezehrende Sammeln von Feuerholz zu vermeiden, entschieden wir, uns in dieser extremen Notlage am Wintervorrat des Nachbarn zu bedienen, um nicht wertvolle Zeit zu verlieren und um das Risiko, in den gefährlichen weil unerforschten elsässischen Oktoberwäldern von wilden Tieren angegriffen zu werden, zu minimieren. Kaum jedoch waren diese ersten Abenteuer in der Wildnis durch unsere beherzten Entscheidungen bestanden, tauchten neue Widrigkeiten auf und ließen erahnen, was Überleben in den unendlichen Weiten des Elsass im schlimmsten Fall bedeuten kann: Wir hatten keinen Dosenöffner.

Der nächste Morgen war hart gewesen. Schließlich hatten wir uns im Kampf gegen die beißende Kälte der Nacht gezwungen gesehen, den gesamten, für drei Tage geplanten Alkoholvorrat zu vernichten, was am Ende dazu geführt hatte, dass Tom mit einem über zwei Meter hohen Gerümpelhaufen im Keller umgekippt und in dem kantigen Sperrmüll ins Alkoholkoma gefallen war. Mike hatte sich in den frühen Morgenstunden im vermutlich durch die Gärung wärmenden Komposthaufen wieder gefunden und ich versuchte, leise weinend, die Kunstlederhose, die in der Nacht durch eine zu große Nähe zum Lagerfeuer teilweise mit meiner Beinhaut verschmolzen war, von meinem Körper zu lösen. Erst nach Stunden, in denen sich die leer gesoffenen, unangenehm hallenden Katakomben unserer Gehirne langsam wieder mit Bildern und Sprache füllten, waren wir in der Lage gewesen, unseren geplanten Jagdausflug in Angriff zu nehmen. Ausgerüstet mit Luftgewehr, Pfeil und Bogen und einer langstieligen Axt, brachen wir auf ins Dickicht, zerknackten die Stille des Vogesen-Waldes und bewegten uns, noch immer vom Alkohol zerknirscht, ungerührt durchs ausgedörrte Unterholz des bunt getupften Altweibersommers. Auf einer nur schütter von Blättern bedachten Anhöhe schließlich, deren weicher Laubwaldboden flimmernd von leise gleißenden Lichtfingern zerschossen wurde, entdeckten wir das erste bewusst wahrgenommene Wildtier, das zu erlegen wir uns nun anschickten. Es verstand sich fast von selbst, dass wir, aus einer Art sportlichem Ehrgeiz heraus, auf das Jagen größerer Wildtiere wie z.b. Hasen verzichten wollten, da wir der Meinung waren, solche Ziele wären zu leicht zu treffen. So konzentrierten wir uns nun voll und ganz auf diesen in seinen aberwitzigen Ausweichmanövern provokativ taumelnden Zitronenfalter, bewegten uns mit den geschmeidigen Bewegungsabläufen erfahrener Jäger durch das unwegsame Gelände und feuerten unsere Salven von Diabolos, Pfeilen und Axthieben, begleitet von hysterischem Lachen, auf das erstaunlich todesunwillige Insekt ab. Wir waren so sehr auf uns und unser Treiben fixiert, dass uns entging, dass wir längst von einem gegenüberliegenden Hügel aus von kalten, herzlosen Augen beobachtet wurden, ins Visier eines noch viel mächtigeren Jägers geraten waren und sich somit unbemerkt die Schlinge einer erbarmungslosen Treibjagd um uns zuzog. Als wir uns endlich ausgetobt und unsere Beute bis zum Schluss dennoch nicht getroffen hatten, dem Schmetterling vom Leben im sterbenden Wald also eine kleine Fristverlängerung gewährt worden war, traten wir den Rückweg an, verliefen uns in immer dichter rankende Brombeerhecken, die uns zunehmend bluten ließen und uns später zum Verhängnis werden sollten, weil man uns die Kratzer als echte Kampfspuren auslegte. Unvermittelt standen wir auf einem breiteren Waldweg, als von allen Seiten ein gewaltiges Gebrüll anhob. Pfeilschnell schossen plötzlich – scheinbar aus dem Nichts – vermummte Gestalten mit blutgeil funkelnden Augen in schwarzen Söldnerklamotten auf uns zu, Schnellfeuergewehre im Anschlag, zum Äußersten bereit. Hinter jedem verdammten Baum schien sich einer versteckt zu haben. Sie fielen über uns her, schlugen uns blitzschnell zu Boden, knieten sich auf unseren Rücken, in unser Genick, fesselten uns, brüllten uns ununterbrochen auf Französisch an, rissen uns schließlich an den Handschellen hoch und warfen uns in einen der mindestens sechs bis acht Mannschaftswagen, die hinter einer Kurve abgestellt worden waren. Es müssen etwa sechzig, siebzig Mann gewesen sein, französische Polizei, Kripo, Spezialkommandos. Die kalten Augen, die uns bei unserem kindischen Treiben beobachtet hatten, waren wohl echte Jäger gewesen. Und die hatten uns für ein im heiligen, französischen Wald trainierendes Kommando deutscher Terroristen gehalten und die Polizei angerufen, die offenbar ohne zu zögern und mit allem, was in den umliegenden Kleinstädten und Kasernen an Polizei und Spezialeinheiten des Militärs aufzutreiben war, anrückte, den großen Fang vor Augen. Es war noch kein Jahr vergangen, da war die Leiche von Hans-Martin Schleyer keine Hundert Kilometer von hier gefunden worden, was wir natürlich nicht wussten, weil wir uns für Politik zu dieser Zeit nicht interessierten, weil Politik ein Abstraktum war, etwas, das weit weg stattfand und, wie wir glaubten, mit unserem Garten Eden, unserer Enklave der heilen Hippiewelt, nichts zu tun hatte. Die harsche Wirklichkeit des ‚Deutschen Herbstes‘ hatte uns endlich, im ‚Jahr eins‘ nach Schleyer, eingeholt. Den Rest des Wochenendes blickten wir in das Licht der Welt in Form einer 300-Watt-Glühbirne. Sie verhörten uns, immer und immer wieder, quetschten uns aus und ließen schließlich, als ihnen klar wurde, dass wir dämliche, deutsche Lämmer und keinesfalls Wölfe waren, ihren Frust an uns aus, stinksauer, da sie vorschnell eine großkotzige Pressemitteilung herausgegeben hatten, in der sie sich selbst stolz als Retter und Hetzer präsentiert hatten und unmittelbar danach einen Rückzieher hatten machen müssen – und natürlich, weil sie nun doch nicht die Helden sein durften, die dem RAF-Terrorismus einen empfindlichen Schlag hatten versetzen können. Unsere leider legale ‚Kampfausrüstung‘ behielten sie trotzig ein und rückten insbesondere das Luftgewehr erst Jahre später wieder heraus.

Welch ungeheure Privilegien wir besaßen, war uns nie bewusst. Wir fühlten uns als Revolutionäre, als Propheten eines neuen Zeitalters, als Erleuchtete gegenüber einer nicht näher definierten, dumpfen Masse von Angepassten und Alten, die, ganz klar, keine Ahnung und, viel schlimmer noch, ihr bisschen Leben in spießigem Verhoffen vergeudet hatten und denen wir nun endlich zeigen mussten, wie Leben richtig geht. Verächter waren wir und Richter über die per se ewig gestrige Kriegsgeneration, die man schließlich allein schon an den Falten im Gesicht eindeutig erkennen konnte. De facto genossen wir die Früchte eines prosperierenden Wirtschaftsgefüges und eines gerade einmal dreißig Jahre alten Friedens in Deutschland, Früchte, die wir weder gesät noch gepflegt noch gepflückt hatten, aber nun im Begriff waren zu verspeisen – und uns selbst gleich mit. Die Revolution würde ihre Kinder fressen, aber noch regte sich kein Lüftchen, noch leuchteten die Zeichen der wabernden, nicht greifbaren, aber irgendwie geil liebesorientierten gesellschaftlichen Veränderung am Horizont zu hell, noch drehte sich die Spirale unserer schwerelosen Egozentrik brav und rund nach innen und spülte dabei immer neue, vielleicht nicht die Gesellschaft, wohl aber das Bewusstsein verändernde Substanzen mit ins vernebelte Gehirn. Und war das nicht toll: Seit dem Erlebnis im Elsass hatten wir, das war klar, mit der RAF sogar eine eigene militante Brigade, die das schreckliche Unrecht, was an uns begangen worden war, rächen würde, die unsere Ideen verteidigte (welche Ideen?), die für die fundamentalen, die politischen Veränderungen zuständig war und die ja schließlich auch zu uns gehörte, irgendwie. So konnten wir uns auch weiterhin zurücklehnen, weiterhin unpolitisch bleiben und die von anderen erkämpften Freiheiten genießen. Wir waren nur für die Feinarbeit am eigenen Gehirn zuständig und die Verbreitung des Dogmas der ‚Freien Liebe‘, sprich: unserer Säfte. Das hatte wahrlich Sex: keine Verantwortung, die Freiheit, Politik ignorieren zu können und persönliche Ziele wie auch die eigene Zukunft nicht definieren zu müssen. Schließlich hätte ja jede Entscheidung für einen der möglichen Wege den Verlust aller anderen Wege bedeutet. Und wer wollte schon etwas verlieren?!

So langsam verlor meine Mutter die Geduld, aber noch immer quengelte ich, wollte partout nicht akzeptieren, dass im feinen Baden-Baden einfach keine coolen Cowboystiefel mit Flammenmuster zu bekommen waren, stattdessen nur schicke

Stiefeletten, halbhoch, glatt, nobel, hellbraun und eigentlich eine Nummer zu klein, aber immerhin spitz. Bevor ich jedoch mit spießigen Halbschuhen weiterlaufen würde, würde ich sie halt nehmen, diese überteuerten und zu kleinen Stiefelchen. Geld durfte hier einfach keine Rolle spielen, wenn es um ein so hehres Ziel wie Anderssein ging. Wie konnte ich auch ahnen, dass ich mit meinem trotzigen Wunsch nach dieser vermeintlich gesellschaftsrelevanten Insignie revolutionären Denkens letztlich nur das intimste Motto der ständig um Geld und Geltung kreisenden Baden-Badener Möchtegern-Elite bediente:

„Über Geld spricht man nicht – Geld hat man!"

Und so zog ich dann mit meinen nagelneuen und bockharten Lackaffenstiefelchen los und fühlte dadurch ganz deutlich den abgewetzten Hippie-Cowboy-Macho in mir – unnahbar und unwiderstehlich: unbegreiflich. Zu viert trampten wir noch am selben Tag nach Amsterdam – mit je zwanzig Mark in der Tasche und der Planung, dort eine Woche lang im Hochgefühl eines Dauerrausches die Schule zu schwänzen. Weil Geld ja total unwichtig war, nur ein Fetisch des Establishments und man in der Coolnesshierarchie auch nur dann nach oben fallen konnte, wenn man ohne Geld pilgerte, weil es ja schließlich darum ging, selbstlos miteinander zu teilen – also das, was Andere besaßen – prahlten wir untereinander eher mit der Geringfügigkeit unserer finanziellen Mittel, als dass wir darüber jammerten. Kaum kamen wir nach langer Pilgerfahrt in Amsterdam an, hatte ich die Stiefeletten auch schon, verknüpft mit einer kurzen Schnur, lässig geschultert wie ein Cowboy seinen Sattel, nachdem man ihm das Pferd unter dem Hintern weggeschossen hat. Unter Schmerzen gestand ich mir – und natürlich nur mir – ein, dass die Größe eines Schuhs letztlich eben doch eine Rolle spielt, zumal im Herbst und bei Temperaturen um die 6 Grad. Aber bei genauem Hinsehen war barfuß gehen ohnehin authentischer, zumal es ja auch den bewussten Verzicht auf Besitz hätte signalisieren können, was wiederum hip gewesen wäre, weil ich dann ja bereits ein Erleuchteter gewesen wäre – wenn es denn irgendjemanden in

dieser Großstadt interessiert hätte. Und so fielen wir mit unseren langen Haaren, unseren bunten Flatterklamotten und unseren Mandalas, den Indianerfeder-Ohrringen und selbst geflochtenen Armbändchen, den lustig bestickten Umhängetäschchen und unserer Lebensgier in das europäische Mekka der Hippieszene ein und kamen mit hungrig leuchtenden Augen im chinesischen Viertel vor den rot leuchtenden Schaufenstern des Lasters und der verbotenen Früchte zum Stehen: Mac Donalds. Aber nein, das mussten wir uns verbeißen. Nahrung konnte man schließlich durch Rauschmittel ersetzen, aber Rauschmittel nicht durch Nahrung – und unsere Mittel waren nun einmal knapp und die anderen Hippies sahen irgendwie doch nicht so aus, als würden sie freiwillig teilen, zumindest nicht das eigene Hab und Gut. Und so zogen wir weiter, rot illuminiert vom Pufflicht der Reizüberflutung und in unseren Augen spiegelten sich zum ersten Mal in unserem Leben Nutten in Vitrinen. Das wiederum härtete nicht nur unsere vier Schwänze, sondern selbstredend auch unser Frauenbild und ein klares Frauenbild wiederum, das weiß ja jeder, verhindert selbst bei coolen Hippies, dass man diese spreizbeinigen, sexbereiten, immer einladend lächelnden Wesen in den roten, gläsernen Schuhkartons als Gefangene sieht, als zu befreiende Mädchen, denen man ihre unschuldige Jugend zurückgeben sollte und ihre Sehnsüchte und ihre Träume. Stattdessen begann ich mit einer von ihnen, sie war höchstens zwanzig, zu verhandeln, erklärte ihr, wie cool wir seien, und überzeugte sie schließlich, dass sie uns allen Vieren für zwanzig Gulden einen runterholt. Hunderte von Jüngern aus aller Welt strömten konsumbereit in die zahlreichen Coffeeshops, Dutzende lagen bereits mit verdrehten Augen in der Gosse – beneidenswert.
Wir waren im Paradies angekommen und niemand konnte sagen, dass irgendjemand vorher übertrieben hätte – Drogen und sexuelle Verheißungen all überall und stereotyp lächelnde Gleichgesinnte so weit das Auge reichte. Alle sagten ‚peace maan' oder ‚cool maan' und jeder grätschte Zeige- und Mittelfinger in den Himmel und wollte damit natürlich ‚Frieden' für den jeweils Anderen und alle, die dazugehörten

wünschen. Dass dieses von einer ganzen Generation stets fehlinterpretierte Peacezeichen nicht ‚Peace‘, also ‚Frieden‘ ausdrückte, sondern entweder, gemäß Winkeralphabet von 1958 ‚nuclear disarmement‘ oder, alternativ, in der britischen Armee ‚Sieg‘, war uns weder bewusst noch spielte es eine Rolle. Es war uns schlicht egal, weil wir den Zusammenhang ohnehin nicht verstanden oder wenn doch, dann war das ebenfalls egal: Schließlich waren wir cool und die Anderen waren es nicht, weil Sieg ja immer auch Sieg über Andere bedeutete und damit Unterdrückung und dagegen waren wir natürlich auch, weil das ebenfalls cool war. Endlich im Coffeeshop schnitt ich etwas abwesend mit meinem Taschenmesser, völlig benebelt, kleine Quader in die dicke Luft, in dem Glauben, so wenigstens an ein kleines Stückchen frische Atemluft zu gelangen. Man hätte keinen Joint mehr rauchen müssen, hätte sich einfach passiv verhalten können und tief durchatmen: Es hätte für einen dreitägigen Rausch gereicht. Jetzt galt es, in dieser Suppe zu überleben und wir wussten instinktiv, dass uns dies nur gemeinsam gelingen würde. Durch Zurufen hielten wir deshalb im dichten Nebel Kontakt:
„Bring mir auch was mit ...“
„Was gibt es denn?“
„Frag nach Trips!“
Und der coole Freak auf der anderen Seite des Tresens, schüttelte seine langen, schwarzen Haare, als stünde er, ein heroischer Eroberer, ein Nordmann, im Küstenwind und schmecke die Salzluft des Sieges nach der blutigen Befriedung eines anderen Stammes. Dann verzog sich sein Gesicht zu einem von Lysergsäure zerfressenen, faulig zahnlosen Grinsen und siegessicher hob er zum großen Verkaufsgespräch an. Am Ende hatten wir einen kleinen Fetzen bunt bemalter Pappe gekauft, mit perforierten Rändern zur besseren Dosierung und zwei dicke Beutel mit harzigem Hasch, gekrönt von einem Verkaufsbonus in Form eines kleinen Klümpchens Schimmelafghanen, dem in diesen Tagen nach ‚Tempelshit‘ begehrtesten Traumturbo, der für Geld zu bekommen war – wenn überhaupt. Mit einem kühlen holländischen Zwergbier

spülten wir in zittriger Vorfreude die bunten Pappfetzen in die Kehle und ich stellte fest, dass das Bier nicht reichte, den als ‚Ariel-rein' hochgelobten LSD-Trip bis in den Magen zu würgen. Und so blieb er spürbar im Hals hängen, ließ sich auch nicht durch dutzendfaches Schlucken versenken und begann bereits nach fünf Minuten mit dem typischen Sodbrennen und einem ersten, dreidimensionalen Rütteln an den Grundpfeilern des Venedigs des Nord-Nordwestens (dem Autor sei diese für Amsterdam unorthodoxe geographische Präzisierung erlaubt, weil laut Archiv bereits Stockholm, Emden, Friedrichstadt und St. Petersburg sowie ein halbes Dutzend anderer Städte als Venedig des Nordens bezeichnet werden).

Im teutonisch panischen Stechschritt durchtrennten wir die Grachten, um nur ja noch rechtzeitig den Schutz verheißenden Vondelpark zu erreichen, zumal die Nacht jetzt schnell fiel und das schrill bunte Lichtermeer der Amsterdamer Innenstadt zunehmend zur Bedrohung für unsere letzten Rudimente orientierungsrelevanter Wirklichkeitsbindung wurde. Endlich dort angekommen umfing uns schwärzeste Nacht. Man konnte die Hand nicht vor Augen erkennen, zumal Smog und Wolken das Mondlicht, wenn es denn welches in dieser Nacht gegeben hatte, abschirmten. Lediglich ein matter Schimmer des zunächst von den tief hängenden Wolken und dann von der Wasseroberfläche des Parksees reflektierten Stadtlichts drang für kurze Zeit in unsere Wahrnehmung, bevor endgültig das Grell unseres säurehaltigen Malkastens kaleidoskopartig in den Köpfen explodierte. Wir schafften es gerade noch, uns ein kleines Lager zu bauen, schön kuschelig aus Schlafsäcken, Rucksäcken und Jacken. Dann explodierten tatsächlich die ersten Sonnen – in Gestalt zweier Taschenlampen. Die angreifenden Raumschiffe entpuppten sich als zwei schmierige, mit Stiletts bewaffnete Junkies, die uns, da wir außer unserer Traumwelt nichts mehr sahen und, mehr instinktiv denn bewusst, mit erhobenen Händen wie die Ölgötzen herumstanden, ausnahmen wie die Weihnachtsgänse. Fast schon freiwillig übergaben wir ihnen alles, die Rucksäcke, unser letztes Geld, Taschenmesser, und vor allem unsere

Schlafsäcke. Ein Überfall aus den Reihen der eigenen Szene, das gehörte einfach nicht zu unserem Denkrepertoire, das konnten wir uns so wenig vorstellen, dass dieses Ereignis, als es tatsächlich passierte, für uns wie eine LSD-Vision war, die man einfach nicht ernst nehmen musste, weil sie ja sowieso nicht real war. Die Ausweise ließen sie uns, da sie dafür offenbar keinen Abnehmer hatten. Nachdem die Kegel der beiden explodierten Sonnen verschwunden waren und wir wieder im Dunkeln saßen, war es, als wäre tatsächlich nichts passiert. Und es war ja auch nichts passiert, denn schließlich hatten sie unser Hasch und den Tabak nicht gefunden, und solange das noch in unserem Besitz war, war die Wirklichkeit auch noch wirklich und die Welt noch in Ordnung. Wir konnten real eine Tüte rauchen und auf neue Visionen warten, die üblichen, die heute allerdings nicht so richtig in Fahrt kommen wollten. Und so hockten wir im nassen Gras dieser Oktobernacht und sabberten friedlich vor uns hin – bis die Kälte kam. Die schlechte Qualität des LSDs ließ das Geschehene und damit die Wirklichkeit in Form von Nieselregen ins Bewusstsein tröpfeln, dann in Form einer näselnden Stimme:

„Huh, poor guys, you are getting all wet. Maybe you would like to come with me to my place?"

Die in knalligen Farben und viel Glitzerkram gewandte Tucke, ganz offensichtlich das Relikt einer Diskonacht im Schwulenclub, glaubte offenbar, mit uns den Fang des Jahres gemacht zu haben, und wir dachten wiederum:

„Scheiß drauf. Tucke oder nicht, mein Arsch bleibt Jungfrau. Hauptsache Wärme, Trockenheit und einen heißen Kaffee."

So lächelten alle glücklich wie die Gewinner des Jackpots und zogen gemeinsam ab, raus aus dem Kultpark, raus aus diesem überirdischen Paradies, diesem Garten Eden, der schon jahrelang die blühende Schlaraffenland-Phantasie der globalen Hippiegemeinde gefüttert hatte: Utopia. Was uns schließlich gegen drei Uhr morgens empfing, war eine triste und schmucklose, nur mit dem Allernötigsten ausgestattete Einzimmerwohnung. Einzig der türlose Kleiderschrank des nach dem Abschminken stark verwitterten, verlebten und vermutlich etwa vierzigjährigen Mannes gab der Behausung eine Art individuelle Note, denn unzählige Federboas, bunte Leibchen und nietenbesetzte Lederklamotten überbordeten den abgewetzten und schiefen, in der Art eines Triptychons gedrechselten Schrank. Unser Gastgeber schien mit seiner Kleidung unterschiedliche Neigungen zu leben und auch zu bedienen. So war der alte Sack, der sich mit für meinen Geschmack allzu weicher Betonung als Paul vorgestellt hatte, vor allem bemüht, sich seine Beute in der Reihenfolge seiner lüsternen Begierden zurechtzulegen. Er versorgte jeden von uns entweder mit einer Decke, einem Schlafsack oder auch nur, mangels Masse, einem Laken und bestimmte, wer auf dem Boden der großen Sardinenbüchse seinem Bett am Nächsten schlafen sollte und wer am Weitesten entfernt. Ich hatte mit dem Platz an der kahlen Wand, unter seinem schlichten Schreibtisch, das große Los der Ruhe gezogen, war ich mir doch recht sicher, dass er sich, egal wie scharf er war, in dieser einen Nacht nicht würde bis zu mir vorficken können. Aber bevor wir uns schließlich alle zum Schlafen hinlegten, fütterte uns dieser demaskierte Sexclown noch mit einer Opiumpfeife nach der anderen und hoffte wohl, uns auf diese Weise weich und gefügig machen zu können. Letztlich scheiterte er – angeblich – bereits an meinem Freund Frank, der mit seinen femininen Gesichtszügen, seinen engelsgleichen, blonden, langen Haaren und seinem filigranen Körperbau unserem Gastgeber wohl das Wasser in Sack und Mund kaskadenartig hatte zusammenlaufen lassen. Frank hatte in dieser Nacht kein Auge zugemacht, hatte alle Hände voll zu tun, sich der Tätscheleien und Streicheleien zu erwehren, mit denen der ausgehungerte Paul ihn hatte einlullen und verführen wollen. Gegen elf Uhr des nächsten Morgens war ich erwacht, geweckt von Kaffeeduft, einem zermürbten Frank und einem griesgrämigen Paul, der, weil er ganz offensichtlich nicht zum Schuss gekommen war, nun bemüht war, uns mit einem schnellen Frühstück aus dem Haus zu kriegen, vielleicht, um sich endlich in Ruhe einen runterholen zu können, vielleicht aber auch, weil er nicht noch zu guter Letzt von einem Freund mit vier puristischen

‚Heteros' erwischt werden wollte und damit zum Gespött der geschwätzigen Schwulenszene geworden wäre.

Alle waren wir in Katerstimmung, vor allem natürlich wegen des Überfalls und dem Verlust unserer ohnehin dürftigen Habe, aber auch wegen der penetranten Art unseres Gastgebers, der mit nicht enden wollenden Anzüglichkeiten und seinen in der engen Wohnung nahezu unvermeidlichen Fummeleien im Vorbeigehen bis zuletzt versucht hatte, auch nur einen von uns zu konvertieren oder wenigstens einmal einen unserer Schwänze in die Finger zu bekommen. Als Abschiedsgeschenk onanierte ich ihm, stocksauer, weil er mir im dunklen Flur im Vorbeigehen grob in den Schritt gefasst hatte, in seinem kleinen, aufgeräumten Badezimmer in das Döschen mit seiner Abschminkcreme, womit ich ihm aber wahrscheinlich nur einen Gefallen getan habe. Und Udo, der wohl schon im Verlaufe der Nacht im Kühlschrank Kilos von ordentlich in Alufolie verpacktem ‚Schwarzem Afghanen' entdeckt hatte, hatte sich kurz vor unserem Verschwinden noch unauffällig die Taschen mit dem kostbaren Pflanzenharz vollgestopft. Alles in allem nicht die ‚feine englische Art'. Aber wer wie wir, in dieser Zeit, individuelle Freiheit zur Lebensmaxime erhoben hatte, stellte bei Bedarf, und wenn es um den eigenen Vorteil ging, natürlich auch die Moral an sich als verkrusteten Wert der Kriegsgeneration auf den Prüfstand. Nach weiteren zwei Tagen, in denen wir zugekifft, durchnässt, und ohne jegliche Nahrung durch die Innenstadt von A'dam geschlichen waren, ungewaschen, stinkend und schlammverkrustet, als abgewrackte, sprach- und mittellose Ausländer zunehmend von der großen, glücklichen Familie gemieden, standen wir schließlich zermürbt und am Ende unserer Kräfte jeweils zu zweit an der Autobahnauffahrt und versuchten, irgendwie mitnehmungswürdig dreinzublicken. Acht Stunden lang stak ich mit meinen zerschnittenen und wunden, in Klopapier eingewickelten Füssen in den neuen, coolen Stiefelchen und betete um das Mitleid eines Mobilitätsjüngers, dem Menschlichkeit mehr bedeuten würde als Geruchsbelästigungelästigung. Mein lautloses

Gewinsel wurde schließlich, oh Wunder, erhört – von einem Trucker, der sich wohl die Fahrt nach Palermo mit uns verkürzen wollte. Der mächtige, glatzköpfige, vollbärtige, Muskel- und Bierbauch-bepackte Kerl hatte tatsächlich so etwas wie Mitleid im Blick, wohl auch wegen seines eigenen Jungen, der ihm, wie wir erfuhren, bereits vor Monaten in Richtung Christiania abhandengekommen war, jener gerade neu gegründeten Hippieenklave in Kopenhagen, und den er wohl gerne noch einmal wieder gesehen hätte, was aber offenbar nicht zu erwarten war, weil er ihn selbst eines Nachts aus dem Haus gejagt hatte, als sein Junge auf Junk war und zum wiederholten Male Wertgegenstände der Eltern geklaut und versetzt hatte. Den letzten Teil seiner sprudelnden Erinnerungen hatten Udo und ich nicht mehr mitbekommen, weil wir, kaum dass wir im Warmen und Trockenen saßen, vor Erschöpfung eingeschlafen waren.

Aber bereits in Venlo, dem von Rauschgiftlern nicht ohne Grund so gefürchteten Grenzübergang nach Deutschland, wurden wir nach gefühlten sechzig Sekunden Fahrt, unsanft wieder ins Leben zurückgeholt. Forsch von den Grenzbeamten aus dem LKW befohlen, hatten wir gerade noch Zeit, den geklauten Afghanen unbemerkt unter den Beifahrersitz zu stopfen und – jeder für sich – etwa drei Gramm bestes, libanesisches Hasch, welches wir gekauft hatten, zu schlucken und dem Trucker – ganz wichtig – ein Warteversprechen abzuringen. Umringt von je drei total männlichen Zöllnern, einer breitärschigen, blonden Zöllnerin und einem hübschen, wegen seines phänomenalen Geruchssinns vermutlich hoch dekorierten Setters, wurden wir, noch äußerst verpennt, mit einigen pfiffigen Fragen, Nachfragen, Kontrollfragen und Gegenfragen zunächst aufs Glatteis und dann in eine Zelle geführt, einen metzgereiartig gekachelten Raum mit Stahlwägelchen, auf dem geduldig einige Zangen, eine Literflasche Rizinusöl, ein Klistier mit verschiedenen, hoffentlich sterilen Aufsätzen und andere Wundermittel der zivilisierten Wahrheitsfindung lauerten. Vermutlich in Erinnerung an den Vorabend, einen abgesoffenen Totalabsturz im Polizeigesangsverein, bei dem sich der schieläugige Kollege ganz links auf der Behindertentoilette in den fetten Arsch seiner schnittlauchblonden Kollegin gewühlt haben mochte, stellten sich die Herrschaften jetzt im wohlgeformten Halbkreis vor mir auf und frohlockten aus einer Kehle:

„Ausziehen!"

Und ich, nicht ganz sicher, ob die Aufforderung tatsächlich ernst gemeint sei – nicht wegen des nahezu russisch-orthodoxen Folterambientes, wohl aber wegen meiner konsequenten, mittlerweile 7-tägigen Wasser- und Seife-Abstinenz – konnte mich eines wahrlich breiten Grinsens nicht erwehren und tanzte, wie die Amis das wohl nennen würden, exotisch. Zu deutsch: Ich zog mich genüsslich aus. Schwierigkeiten machte dabei nicht nur das T-Shirt, das sich nur noch schwer vom Körper lösen ließ, sondern vor allem die Unterhose, denn die, durch ständiges, Durchfall-bedingtes Suppen matschigen Haare meiner Arschfalte, waren zwischenzeitlich mit dem Feinripp verschmolzen und schließlich ausgehärtet, weshalb mir das Grinsen vorübergehend verging, als ich versuchte, den Stoff aus der Kimme zu lösen und mir dabei zahlreiche Haare ausriss. Als ich dann endlich doch noch in staatsbürgerlicher Ergebenheit der Aufforderung ‚Bücken' nachkommen konnte und sogar einem von der jungen Kollegin geäußerten Sonderwunsch gerecht wurde, indem ich meine Pobacken auseinanderzog, wurde ich mit dem für mich auf dem Kopf stehenden Bild eines sich aufgrund seines Katers nahezu geschlossen übergebenden Polizeigesangsvereins belohnt, der sich zügig und der Reihe nach, eigentlich fast zeitgleich, durch die Hände bröckelnd aus dem Raum begab. Zurück blieben eine grüne Wolke kloakaler Verwesung – und ich, der nun nicht wusste, ob er sich wieder anziehen durfte. Die Anweisung dazu kam schon kurz darauf aus einem kleinen Lautsprecher oberhalb des Türrahmens. Nicht einmal zur anschließenden Verabschiedung mochten die heiteren Gesangskameraden mit den drolligen, voyeuristischen Neigungen den Schutzraum mehr verlassen, um mir wenigstens in guter alter Tradition die Hand zu schütteln, was ich eigentlich korrekt gefunden hätte, nachdem sie immerhin den Trucker, unseren sicheren Lift nach Hause, mit Verweis auf den zu knapp bemessenen Platz dieses Grenzübergangs (Venlo ist vermutlich einer der raumgreifendsten Grenzübergänge Europas) weggeschickt hatten.

„Nein, trampen können Sie hier natürlich nicht!", hieß es dann. Dies sei schließlich hoheitliches Bundesgrenzschutzgebiet, zudem eine Autobahn und überhaupt. Wie wir denn sonst hier wegkommen sollten, wollten wir noch wissen, aber das schien bereits niemanden mehr zu interessieren. Es war schließlich alles gesagt und nichts gefunden worden, wir waren frei, aber fehl am Platz, zumal es jetzt auch wieder stark zu regnen anfing und die Zöllner sich ins Häuschen zurückziehen wollten. Abermals brach die Nacht über uns herein. Also stapften wir los, zunächst in der trüben Hoffnung auf eine irgendwann hoffentlich auftauchende Raststätte entlang der Autobahn, dann, nach einer neuerlichen Polizeidurchsage – diesmal durch ein mächtiges, auf einem Einsatzfahrzeug thronendes Megaphon – jenseits der Leitplanke, wo es durch die zahllosen, dichten Büsche, mit denen man den Lärm der Autobahn für die Anwohner einzudämmen gehofft hatte, matschig, holprig und nahezu undurchdringlich wurde. Jetzt, als endlich der selbst für einen ausgehungerten, frierenden und durchnässten Hippie grenzwertige Grenzstress von uns abfiel, konnten wir plötzlich von Herzen lachen, ohne ersichtlichen Grund, immer lauter, immer hysterischer und hemmungsloser. Nur der schließlich einsetzende, brachiale Hustenanfall brachte uns am Ende zum Schweigen, sowie die Tatsache, dass wir wie ohnmächtig unter einem der Büsche zusammengesackt waren, höchstens fünfhundert Meter von der Grenzstation entfernt. Das Haschisch, welches wir an der Grenze hatten schlucken müssen, war mit einem Hammerschlag angekommen und hatte uns gefällt. Zehn Stunden später waren wir wieder erwacht, in den frühen Morgenstunden, noch vor Sonnenaufgang. Blau gefroren und kaum einer Regung der kristallisierten Gelenke fähig, versuchten wir wieder auf die Beine zu kommen. Und wären wir nicht so fürchterlich am Ende gewesen, hätten wir vermutlich wieder zu lachen begonnen.

Ein halbes Jahr später: Sommerferien. Ich entschied mich, allein mit einem ‚Interrail-ticket‘ durch Europa zu tingeln. Ein schöner Trip mit vielen wunderbaren Begegnungen, vor allem an der Côte d'Azur. In Erinnerung aber blieb am Ende vor allem ein Erlebnis in Paris, weil dort mein ‚love and peace‘ – Weltbild, innerhalb einer einzigen Nacht einen tiefen Riss bekommen hat. Gare du Nord: Es ist zwei Uhr morgens. Mangels geeigneter Verbindungen war ich hier für eine Nacht hängen geblieben. Ich kam aus Irland und wollte an die Côte d'Azur, kam spät abends hier an und starrte nun sehnsüchtig auf die Anzeigetafeln, in der Hoffnung, dass endlich ein Ort auftauchte, den ich kannte: Marseille vielleicht, Nizza oder Cannes. Aber nichts dergleichen erschien. Woher hätte ich Traumtänzer denn auch wissen sollen, dass vom Pariser Nordbahnhof aus Züge nur nordwärts fahren? Kaum Geld in der Tasche. Keine Bleibe. Hunger. Durst. Also wach bleiben und auf den Morgen warten. Ich war und fühlte mich allein, trotz zahlreicher, herumlungernder Leidensgenossen, mit denen komischerweise in diesem Moloch kein Gemeinschaftsgefühl aufkommen wollte. Die pulsierenden Lichter der funkelnden Metropole ließen meinen blauäugigen Hunger nach Leben nervös flackern und das weit ausladende Gefühl, ein Weltenentdecker zu sein, schrumpfte mit jeder weiteren zäh verstreichenden Stunde auf Verlorenheitsgröße. Es war eine schwüle Nacht, noch schwanger von der Hitze des glühend heißen und staubigen Spätsommertages. Die Nacht hatte keine Abkühlung gebracht. Die Luft schien fast aggressiv zu vibrieren. Und die mit dem stählernen Schreien, Hämmern und Quietschen des Industriezeitalters durchsetzten Geräusche, die im besten Fall noch gezuckert sind mit dem hallenden Lachen von Liebenden oder dem Stimmengewirr von Händlern, die ihre Waren anpreisen, die man in der Regel ohnehin kaum noch wahrnimmt, weil man sie zu gut kennt, all diese Geräusche, die doch jeden Bahnhof der Welt als solchen erkennbar machen, waren nun, zu dieser späten Stunde, verstummt oder hatte sich ängstlich in die Gleisbetten verkrochen, denn etwas anderes lag in der Luft.

Es war nichts Greifbares, nur eine Atmosphäre. Und die fühlte sich an wie die Aura einer vierzigjährigen vom Leben verbrauchten Hure: verheißungsvoll verrucht, bleiern, leer und doch gewalttätig sirrend. Es war, als hätte der städtische Tontechniker die Regler heruntergezogen. Die Cutterin in der Wahrnehmungszentrale meines Gehirns hatte die Geschwindigkeit des Films extrem reduziert. Und in dieser Zeitlupe entblätterte sich vor meinen müden Augen ein Szenario, dessen reale Komponente mich eigentlich zum Eingreifen hätte motivieren müssen. Aber ich blieb stehen, unweigerlich, und sah doch nur hin, zäh bewegungslos und ungerührt, nicht zum Eingreifen fähig. Mein Hinsehen blieb bis zum Ende dieses Augenblicks, bis zum Ende dieser surrealen Szene, die einzige Intervention, zu der ich mich in der Lage sah. Offenbar von einem schweren Fausthieb am Kinn getroffen, taumelte ein alter Mann, ohnedies zerlumpt und offensichtlich keines Raubüberfalles würdig, rücklings aus der Bahnhofshalle auf den Vorplatz. Er fing sich wieder, stürzte nicht, noch nicht. Lässig schlackste jetzt ein Jugendlicher, Rockerkutte und Elvis-Schmalz, kaum älter als ich, aus dem Hauptportal des Bahnhofs auf ihn zu.

„Hatte ich Dir nicht verboten, dich hier herumzutreiben, Arschloch?", fauchte der ihn in schmuddeligem Vorstadt-Französisch an. Groß war der Kerl und kräftig gebaut. Aufgrund seiner Physiognomie würde ich sagen: arabischer Herkunft. Seine rote, abgewetzte Lederjacke strotzte nur so vor Nieten und Ketten. Er nahm das Opfer seiner Gewaltbegierde gefährlich kumpelhaft in den Arm. Seine Mimik wechselte wie einstudiert. Leise und bösartig klimperte das Metall seiner rüden Bekleidung bei jeder seiner katzenhaften Bewegungen, als wollte es das Kommende passend akustisch untermalen. So zog sich die Schlinge um den Hals des alten Mannes zu, seine Lebenszeit lief ab, nahezu lautlos. Schnell verschwand das Stilett des Rockers blutig in seiner Tasche und der Rocker selbst in der Dunkelheit der Nebenstraßen. Der alte Mann blieb liegen. Der Welt war es egal. Und auch ich stand nur einfach da, nicht mehr als armselig geschockt. Etwas unternehmen, jetzt sofort oder später in meinem Leben, gar mein Leben ändern ließ mich das Gesehene nicht. Dennoch ließ es mich viele Jahre lang nicht mehr los – weil ich eben nicht eingegriffen hatte, nichts zur Rettung des Alten unternommen hatte, aber auch, weil ich es in meinem jämmerlichen Gehirn nicht verwalten, verbuchen, geschweige denn endgültig ablegen konnte. Das Erlebnis blieb, was es schon damals für mich war: eine beschissene Realität, die man gerne ausgeblendet hätte, wenn Realität so etwas nur mit sich machen ließe. Ich hatte nichts unternommen, war untätig geblieben und so blieb für mich ein Leben lang das, was immer bleibt, wenn man auf diese Weise untätig geblieben ist: Schuldgefühle – unwiderruflich und unauslöschbar. Der kaltblütige Mord an dem alten Mann liegt heute, gut abgedeckt, in meiner Erinnerungs-Schatulle. Gerüche, Bilder und Töne, die Basisbestandteile jeder Erinnerung, ergeben zwar aus sich selbst heraus noch keinen filmischen Fluss. Erinnerungsfragmente wie diese brauchen einen Schlüssel, um abgerufen und wieder zusammengesetzt werden zu können. Und der Schlüssel zu dieser Erinnerung ist die Farbe Rot. Kaum etwas hat sich mehr in mein junges Herz gefressen als das Blut des sterbenden Obdachlosen, der hier, in dieser Sommernacht des Jahres 1979, auf dem nackten Stein des Pariser Gare du Nord sein Leben aushauchte. Das Rot seines Blutes ist der Schlüssel, die Verbindung zur Gesamterinnerung und nicht selten löste in späteren Jahren Rot bei mir exakt diese Erinnerung aus, als gäbe es für mich nichts anderes, was sich mit dieser Farbe verbinden ließe. Schlimmer noch: Die große Weltumarmung, das kollektive Leben in Liebe und globalem Frieden wie auch die generelle Unvorstellbarkeit konkreter Gewalt wurden für mich in dieser einen Nacht unwiderruflich zur Illusion. War der Trip nach Amsterdam für mich, emotional gesehen, eine Art Reifenpanne auf der gemeinsamen Landpartie nach Utopia gewesen, so wurde Paris zum verheerenden Frontalzusammenstoß. Und dennoch fuhr ich zunächst mit meinem nun schwer verbeulten Weltbild einfach unbeirrt weiter, als wäre nichts geschehen.

Als ich kurze Zeit später, kurz nach meiner Rückkehr, ins ‚Raff‘ kam, unsere Diskothek, und in den Toilettenvorraum trabte, ging es dort bereits zu wie auf einem marokkanischen Bazar. Zunächst hatte ich noch vermutet, die Leute wollten einfach alle etwas zu kiffen haben und der ‚local dealer‘ sei nach langem Warten endlich aufgetaucht, aber die zehn oder zwölf Freaks, die dort herumkrakelten, wollten nichts kaufen. Sie warteten auf Käufer, machten sich währenddessen keifend wie die vielbesungenen Waschweiber die Standplätze streitig und wäre es nach ihnen gegangen, hätten sie in diesem einen Augenblick ihren potenziellen Käufern das Dope am Liebsten mit Gewalt ins Maul gestopft, um nur endlich den avisierten Umsatz zu machen. Sie blafften sich gegenseitig an, nervöse und grimmige Hippies, eine Klokommune ohne Platzhirsch, die einen verbal toxischen Überlebenskampf ausfocht. Jeder von ihnen hatte sich sein Kilo lässig vorne in den Hosenbund gesteckt, zusammen mit den eingewickelten LSD-Trips. Das indische Flatterhemd legte sich wie der Schleier des offenen Geheimnisses darüber. Alle schienen überzeugt, das sei eine ausgefeilte Sicherheitsmaßnahme, weil Gesetzeshüter dort bei einer Leibesvisitation selbstverständlich nie nachsehen würden. Wenn dann jemand etwas kaufen wollte und sie als Sieger aus dem Marktgeschrei hervorgegangen waren, zogen sie obszön locker und so, dass alle sehen konnten, wie furchtlos und cool sie waren, die Kiloplatte und ihr Messer aus dem Hosenbund und schnitten Pi mal Daumen Riegel ab, als würden sie den biblischen Laib Brot brechen, um diesen gnädig unter ihr Volk zu verteilen. Alle Dealer nutzten zu dieser Zeit gemeinschaftlich eine auf dem zugenagelten Fenstersims aufgestellte Waage, die natürlich im Zweifelsfall keinem gehört hätte. Der Toilettenvorraum war zu einer Zwergausgabe des Frankfurter Börsenparketts geworden – die Geburtsstunde eines neuen Verdrängungsmarktes. Und ich kleines Licht war mal wieder zu spät, zudem noch unerfahren, und so nur ein lächerlicher kleiner Händler am Ende der Nahrungskette, als Marktschreier auf dem Rauschgemüse-Markt ein blutiger Anfänger – verdammt. Wo sollte ich mich jetzt noch hinstellen, an wen verkaufen? Die Meisten waren vermutlich bereits für die Nacht und das Wochenende versorgt. Scheiße, ich hatte es mal wieder vermasselt. Noch drei oder vier Jahre zuvor hatten die braun gebrannten Jungs, die in der stockdunklen Diskothek, getarnt durch noch dunklere Sonnenbrillen und ihre über das Gesicht strähnenden Haare, in der hintersten Ecke des Ladens betont unauffällig ‚Thaisticks‘, ‚Marokk‘ oder ‚Libanesen‘ verscherbelt, um dadurch ihren letzten Trip zu irgendwelchen mythischen Orten zu refinanzieren, umringt von blutjungen Girls, die sich nur allzu gerne auf deren Schöße drängten und von Jungs, die nicht nur gierig nach Dope, sondern auch nach phantastischen Geschichten aus fernen Ländern waren. Diese Burschen hatten Götterstatus. Schließlich waren wir von ihnen abhängig. Es gab keine Händlerringe und keine Coffeeshops und zu jedem in diesen ‚Krämerläden‘ erworbenen Päckchen gab es einen Traum gratis dazu. Die Rauschgiftdezernate staken in den Kinderschuhen, Massentourismus und Billigflieger waren noch in weiter Ferne. Wer nach Marokko, Goa oder Afghanistan reisen wollte, hatte, zumal weil Geld knapp war, lange, beschwerliche Wege auf sich zu nehmen. Diese von Liebe und Frieden bewegten Pioniere waren unsere Helden und mutige Abenteurer. Wäre es nicht um Drogen gegangen, dann wären diese lederhäutigen Globetrotter mit dem samtigen Auftreten des Wissenden genau die Seebären gewesen, denen man mit einer Maispfeife im Mundwinkel bei einem steifen Grog in einer Hamburger Hafenbar gelauscht hätte, wenn sie, mal halb geflüstert, mal prahlerisch laut, ihre Schoten über die Mädchen in Shanghai, über Kaperfahrten auf die Cook-Inseln oder verborgene Schätze auf Tortuga zum Besten gaben. Ich erinnere mich noch genau, wie sich das anfühlte, als mir, ich war gerade einmal sechzehn Jahre alt, einer dieser Erleuchteten von Kommunen berichtete, die sich jetzt überall auf der Welt bildeten. Er kam gerade zurück von der indischen Küste, aus der Provinz Goa, und schwärmte, den Blick ins Nirgendwo geheftet, vom Leben dort und davon, dass dort jeder mit jedem schlief, nur die schönsten und jüngsten Feen würden sich dort in der Brandung von jungen Kerlen aus aller Welt umgarnen, betören und besteigen lassen. Die Kommune, in die er aufgenommen worden war, veranstaltete regelmäßige Abende, an denen alle gemeinsam Erleuchtung suchten, Erleuchtung durch Liebe, die sie gemeinsam praktizierten, kreuz und quer. Niemand wurde ausgeschlossen. Und mir fielen die Augen und Ohren aus dem adoleszenten Kopf und ich begann zu träumen. „Hey, schieb ab, nach da hinten, in die Ecke – das sind unsere Plätze", fauchte mich einer der Freaks jetzt an, weil ich wohl ein wenig unschlüssig am Eingang zum Toilettenvorraum herumgestanden hatte und irritiert dreinblickte angesichts der großen Zahl keifender Kleindealer, die sich gegenseitig auf die Füsse traten und mal hierhin, mal dorthin wuselten, als wären sie allein die Antwort auf alle Fragen. Ich konnte mich des Eindrucks nicht erwehren, sie wollten mittlerweile alle so aussehen, als wären sie gerade aus ‚Mythologia' zurückgekehrt, in der Annahme, dann als erleuchtete Globetrotter im Outfit eines wieder auferstandenen indianischen Schamanen das bessere Geschäft machen zu können – ein lächerliches Bestreben angesichts der Tatsache, dass sie doch mittlerweile vermutlich alle das Dope aus derselben Quelle bezogen, von Jungs, die schon Ende der 70er Jahre längst keinen Spaß mehr verstanden, weil es nun darum ging, den Markt zu beherrschen und nicht mehr darum, ihn ob eines verblasenen Gemeinschaftsgedankens mit anderen zu teilen. Es muss die Zeit gewesen sein, in der diese ersten Großdealer sich die Haare schnitten, sich in Kleidung, Auto und Lebensführung an die ‚normale' Gesellschaft anpassten und ihr persönliches ‚love and peace' nur noch in der eigenen Saunalandschaft auslebten, mit Mädchen, die sich von Geld beeindrucken ließen und ihrerseits nur versuchten, ein Stück vom Kuchen abzubekommen – und von den Drogen, die es dort natürlich in Hülle und Fülle und vor allem gratis bzw. für einen kleinen Fick gab. Wir waren für diese hellwachen Burschen längst keine glückselige Jugendbewegung mehr, mit der man sich selbst identifizieren sollte, sondern lediglich ein Markt. Und als ich dem Typ gerade eine passende Antwort vor den Latz knallen wollte, tippte mir jemand auf die Schulter, ich drehte mich um und blickte in ein freundlich lachendes, aber kantig mageres Gesicht. Ich kannte ihn nicht. Er beugte sich, meine Aura dabei furchtlos durchbrechend, konspirativ zu mir und raunte:

„Sag mal, wie sieht das denn hier aus, kann man hier was zu ‚turnen' bekommen?"

„Klar", sagte ich, „ich hab besten Marokk, wenn Du das meinst."

Er sah mich einen Moment lang an, als würde er innerlich das Angebotene auf Eignung prüfen, nickte dann gönnerhaft und gab mir schließlich zu verstehen, dass er interessiert sei, aber nicht hier, zu gefährlich, auch weil er und seine Jungs aus Mannheim kämen und sich hier nicht auskennen würden und sie deshalb ein verschwiegeneres Plätzchen für den Deal bevorzugen würden, zumal sie nicht nur ein ‚Rauchpiece', also eine kleinere Menge, sondern durchaus mehr suchen würden. Und ich, ein gutes Geschäft witternd, willigte ein, ging mit ihm raus, wo seine beiden Begleiter schon zitternd warteten, was ich unbewusst der Kälte zurechnete. Ich folgte ihnen zum großen Parkplatz, zu ihrem alten Kadett. Auf dem Weg dorthin versuchte ich, mir ein Bild von den Kerlen zu machen. Zwei von ihnen sprachen kein Wort. Auch wichen sie jedem Blickkontakt aus. Der eine von ihnen schien einen Tick zu haben. Ständig fuhr er mit der Hand durch sein pickliges, kalkweißes Gesicht, dann knetete er unter seinen schmutzig blonden Schnittlauchhaaren seinen Nacken. Er stand wohl unter großer Anspannung, vermutlich, so erklärte ich es mir, weil er unter Entzugserscheinungen litt. Der andere hatte verfilzte, lange braune Locken, überall rote, teilweise offene Stellen im Gesicht und kaute unablässig an seinen dreckigen Fingernägeln.

„Was für fertige Typen!", dachte ich, „so sehen also echte ‚Speedjunkies' aus?"

Speed, also Amphetamine, war damals noch nicht so verbreitet und Leute, die das Zeug nahmen, nicht sehr beliebt. Die beiden irritierten mich, aber ich konnte zunächst nicht sagen, warum. Ich hatte nur irgendwann einmal aufgeschnappt, dass Leute, die Speed sniefen, asozial seien, aber warum das so sein sollte, wusste ich nicht. Der Typ, der mich angesprochen hatte, war der Einzige, der unablässig redete und damit krampfhaft gute Stimmung aufrechtzuerhalten versuchte. Er war eher spießig gekleidet, hatte einen karierten, oliv- und sandfarben rautierten Pullunder an, wie man ihn in diesen Tagen üblicherweise von seiner Mutter zu Weihnachten geschenkt bekam, dazu beige Anzughosen und einen adretten Haarschnitt. Er passte, abgesehen von seinen eingefallenen Wangen, also keineswegs in das damalige Bild vom coolen Freak. Quirlig erzählte er, dass sie gerade erst aus einem gemeinsamen Urlaub zurückgekehrt seien und lange nichts mehr geraucht hätten, dass sie sich jetzt alle sehr darauf freuen würden und ich ja echt nett zu sein scheine.

„Ist doch so, Jungs?" versuchte er unablässig die anderen in seinen Monolog mit einzubeziehen und zugleich Zustimmung zu erheischen. Als wir nun durch die nächtliche Stadt knatterten – sie hatten darauf bestanden, dass ich auf dem Beifahrersitz sitzen sollte, angeblich weil das der für einen so großen Kerl wie mich angenehmste Platz sei – überlegte ich, wo ich mit ihnen hinfahren sollte, wo wir wohl am wenigsten mit Bullen zu rechnen hätten. Schließlich dirigierte ich den Vielschwätzer hoch zu einem Waldparkplatz, den ich kannte und von dem ich wusste, dass sich dort üblicherweise nachts niemand aufhielt. Als der Motor des verbeulten Kadetts in der Dunkelheit des Waldparkplatzes erstarb, wendete sich der Wortführer mit einem entschlossenen Ruck, und ohne, dass ich die Veränderung in seiner Stimme bewusst bemerkt hätte, direkt zu mir und sagte:

„So, dann lass uns mal über das Geschäft sprechen. Was hast Du denn anzubieten und vor allem wie viel?"

Ich realisierte weder die plötzliche Kälte in der Stimme noch die Entschlossenheit. Naiv und brav, als gäbe es keine Bosheit in der Welt, erzählte ich ihm, was ich alles dabei hatte, meinen Preis und war nun meinerseits bemüht, eine lockere Stimmung zu erzeugen, die Basis jedes guten Geschäftes, wie ich dachte. Der Picklige forderte mich plötzlich auf, ihn aus dem Auto zu lassen, weil er angeblich pinkeln wollte und der Aussätzige schloss sich dem Ersuchen an. Also öffnete ich die Tür, klappte die Rückenlehne vor und ließ sie raus, ohne jeglichen Dünkel.

Plötzlich aber, als ich noch in Gedanken über das Wagendach hinweg in die Dunkelheit des angrenzenden Waldes blickte, im Begriff, wieder einzusteigen, sah ich in den Lauf einer Faustfeuerwaffe, einer wie mir schien großkalibrigen Knarre, die mir der zuvor noch so redselige Fahrer, der ebenfalls ausgestiegen war, über das Dach hinweg vors Gesicht hielt.

„OK – das Scheißgelaber ist jetzt vorbei", blaffte er mich an. „Du bist ja vielleicht ein Trottel. Also rück mal raus, was Du hast, Penner!"

Habe ich dann auch gemacht. Ich hatte keine Angst und ich geriet auch nicht in Panik. Eigentlich war ich noch nicht einmal erstaunt. Als würde es keinen Unterschied machen, ob man ein Geschäft sauber zum Abschluss bringt oder man dabei überfallen oder gar erschossen wird. Alles nur Gesichter ein und derselben Wirklichkeit. Alles ganz normal. Paris hätte mir noch frisch in Erinnerung sein müssen. Aber es war eher wie davor, als würde dem Phänomen Gewalt per se die reale Komponente fehlen und die konkrete Bedrohung erlebte ich traumwandlerisch wie Laufen auf Watte, wie eine Erzählung aus dritter Hand. Ich fand die Situation fast albern, ähnlich wie in Amsterdam, nur eben, dass ich hier nüchtern war und jetzt zur Abwechslung mal mit einer Pistole statt mit einem Stilett bedroht wurde. Dass ich mich jetzt, die Hände auf dem Dach abgestützt und breitbeinig von diesen Junkies abtasten lassen musste, fand ich irgendwie lustig und ich glaube, ich habe tatsächlich zunächst gelacht, bis ich mir der daraus erwachsenden Gefahr dann doch noch rechtzeitig bewusst wurde und mit der gebotenen Ernsthaftigkeit auf deren Begehr reagieren konnte. Dass dieser offenbar kaltblütige und von einem einbahnstraßenartigen Willen getriebene Kerl auf der anderen Seite des Wagens schießen könnte, war mir zwar bewusst, aber ich konnte letztlich nur mit schicksalhafter Ergebenheit auf die Situation reagieren. Doch gab ich ihnen am Ende nicht nur meinen Besitz – mein Hasch, mein Geld und meine Papiere – sondern auch noch ein paar Worte mit auf den Heimweg, allerdings erst, als sie auch noch meine Stiefel einforderten. Da nämlich hörte für mich der Spaß auf. Das war real, realer zumindest als die anderen Dinge. Und das nahm ich dann auch persönlich wie ein Cowboy, dem man mitten in der Mojave-Wüste bei sechzig Grad im Schatten, den es nicht gibt, das Pferd abnehmen will:

„Jungs, das solltet ihr nicht machen. Das Dope kann ich verschmerzen. Aber meine Stiefel und meine Papiere ... ihr macht gerade einen gewaltigen Fehler, glaubt mir!"

Die Hyänen aber lachten nur höhnisch ob dieses Nachkeifens des offensichtlichen Verlierers, stürzten sich ins Auto und verschwanden in der Dunkelheit. Erst jetzt begann ich zu zittern als wollte ich mit dem ganzen Körper Milch für einen Kaffee aufschäumen. Immerhin: Das Kennzeichen hatte ich mir noch gemerkt. Dann aber konnte ich mir nur noch die Hose aufreissen, um mich nicht vollzupissen. Natürlich war ich mir schon damals bewusst, dass ich nie zu jenen aggressiven Pitbulls gehören würde, die sich, erst einmal gereizt, mit knapp zweihundert Newton Druck pro Quadratzentimeter in ihre Kontrahenten verbeißen und dann so lange nicht mehr loslassen, wie auch nur ein Fünkchen Leben in ihren Opfern glimmt. Aber ich war rachsüchtig und verfügte über ausreichend Intelligenz, auch komplexe Vorgänge in eine Struktur zu bringen und ich wusste, dass eine Geschichte lediglich stringent und gut erzählt sein musste, also keinen Mangel an Logik aufweisen durfte und keine unvorhergesehenen Fragen offen lassen durfte. Dann war alles möglich. So stand ich früh am nächsten Morgen bei den Gesetzeshütern auf der Matte und zeigte die Bande an, mich beim Trampen mitgenommen, dann mit der Waffe bedroht, geschlagen und schließlich all meiner Wertsachen wie auch meiner Stiefel beraubt zu haben – so nah an der Wahrheit wie nötig und mit so vielen bösartigen und justiziablen Details gespickt wie möglich. Bereits in den frühen Morgenstunden hatte ich mich deshalb im Keller meiner Eltern, im ‚Einlieger‘, vor einen Spiegel gestellt und mir selbst wiederholt mit der Faust ins Gesicht geschlagen, bis ich blutete und ein kräftiges Veilchen mein Eigen nennen konnte. Es funktionierte. Zumindest vermittelten dies die Reaktionen der die Anzeige aufnehmenden Kriminalbeamten. Womit ich allerdings nicht gerechnet hatte, war, dass einige Tage später zwei Vertreter des KK44 bei mir vor der Tür standen, um mich zur Gegenüberstellung mit nach Mannheim zu nehmen. Jetzt hieß es, die Drahtseilnerven auszupacken. Würde man heute zu einer Gegenüberstellung gefahren, hätte vermutlich jeder die klischeehaften Bilder aus dem amerikanischen Fernsehen im Kopf, bei denen ein paar Delinquenten zusammen mit einigen ehrbaren Bürgern oder auch Kriminalbeamten in einen einseitig verspiegelten Raum geführt werden, jeder eine Nummer auf einer Tafel vor der Brust. Das Opfer, auf der anderen Seite des Spiegels, für die Betreffenden nicht zu sehen, dürfte mit dem nackten Finger auf den Schuldigen zeigen, um dann weinend zusammenzubrechen und, gestützt von einem weiteren Schergen, schluchzend wieder den Raum zu verlassen. Diese Art von Fernsehen gab es damals aber noch nicht und ich fragte mich, während ich im Auto gegenseitig belauernden Small Talk mit den beiden Kripoleuten hielt, wie so eine Gegenüberstellung wohl ablaufen würde. Die Angst, mich zu verraten verbot mir, Fragen zum Ablauf zu stellen: Jetzt bloß keine Nervosität zeigen. Denn schließlich konnte ich nicht sicher sein, ob die Ermittler nicht doch Zweifel an meiner Version der Geschichte hatten, auch wenn ich alles, die Angaben zu meiner Person, zu meinem Leben, meinen Zielen, zu meiner Familiengeschichte und vor allem zum Ablauf des Überfalls für mich in Segmente aufgeteilt hatte. Ich wollte zu diesem Zeitpunkt Theaterwissenschaft studieren und sah dies als eine brillante Gelegenheit, entlang einer vermuteten Wirklichkeit ein teilweise improvisiertes Stück zu inszenieren, das in sich schlüssig war, dessen einzelne Akte ich vorwegnehmen konnte, bevor sie zur Aufführung kamen, weil ich ein klares

Bild von den auftretenden Figuren, deren Charakter, deren Denkweise und Zielen hatte, solange ich nur nie den geplanten Erzählfaden verlor oder Puzzlestücke in die Hand nahm, die nicht zu diesem Spiel passten. Die ganze Zeit über hatte ich einen glasklaren, wenngleich halsbrecherischen Ablauf-Looping vor Augen, obwohl ich vorab keine verwertbaren Informationen über die bei Gegenüberstellungen übliche Handbuch-Vorgehensweise von den Ermittlern hatte bekommen können und deshalb an dieser Stelle auf Improvisation angewiesen war, was allerdings letztlich nur den Reiz dieses Theaterstückes erhöhte. Die düsterste Vision: Drei stinksaure Junkies beschuldigen mich auf der Wache in Mannheim mit einer einheitlichen Aussage, unabhängig voneinander und ruhig und gelassen der Dealerei. Das sah ich als GAU an. Alternativ sah ich die Kerle mit einem Messer auf mich losgehen und vor aller Augen niederstrecken, was für mich nicht nur schmerzhaft oder tödlich gewesen wäre, sondern – bestimmt auch aus Sicht der Beamten – ein Hinweis darauf, dass hier Emotionen im Spiel waren, die nicht vorhanden wären, wenn es ein anonymer Raubüberfall gewesen wäre. Aber es kam, wie so oft im Leben, anders. Die Beamten nämlich nahmen mich keineswegs mit auf die dortige Wache, sondern mit in die Wohnung des Rädelsführers und Fahrers der Bande. Dies realisierte ich allerdings erst, als die beiden Adrenalin-gestählten Kollegen im schummrigen Hausflur ihre Dienstwaffen zogen, nur noch flüsterten und mich mit einer geschaufelten Bewegung ihres unbewaffneten Armes hinter sich schoben, um mich bei einem Feuergefecht gegebenenfalls besser schützen zu können. Der dahinter schleichende Kripomann drehte sich zu mir um und hob den Zeigefinger an die Lippen, und ich fragte mich nicht nur, ob mein wummernder Herzschlag wohl drinnen, in der Wohnung, gehört werden könnte, sondern auch, ob mir der spießige Gummibaum auf dem Treppenabsatz wirklich Schutz vor herumfliegenden Splittern geben würde, wenn der Polizist die Tür eintrat. Der tat dies jedoch nicht, sondern klingelte stattdessen ganz banal. Und als sich die massive Holztür des ramponierten Altbaus schließlich nach zähen Sekunden zaghaft öffnete, brach der Orkan los. Mit einem eingesprungenen Auerbach warf sich der Bullige in die Tür, sprengte sie damit vollends auf, was wiederum den Junkie an die Flurwand klatschte, in der daraufhin, da es keine tragende Wand war, die morschen Balken knackten. Der überraschte Kerl krachte klirrend in das dort hoch gestapelte Leergut. Mit einer zackigen Handbewegung hatte mir der zweite Kollege ‚Warten‘ bedeutet, war dann behände und wendig und wie ein Ninja-Krieger seinem Kollegen in die Wohnung gefolgt, hatte sich unmittelbar über den eingeknickten Bewohner gebeugt, diesen mit einer rüden, ruckartigen Bewegung hochgerissen, in der Luft umgedreht, wieder zu Boden geworfen, sich in seinen Rücken gekniet und ihm die Arme verdreht, um ihm schließlich, mit nur einer Hand, in geübtem Griff blitzschnell die Handschellen anzulegen. Kaum war das erledigt, der Kerl somit aus Sicht des Polizisten keine Gefahr mehr, war er weiter gestürmt, dem anderen hinterher, der mittlerweile mit filmreifen, ruckartigen Schwenkbewegungen seiner die Waffe umklammernden Arme den freien Raum gesichert hatte und nun im Begriff war, einen zweiten Freak an den Haaren aus einem durchgesessenen Sessel zu reißen, in den dieser gerade warm und wohlig mit dem gerade einsetzenden Heroinrausch gleiten wollte, wodurch dem bedauernswerten Geschöpf die Spritzennadel im Arm abbrach, was später zu einer schweren Entzündung führen sollte. Nur kurz hatten mich die beiden Adrenalin-Junkies daraufhin am Arm durch die müllhaldenartige Wohnung gezogen, hatten mich jeweils für Sekunden vor die Gesichter der verdutzt oder schmerzverzerrt dreinblickenden Bewohner gestellt und mich gefragt, ob einer von den Beiden, oder gar beide dabei gewesen seien und mich dann, nachdem ich in beiden Fällen genickt hatte, auf die Straße geschoben. Zeitgleich hatten die beiden ihre Mannheimer Kollegen vom Rauschgiftdezernat angerufen, weil sie offenbar nicht nur die fertigen Junkies, sondern auch eine nicht unerhebliche Menge Rauschgift sichergestellt hatten, darunter, wie ich im Hinausgehen noch aus den Augenwinkeln wahrnehmen konnte, leider auch mein Dope, auf das ich beinahe einfordernd mit dem Finger gezeigt hätte. Drei Monate waren seitdem vergangen. Die beiden Kerle saßen noch immer in Untersuchungshaft, was mir eine gewisse Genugtuung verschaffte, doch der Tag der Gerichtsverhandlung nahte und selbst ich schlief in dieser Zeit nicht eben ruhig. Aber auch wenn mir die allmorgendliche Panik beim Duschen erspart blieb, mich nach der entglittenen Kernseife bücken zu müssen, sprich: selbst in U-Haft zu landen, so musste ich doch damit rechnen, dass mir Teile der Bande irgendwann auflauern würden, um die eingekerkerten Freunde zu rächen. Erst bei der Gerichtsverhandlung versuchten die beiden Kanaillen schließlich zaghaft, mit der Wahrheit zurückzuschießen, was der vorsitzende Richter ihnen allerdings mit zornesrotem Gesicht als perfide Taktik und als verabscheuungswürdige Bösartigkeit getretener Hunde um die Ohren haute. In der Folge ließ er es sich nicht nehmen, „das drogensüchtige Gelichte", wie er sie nannte, für fünf Jahre wegzusperren, nicht zuletzt, weil er, wie er betonte, „den Worten des arglosen, sympathischen Gymnasiasten Glauben schenke". Diese nun selbst aus meiner Sicht harschen Folgen meines als Theaterinszenierung geplanten Rachefeldzuges hinterließen bei mir zu einem schmalen Pfeifen des Respekts geformte Lippen, wobei ich mir das Pfeifen selbst schlauerweise verkniff und stattdessen lieber schwer schluckte. In meiner Phantasie wurden die armen Schweine, diese Abtrünnigen der Hippiegemeinde, nun wieder und wieder von stierigen Mördern in den Arsch gefickt und ich war mir sicher, ihre Tränen würden fünf lange Jahre lang durch den Gefängnistrakt fließen. Ich fühlte mich schuldig (irgendwie). Ich fühlte mich schmutzig (nur ganz kurz). Ich fühlte mich wie ein mächtiger Racheengel der Hippiegemeinde, der lautere Ziele verteidigt hatte, auch, wenn ich mir für die Verhandlung die Haare hatte schneiden lassen (was hart war und für sich genommen schon fünf Jahre Knast für die Verursacher rechtfertigte). Und ich hatte mich beim Establishment einschleimen und deshalb für die Dauer eines langen Tages einen Anzug tragen müssen (was eigentlich weitere fünf Jahre gerechtfertigt hätte), was mir letztlich allerdings – nach ganz kurzem Nachdenken – ein kleiner Preis für die verteidigten Ideale einer ganzen Generation zu sein schien. Schade nur, dass ich die Geschichte niemals jemandem erzählen durfte und ich deshalb wohl auch niemals als einzig wahre Ikone der Hippiezeit gefeiert werden konnte.

Neue Götter: Dämmerung

Im Einklang mit all diesen mehr oder weniger dezenten Hinweisen auf den sich wandelnden Zeitgeist galoppierte jetzt, nach dem Abitur und an der Schwelle zu den achtziger Jahren, die Auflösung unserer einstmals auf ewig verschworenen Gemeinschaft dahin, zersetzten sich unsere längst nur noch vordergründig kollektiven Rauscherlebnisse in zunehmend individuelle Zukunftspläne. Und es beschlich uns die Erkenntnis, dass sich nun endgültig unsere Hippie-Ideale verflüchtigen würden, weil ohnehin nichts in diesem Leben ewig währt und uns diese Zeit auch ganz offensichtlich im Begriff war, mit einem Arschtritt aus dem Paradies zu werfen, viel zu früh natürlich. Das war klar.

Ein deutliches Indiz für den Wandel der Zeit war zunächst Vater Staats Ruf nach frischen, aufopferungsbereiten Söhnen des Landes. Minutenlang starrte ich ungläubig auf das Musterungsschreiben, durch das, meine unschätzbaren Dienste an der Waffe zur Verteidigung der freien Welt einfordernd, ein Termin zur argwöhnischen Begutachtung meiner potenziellen Befähigung zur Betätigung eines Gewehrabzugs vereinbart wurde, wobei besagter Termin auch dann als im beiderseitigen Einvernehmen vereinbart gelten sollte, wenn ich meine Einwilligung dazu ggf. und unerwarteterweise nicht hätte geben wollen. Die Unbedingtheit staatlichen Wollens, die mir bis zu diesem Tage noch gänzlich unbekannt war, sorgte für eine Art innere Unruhe in mir und ich wurde das Gefühl nicht mehr los, dass hier mit den simplen Methoden der Macht versucht wurde, meine Intelligenz herauszufordern, so sehr, dass sich meine sonst so geschwätzige Mitteilsamkeit in Nichts auflöste und ich einige Tage lang düster sinnierend in meinem Zimmer auf dem Bett saß und Möglichkeiten durchspielte, dieser Herausforderung zu begegnen. Mir wurde bewusst, dass ich keinesfalls dazu bereit war, achtzehn Monate meiner Jugend zu opfern, um in dieser Zeit das Auslöschen wertvollen Lebens zu erlernen. So stellte sich die Frage, wie denn wohl diese Zeitspanne zur eigenen, freien Verfügung zu gewinnen wäre. Nun waren die späten 70er bekanntermaßen – nicht zuletzt ausgelöst durch das amerikanische Gemetzel in Vietnam – auch die Epoche, in der die ,Verweigerung des Dienstes an der Waffe' zwar allgemein eingefordert wurde, vonseiten des Staates allerdings noch lange nicht wirklich gewünscht war. In der Folge mussten jene, die sich schlicht nicht vorstellen konnten, andere Menschen zu massakrieren, für den Luxus, dies nicht dennoch auf staatlichen Befehl hin tun zu müssen, hohe Hürden überwinden. Die Strategien der Verweigerer des ,Dienstes an der Waffe' steckten in dieser Anfangsphase natürlich noch in den Kinderschuhen, sprich: Diese Feiglinge mussten ihre lächerlich pazifistischen Überzeugungen erst einmal gegenüber einer ausgewählten Schar von unter Phantomschmerzen leidenden Kriegstreibern darlegen und außerdem musste ihre staatsfeindliche Gesinnung einer peinlichen Befragung mit in keinem Fall korrekt zu beantwortenden Fragen standhalten können. Neben den zahlreichen Unbekannten, die die Gleichung eines solchen Frage- und Antwortspieles in sich trug, wurde unter den wehrhaft die Wehrpflicht Verweigernden vor allen Dingen eine Frage gefürchtet und deren korrekte Beantwortung mannigfach diskutiert:

„Herr XY, stellen Sie sich vor, böse Menschen wollen Ihrer Familie etwas antun, ein Bewaffneter will ein Familienmitglied töten. Stellen Sie sich weiterhin vor, Sie hätten die Möglichkeit, dies gewaltsam zu verhindern. Wollen Sie uns dann allen Ernstes erzählen, Sie würden nur dabei stehen und zusehen, wie Ihre Mutter oder Ihr Vater abgeschlachtet werden?"

Manche behaupteten, dass man genau das bejahen musste, andere sagten Nein, weil dies dann unterlassene Hilfeleistung sei, wofür man ins Gefängnis käme. Wieder andere merkten auf diese Frage hin an, dass ja auch noch die Möglichkeit der Verhandlung bestünde, was allerdings ebenfalls eine Sackgasse war, weil dann in der logischen Konsequenz die Nachfrage gestellt wurde, was denn sei, wenn diese Verhandlungen scheitern würden. Wer unter Verweis auf die Notwehrsituation eine gewaltsame Reaktion als Möglichkeit einräumte, saß ebenfalls in der Falle, da die Bundeswehr ja angeblich auch nur eine reine Verteidigungsarmee sei, was natürlich, wie wir heute, spätestens seit Afghanistan, Kongo und Irak wissen, eine Lüge ist. So oder so: Zu ungewiss schien mir der Ausgang einer solchen Verhandlung vor allen Dingen vor dem Hintergrund der nur gerüchteweise bekannten Verhörmethoden der Blutdurstigen. Und wenngleich es auf der Hand lag, dass Verweigerungsverhandlungen nichts weiter als eine Farce, also eine schlechte Theaterinszenierung des Staates waren, mit dem einzigen Ziel, die berechtigten Interessen und Ideale der neuen, endlich die Väter-Fehler hinter sich lassen wollenden Generation zu untergraben und zu verhöhnen – musste ich dennoch notgedrungen lange darüber nachdenken, wieso eigentlich einem jungen, lebenshungrigen Mann die Verweigerung, also das Nicht-Töten-Wollen in einer Demokratie überhaupt angekreidet werden darf und wieso es darüber hinaus so etwas wie gutes Töten und schlechtes Töten geben sollte. So entschied ich mich letztlich – ein Hoch auf meinen Deutschlehrer, der uns ‚Felix Krull‘ zur Pflicht gemacht hatte – das System mit den eigenen Waffen zu schlagen und auf möglichst wenig subtile Weise die blutrünstige Killermaschine zum Besten zu geben, wobei die hohe Kunst selbstverständlich in der wohl austarierten Gewaltbereitschafts-Inszenierung lag, die einerseits einen potenziell gefährlichen, weil eventuell wahllos mordenden Charakter glaubwürdig sichtbar machen musste, andererseits aber auch nicht dazu führen durfte, dass man präventiv und zum Schutz der Allgemeinheit in den Knast gesteckt wurde.

Ich erschien zum einseitig vom Kreiswehrersatzamt vereinbarten Termin in schwarzer, martialisch wirkender Kluft, einer Art Uniform, mit frisch geschnittenen und im Stil des Dritten Reiches gescheitelten, blonden Haaren, im Nacken militärisch rasiert, zackigen Schrittes und mit eisern alles Freundliche vermeidender Miene. Lediglich ein kümmerliches Attest hielt ich in Händen, ausgestellt von meinem Hausarzt, der mir damit einen schlimmen, immer noch nicht ganz ‚ausgebrannten

Scheuermann' und ‚Schmorlsche Knötchen' auf den Wirbeln bescheinigte, was jedoch unter normalen Umständen, wie mir bekannt war, noch nicht einmal zu einer Einstufung auf ‚T3', also Dienst in der Schreibstube gereicht hätte. Einzig dem Umstand, dass Wehrunwillige in aller Regel mit einem ganzen Aktenordner voll Attesten erschienen, wodurch sie sich selbstverständlich als Wehrunwillige zu erkennen gaben, und ich zudem alles dafür tat, den untersuchenden Militärarzt das lächerliche, lediglich DIN A5 große Schreiben ostentativ nicht sehen zu lassen, hatte ich am Ende zu verdanken, dass ich unangenehm auffiel.

„Was haben Sie denn da", fragte der Arzt zunächst fast beiläufig. Und ich ließ, dutzendfach einstudiert, blitzschnell das Attest hinter meinem Rücken verschwinden und kläffte kantig salutierend meine Entschuldigung in den Raum, derart scharf und laut, dass sämtliche Anwesenden zusammenzuckten:

„Nichts, Herr Oberstabsarzt! Nichts, zumindest kein Attest, das meiner uneingeschränkten Tauglichkeit zur Liquidierung von Kanaken und anderem Gesindel im Dienste meines geliebten, deutschen Vaterlandes entgegenstehen könnte!"

Es dauerte ein, zwei Sekunden, bis der Arzt seinen Mund wieder schließen konnte. Dann hakte er ruhig und bedrohlich leise nach:

„Zeigen Sie es mir. Ich muss das sehen!"

Und ich antwortete mit sich nun fast hysterisch überschlagender Stimme:

„Bedaure, Herr Oberstabsarzt! Sie brauchen das nicht zu sehen. Es ist nichts. Sehen Sie doch selbst: Ich kann alles – und alles besser als jeder Andere!"

Und mit diesen Worten begann ich mit rasend schnell vollzogenen Kniebeugen, vielleicht fünf, sechs Stück. Dann warf ich mich, noch immer das Attest in Händen haltend, auf den Boden und absolvierte eine Anzahl Liegestütze, bis schließlich dem Arzt der Kragen platzte und er mich aus voller Seele anbrüllte:

„Was glauben Sie eigentlich, wen Sie hier vor sich haben! Sie geben mir jetzt auf der Stelle dieses Papier oder ich lasse Sie verdammt noch mal einlochen!"

Also sprang ich wieder auf, salutierte erneut, unter voller Respektierung des ranghöheren Soldaten und überreichte ihm den Wisch, nun meinerseits mit drohendem Unterton, betont langsam und deutlich leiser: „Glauben Sie nicht, Herr Oberstabsarzt, dass Sie, wenn wir nächstes Jahr in den Osten einmarschieren und diese Säue niedermähen, Männer wie mich brauchen werden, Männer, die hart und unbeugsam sind und bereit, jeden Widerstand mit maximaler Gewalt zu brechen?"

Unfassbar, dass mich dieser Kerl daraufhin tatsächlich aus dem Behandlungszimmer warf, mir befahl, mich wieder anzuziehen und zu warten. Eine gute Stunde später wurde ich gerufen. Ich betrat nach knappem, hartem Klopfen einen Raum, der größer war als alle bisherigen, die ich durchlaufen hatte. Der Raum war bis auf einen etwas längeren Tisch und drei Stühle mit hohen Rückenlehnen, die vor einem großen Panoramafenster standen und einem Stuhl, der diesem Möbelensemble in gebührender Entfernung gegenüberstand, leer – wenn man einmal von den drei multipel amputierten Kriegsveteranen absieht, die mit gesenkter Miene bereits auf mich warteten. Ich wurde aufgefordert, mich zu setzen, was ich, natürlich nach strammem, militärischem Gruß, auch tat. Dann verstrichen zähe Sekunden, bis schließlich der einarmige Vorsitzende zaghaft und voll des Bedauerns das Wort an mich richtete: „Herr Flor, ich weiß nicht, wie ich es sagen soll – wir respektieren und bewundern natürlich Ihre Treue zum deutschen Vaterland. Auch respektieren wir Ihren Versuch, Ihr Gebrechen vor uns zu verbergen, aber ich fürchte, wir haben keine Verwendung für Sie. Zu hoch wäre das Risiko einer ernsthaften Verletzung, die Ihr weiteres Leben schließlich ernsthaft beeinträchtigen könnte."

Mir kamen die Tränen, so sehr musste ich mir das Lachen verkneifen. Und mit einer letzten, disziplinierten Geste sackte ich kaum merklich in mir zusammen, ein gebrochener, junger Mann, dem man soeben die Zukunft genommen hatte. Und als die Herren meine stummen Tränen sahen, waren sie offensichtlich so sehr gerührt von derart selten gewordenem

Patriotismus, dass sie, so weit es ihnen aufgrund ihrer Kriegsverletzungen möglich war, um den Tisch herum zu mir kamen und mich trösteten.

„Nein, ist schon gut", wehrte ich sie mit einer Geste gebrochenen Stolzes ab, erhob mich, bedankte mich artig für die Zeit, die sie mir geopfert hatten, und verließ still und für immer diese Brutstätte deutschen Geltungswahns.

Und so saß ich mit einem Mal also in dieser zehn Quadratmeter großen, ersten eigenen Dachkemenate, vor meinem schrägen Dachfenster. Die zu strähnigen Bächen verschmolzenen Tropfen des Platzregens schossen abwärts und rissen, ein Sturzbach der Einsamkeit, meinen Gemütszustand erbarmungslos mit in die Tiefe. Meine Eltern waren gerade wieder nach Hause gefahren, hatten mich mit diesem letzten familiären Akt der Behütung in das fast fünfhundert Kilometer entfernte Erlangen zum Studieren gebracht, und mich hier, kurz und schmerzlos, auf meinen eigenen Füssen abgestellt. Es war dieser Augenblick, in dem Väter ihren Söhnen mit einer Art kerzengeradem, militärischem Stolz die Hand auf die Schulter legen und sagen: „Junge, du bist jetzt erwachsen. Mach mir keine Schande!"
Während ich noch meine Tränen herunterschluckte und mit aller Kraft versuchte, meinem Über-Ich mit aufrecht fester Stimme Bestätigung und Zuversicht zu signalisieren, schlängelte sich bereits der muffige Geruch dieses im Stil der fünfziger Jahre eingerichteten, möblierten Zimmers an meinen Beinen hoch. Und dieser Geruch, der sich nicht mehr aus dem Bewusstsein schütteln ließ, wurde jetzt, da ich endlich alleine war, zur sicheren Gewissheit: Ja, sie war es, Schwester Elisabeth, die hinter mir stehend die knochige, kalte Hand auf meine Schulter legt, mit dem für sie typischen, schmalen und eisigen Lächeln und damit plötzlich wieder dieses nahezu konkrete Gefühl, der Urin rinne an den Oberschenkeln und Waden entlang in den für so viel Einsamkeit viel zu kleinen Schuh. Ich schrieb ein Gedicht, mehr aus Frust denn Lust und schmiss es wieder weg, briet mir zum ersten Mal in meinem Leben selbst Spiegeleier, gleich zehn Stück, weil ich zu faul

war, zum Bäcker zu gehen und Brot einzukaufen, war später kurz erstaunt, dass meine Sachen immer noch so herumlagen, wie ich sie hingeschmissen hatte, hängte zwei Plakate auf, eines von der kiffenden, schrill bunten Angela Davis im Afrolook und eines von Che Guevara, bemerkte währenddessen, dass Langeweile ein physischer Schmerz werden kann und sackte in meinen Klamotten in diese erste, von Albträumen gebeutelte Nacht unter fränkischen Wolken.

Die folgenden Tage waren geprägt von über mir hereinbrechendem Chaos, das man zu spüren bekommt, an neuen Orten, in einer neuen Stadt, die in solch ersten Augenblicken des Eintauchens nur eine Ansammlung von Steinen und Straßenfluchten und erdrückendem Gewimmel gesichtsloser Menschenmassen ist, eine Stadt, die sich wie mit Absicht jedem Neuankömmling, einem Eindringling gleich, entgegenstellt und verschließt, sich gefühllos bis feindselig präsentiert und so zwangsläufig zur existenziellen Bedrohung wird. Es gab noch keine Plätze, mit denen ich ein Gefühl der Wärme hätte verbinden können, zu denen ich gerne gegangen wäre, weil ich einfach niemanden, nicht einen einzigen Menschen kannte. Überall war ich Fremder. Alles war fremd. So lauschte ich in den schier unendlichen Fluren der Universität, während ich mich durch das an mir abprallende, weil eben nicht für mich bestimmte, Lachen und quirlige Geschwätz der unzähligen Studenten, Dozenten und Professoren wühlte, dem Nachhall meiner Schritte, der mir Dialog sein musste und Trost. Wie einfach war es doch gewesen, den kleinen Rebellen zu mimen, in der wärmenden Handkuhle einer über Jahre gewachsenen Clique und tiefer Freundschaften. Gegen was wollte ich jetzt sein, gegen was aufbegehren, wo ich doch nirgends dazugehörte? All die Plakate an den ‚Schwarzen Brettern‘, all die Aufrufe zu politischem Ungehorsam, zu Widerstand und Zusammenschluss, all diese Ernsthaftigkeit einer zu gesellschaftlichem Wandel entschlossenen Studentengeneration, die mich nur anglotzte und alleine ließ. Wo war die spielerische Leichtigkeit geblieben, mit der wir in unsere unendlichen Tage hinein gelebt hatten, wo der Schutzraum, in dem man sich so wollüstig und schwerelos einer Auseinandersetzung mit der realen Welt verweigern konnte? Für Theaterwissenschaft, Philosophie und Anglistik hatte ich mich am Ende entschieden, mehr aus der Not heraus, weil meine Abiturnoten schlicht eine Katastrophe gewesen waren und eine freie Wahl des Studienfaches somit gar nicht möglich. Mehr instinktiv denn bewusst wählte ich Seminare, viel zu viele, wie sich herausstellen sollte. Da ich mich nie für irgendetwas außerhalb meiner selbst interessiert hatte, fiel es mir nun schwer, einem Ziel, einem Plan oder auch nur einer Neigung zu folgen. Nach dem durchstrukturierten Schulalltag gerierte sich die neue Freiheit als mit Blei gefüllter Rucksack. Nie hatte ich gelernt, Entscheidungen zu fällen, noch war ich jemals gezwungen gewesen, mir eine Zukunft vorzustellen. Die Uni war in meiner noch kindlichen Vorstellung nur eines von vielen Instrumenten gesellschaftlicher Macht, mit der der Einzelne gefügig gemacht werden sollte. Wer eine Universität besuchte, war für mich somit jemand, der angepasst war oder Anpassung suchte. Und so blieben mir die Studenten lange Zeit fremd und suspekt. Selten trat ich in diesen ersten beiden Semestern in Kontakt zu einem von ihnen und auch nur dann, wenn Gruppenarbeiten unvermeidlich waren.

Stattdessen streifte ich nachts durch die Stadt, stürzte wahllos in Kneipen, betrank mich allein und torkelte ebenso alleine wieder nach Hause, ein als glückselig bunter Hippie verkleideter, vor Selbstmitleid triefender Zaungast der weißblauen Hölle.

Erlangen rühmte sich, bei nur hunderttausend Einwohnern über mehr als fünfhundert Kneipen zu verfügen, aber Hippies gab es hier kaum, wenig Langhaarige, keine Rebellen, zumindest keine äußerlich erkennbaren. ‚Freaks' im wörtlichen Sinn gab es in Bayern und Franken natürlich schon immer genug, allerdings eben keine von Woodstock inspirierten.

Bier, diese fett und dumpf machende Droge, galt und gilt im stets sauberen Bayern nicht ohne Grund qua Gesetz als ein Grundnahrungsmittel, kapierten doch die bauernschlauen Regierungsvertreter schon sehr früh, dass Menschen, die ständig mit Schweinshaxen gestopft werden und bis zur Verblödung besoffen sind, niemals revoltieren werden. Wozu auch? Natürlich gab es in den späten Siebzigern auch hier junge Leute, die gerne Teil der Hippiebewegung gewesen wären, Teil der gesellschaftlichen Revolution, des Aufbegehrens gegen verkrustete Strukturen. Aber dafür am Ende womöglich noch gegen bayerische Gesetze zu verstoßen, das ging denn doch zu weit und war schlicht undenkbar, weil doch gegen bayerische Gesetze zu verstoßen gegen das Gesetz war. Diejenigen Studenten aber aus den Reihen dieser geschickt jegliche Revolution umschiffenden Gesinnungssimulationsjugend, die schlussendlich doch noch Karriere machen wollten, kamen über kurz oder lang am Beitritt zu einer der ‚Schlagenden Verbindungen‘ nicht vorbei, wenn sie denn eines Tages als erfolgreiche und geachtete Mitglieder der feinen Gesellschaft zu Münchens Führungselite, sprich: zu den Koksern gehören wollten.

Es war bereits acht Uhr abends, als es unvermittelt an meine Tür klopfte. Mit einem lautstarken ‚Bam Bam‘ hämmerten auf Hochglanz gewichste Haferlschuhe auf den Dielenboden meines kleinen Dachverschlags. Dann brüllte der etwa zweiundzwanzigjährige, unter seiner Karnevalskopfbedeckung akkurat gescheitelte Student im gewichtigen, dunklen Nadelstreifenanzug, den er durch eine breite Schärpe in der Couleur seiner Burschenschaft zum Kostüm degradiert hatte, ohne jegliches Zuwarten auf eine Reaktion meinerseits, seine militärische Begrüssung in den Raum: „Darf ich mich bekannt machen: Joseph Kleinhölzl, im Auftrag des ‚Corps Bavaria Erlangen‘. Ich komme mit dem Ziel der Jungfuxenwerbung und überbringe im Namen von Fuxmajor Meyrling und der gesamten Burschenschaft Ehrerbietung und eine Einladung zur ‚Kneipe‘.
„Ähh, wie meinen?!“, stammelte ich, völlig verwirrt von diesem teutonischen Überfall auf meine beschauliche Burg naiven Friedens. Doch der Gast ließ nicht locker, bis ich schließlich mit tiefem Unbehagen einwilligte, ihm direkt und unmittelbar zu folgen, zu dieser als äußerst unterhaltsam avisierten

Veranstaltung, in den Räumlichkeiten einer von Erlangens ältesten Burschenschaften.

Noch auf dem halbstündigen Fußmarsch dorthin erklärte mir der durch den Brustton seiner Überzeugungen stocksteife Bursche, welches Glück ich hätte, da heute Abend nicht nur besagte ‚Kneipe' stattfinden würde, sondern auch eine Mensur, deren Zeuge ich ausnahmsweise, zusammen mit anderen Jungfuxen, werden dürfe. Ich zeigte, wie ich fand, angemessene Begeisterung, indem ich respektvoll nickte und scheinbar beeindruckt schwieg.

Am Ende des avisierten Degengehäcksels im tief deutschtümelnd geschmückten Keller der vermutlich geschichtsschwangeren Burschenschafts-Villa, nach dessen abrupter Beendigung einer der Delinquenten nach allgemeinen, ehrbezeugenden Floskeln allein, wimmernd und mit Schmiss in seiner Blutlache liegen geblieben war, sammelten sich die kernig, kehlig und konterkariert schnatternden Burschen schließlich im holzvertäfelten, großen Saal. Fuxmajor Meyrling wies mir den Gastplatz an der aus ewiger, deutscher Eiche geschreinerten, U-förmigen Rittertafel zu. Die Anderen kannten ihre Plätze in der Hackordnung bereits. Nach gemäß Satzung von den Senioren formulierten, salbungsvollen Begrüssungsfloskeln, nach Schweinshaxe mit Semmelknödel und einigen Salven zeitlich wie sprachlich korrekt platzierter, seichter Scherze begannen die eigentlichen Trinkrituale in dieser selbstverständlich frauenfreien Enklave maskuliner Selbstbeschau. Ein ganz offensichtlich aufstrebendes Bürschlein, mit dicker Hornbrille und hängenden Schultern, sprang plötzlich und aus dem Nichts heraus von einem der mir gegenüberliegenden Plätze auf, riss dabei seinen soeben frisch gefüllten Maßkrug hoch an die Brust und bellte sein:
„Wir trinken auf unseren Gast René Flor" in den Raum, wodurch, wie vom ‚Schläger' gepiekst, in weniger als einer Sekunde auch alle Anderen mit durchgedrücktem Kreuz standen und aus einer Kehle „Auf unseren Gast René Flor"

brüllten, um anschließend, ebenfalls kollektiv und synchron, ihren Maßkrug bis auf den Grund zu leeren. Jetzt erst erhob auch ich mich, zögerlich und versuchte ein geehrtes Lächeln, nippte an meinem Bier und nickte verunsichert dankend in die Runde, wodurch sich allerdings keiner der Anwesenden an der Vollendung des Rituals hindern ließ. Und so setzten sich alle gleichzeitig wieder auf ihre männlichen Hintern und rieben den nun leeren Krug auf dem Bierfilz und damit laut Burschenschafts-Satzung ‚den Salamander‘, was wiederum weniger mit dem von allen Kindern so sehr geliebten ‚Lurchi‘ zu tun hatte, als mit dem Auftakt zu einem brachialen Besäufnis, welches selbstredend nur dann zulässig war, wenn es gemeinschaftlich und unter Einhaltung strengster Regeln durchgeführt wurde. Dazu gehörte, dass nach jeder geleerten Maß ein kleines Bisschen lauter und in zunehmend dissonanter Harmonie deutschnationales Liedgut zum Besten gegeben wurde, aber auch, dass niemand während des Besäufnisses die Tafel verlassen durfte, was wiederum in der logischen Folge ob der schon sehr bald zahlreich deutschnational eingenässten Studenten zu einer massiven Geruchsbelästigung führte. Der obendrein äußerst unangenehme politische Gestank, der von den Herren ausging, veranlasste mich schließlich unter anhaltenden Dankesbezeugungen Veranstaltung und Örtlichkeit zu verlassen, unter den respektvoll gelallten Protesten der ‚Alten Herren‘, die für diese Veranstaltung kurzfristig vom Sockel ihrer politischen Pöstchen in der bayerischen Regierung gestiegen waren, die man ihnen mangels eigener Qualitäten über die Seilschaften der Burschenschaft nach ihrem Studium zu geschustert hatte.

Ich hatte mich entschieden, meine Einsamkeit keinesfalls durch den Beitritt zu einer Gesellschaft mit beschränkter Haltung zu bekämpfen. Stattdessen stolperte ich eher zufällig am darauffolgenden Tag in einen Jazzclub, weil der am frühen Morgen schon geöffnet war und zudem in angenehmer Nähe zur Uni lag, sodass ich von dort aus bequem ins Seminar hätte fallen können, um dort meinen Rausch auszuschlafen. Vermutlich aufgrund der Tatsache, dass der Laden gerade erst geöffnet hatte, war neben der äußerst hübschen Studentin hinter der Theke, die, offenbar noch verschlafen, mit Hingabe Gläser polierte und diese akkurat und nach Zugehörigkeit in das verspiegelte Regal einsortierte, nur ein weiterer Gast an der Bar. Ich hatte mich instinktiv neben ihn gesetzt, hatte einen Barhocker zwischen uns freigelassen, um ihm nicht zu dicht auf die Pelle zu rücken und dabei möglicherweise seine unsichtbare Aura zu verletzen, diesen wie von Zauberhand gezirkelten Persönlichkeitsschutzkreis, dessen wirksamen Radius ja leider nur die wenigsten Menschen fühlen und respektieren. Während ich mich noch mit agilen Bewegungen mal hierhin, mal dorthin drehte, um den Raum, seine Aufteilung, den Einrichtungsstil und vielleicht weitere interessante Informationen über diesen Ort zu erfassen, streifte mein Blick auch mehrmals meinen Nachbarn, ohne dabei in der Körperdrehung inne zu halten. So sammelte ich Momentaufnahmen seines Gesichtsausdrucks, seiner Körperhaltung und seiner Bewegungen und analysierte ihn, mehr unbewusst, um ihn schließlich, für mich, als Alkoholiker, einen ‚underdog‘, als einen vom Leben Getretenen und als zu alt für ein interessantes Gespräch zu schubladisieren. Und doch spürte ich schon bald, dass mich dieser Typ ebenfalls beobachtete, aus den Augenwinkeln heraus, also im Gegensatz zu mir eher statisch, den Kopf nach vorne zur Bedienung gerichtet und die Augen scheinbar unauffällig immer wieder Mal zur Seite eingedreht, dabei mein Verhalten, meine Mimik und Gestik sondierend. Auch spürte ich, dass er wohl auf diesem Wege versuchte, sich ein möglichst umfassendes Bild von mir zu machen und dabei prüfte, ob es sich aus seiner Sicht wohl lohnen könnte, mich anzusprechen. Vieles können wir mit den dem Menschen zur Verfügung stehenden Analysemethoden erkennen, nur selten jedoch die tatsächlichen Absichten eines Fremden. Sicher ist, dass einsame Menschen ab einem gewissen Maß des Leidensdruckes fast wahllos Nähe suchen und ebenso sicher scheint mir, dass sich eigentlich machtgeile Verlierer eines gewissen Alters instinktiv oder gezielt deutlich jüngere Claqueure suchen, die ihnen das Gefühl geben, eine Bedeutung im Leben zu haben und wichtig zu sein, die sie sich, aufgrund der mentalen Schwäche des Gegenübers, zu dienstbaren Geistern und willfährigen Bewunderern ihrer Lebensweisheiten und Lebensführung erziehen können. Eddy und ich ergänzten uns auf furchtbare, wunderbare Weise. Äußerlich hätten wir unterschiedlicher kaum sein können. Eddy war ca. dreißig Jahre alt und stark untersetzt, trug aber als Selbstbewusstseinsstütze Cowboystiefel mit fast damenhaft hohen Absätzen, ein in den bayerischen Farben kleinkariertes Hemd und dunkle Schlaghosen. Die aschblonden Haare trug er mit einem Pfund Pomade in den Nacken gefettet, dazu eine für sein Gesicht viel zu große, bronzefarben getönte und leicht verspiegelte Sonnenbrille in Goldfassung, die permanent über den viel zu kleinen und viel zu schmalen, fast scharfkantig schiefen Nasenrücken abzurutschen drohte, eine Nase, die aussah wie die von Michael Jackson nach der zehnten, das Riechorgan endgültig auf Spielhütchengröße abhobelnden Operation. Nachdem ich mich zu ihm gesetzt hatte, hatte er die Sonnenbrille betont nachdenklich abgenommen, eine Weile lang weltmännisch auf den Bügeln herumgekaut und sie schließlich wie eine bedeutsame gestische Interpunktion vor sich auf der Bar abgelegt.

Und ich, mit über 190cm Körperlänge bestimmt 30cm größer als er, schlaksig, mit blonden, halblangen Haaren, gehalten von einem bunten Stirnband, gewandet in eine schwarze, inzwischen echte Lederhose, Bundeswehrstiefel, weißes Indienhemd bis fast zu den Knien und einem mangels Bildung leider bedeutungslosen Palästinenserschal. Vor allem aber meine aus der schmerzhaften Einsamkeit geborene Bereitschaft, mich wahllos an jeden zu binden, solange ich nur ein kleines bisschen Aufmerksamkeit dafür erhielt, markierte in diesen Tagen den Start zu einer ‚schwarzen Abfahrt' ins Verderben.

„Allmäächt, Du bist net von hier, oder!?" wendete Eddy sich unvermittelt zu mir und zwang mich damit, meine Halbe abzusetzen. Ich schüttelte den Kopf und antwortete knapp, aber mit einem Selbstbewusstsein ersetzenden Grinsen: „Ne, wieso?"

„Na wie du ausschaust ...“, spöttelte Eddy und fügte erklärend hinzu „... so was sicht ma net alle Tag bei uns, an echten Hippie.“ Enttäuscht über diese aus meiner Sicht bissige Form der Kontaktaufnahme zuckte ich nur mit den Schultern und wendete mich wieder meinem Gerstensaft zu.

„Ah geh, sei net eing'schnappt. Mogst was drinka?“, versuchte Eddy sofort, seinen versenkten sprachlichen Testballon zu retten.

„Nacha drink' ma was G'scheides!“, ergänzte er sein Angebot und bestellte zwei ‚Zombies‘. Später dann, als wir nach dem Dritten oder Vierten dieser tödlichen Cocktails feststellen mussten, dass auch mehrere Zombies keinen Untoten zum Leben erwecken, lallte mich Eddy zu sich nach Hause ein. Seine Wohnung – kaum der Beschreibung wert: Tisch, Bett, Stuhl, eine Tasse, ein Teller, ein Besteck. Es war die Wohnung eines phantasielosen und desillusionierten Menschen, der nicht müde wurde, bei jeder besseren oder schlechteren Gelegenheit zu betonen, dass ihm „...eh alles Wurscht is.“ Und weil ich jetzt, mit gerade einmal neunzehn, noch Jahre davon entfernt war, auf meinen Bauch zu hören, jene feinen Warnsignale des Körpers in Worte fassen und damit überhaupt erst wahrnehmbar machen zu können, amüsierte ich mich stattdessen kichernd darüber, dass Eddy seine Wäsche selbst, zudem in der Badewanne wusch, sie selbst aufhängte und sogar selbst bügelte, gar nicht realisierend, dass solch ‚niedere Dienste‘ von erwachsenen Menschen tatsächlich in aller Regel von ihnen selbst geleistet werden müssen und eine Waschmaschine auch nur dann zur Erleichterung genutzt werden kann, wenn man das Geld für ihren Erwerb vorher verdient hat. Ich schickte meine Schmutzwäsche schließlich noch völlig selbstverständlich in großen Paketen nach Hause, erhielt diese dann wenig später frisch gewaschen und gefaltet von meiner Mutter wieder zurück und fand das völlig normal. Ich konnte mir nicht einmal in meinen kühnsten Träumen vorstellen, so etwas jemals selbst machen zu müssen.

Jetzt aber schnappte sich Eddy mit nahezu narkotischer Routine noch im Hinsetzen ein braunes Apothekenfläschchen vom verwahrlost überbordenden Resopaltisch, zählte in mehreren Etappen an die hundert Tropfen X112 auf einen Esslöffel, den er vorher noch nicht einmal von den gröbsten Essensresten befreite, hielt mir die gerade neu von der Pharmaindustrie auf den Markt geworfenen Schlankheitstropfen als das einzig glückselig machende Lebenskonzept vor die Nase und ich schluckte den bittersüssen ‚Bulimie-Turbo‘, ohne zu fragen, worum es sich bei diesen Tropfen überhaupt handelt, nur um nicht vor dem deutlich älteren ‚Freund‘ als dummes Kind ohne Lebenserfahrung dazustehen.

Die Wirkung setzte überzeugend schnell ein und katapultierte mich ansatzlos in ein Land explodierender Glücksknospen. Ich hatte so etwas nie zuvor erlebt. Mein Lächeln gefror zu einem Dauergrinsen und versetzte meinen Körper in eine „Boah!" rufende Leichenstarre. In jeder einzelnen Zelle fühlte es sich an als würde ich durch eine mit Schmierseife eingeweichte Sommerbobrennbahn rasen – bergauf, immer nur bergauf, zum Olymp, zum höchsten Gipfel eines überhaupt noch mit menschlicher Chemie erlebbaren Ganzkörperorgasmus. Ich verlor den Bodenkontakt für ganze drei Tage, in denen ich nicht mehr schlief und außer Fühlen und Wichsen und Fühlen nichts mehr für relevant hielt. Was auch immer ich tat, fand einen Meter über dem Boden statt. Wie ich es an diesem ersten Abend überhaupt schaffte, mit meinem Dauerorgasmus nach Hause zu schweben, weiß ich nicht mehr. Sicher ist nur, dass ich mein Dachzimmer danach nicht mehr verließ, zumal Nahrungsaufnahme unter Einfluss dieser Tropfen ohnehin unvorstellbar ist und man, wenn man sich diesem chemischen Diktat in einem Anfall von Vernunft widersetzt, nur noch im hohen Bogen kotzt. Aber onanieren ist großes Tennis. Ich tat es in diesen drei Tagen bestimmt dreißig bis vierzig Mal, denn Orgasmen unter Einfluss von X112 fühlen sich an, als würde man Pfeil um Pfeil ins Elysium feuern, mit so ungeheuerlich wohligem Druck, dass das Walmdach über mir eigentlich danach wie ein Kochsieb hätte aussehen müssen, worauf die Packungsbeilage nicht eben ausführlich einging, ebenso wenig wie auf das Emotionsgemetzel, das man während des

Abturns durchleidet, also auf dem Weg zurück auf die Erde, der im Übrigen genauso lange währt wie der Gefühlstrip selbst. Während des Abturns will man eigentlich nur sterben, nein, sterben tut man, ganze drei Tage lang, tot will man sein, damit es endlich aufhört, das Sterben, der eisig kalte Schweiß, das Zittern, das Frieren und Verkochen, dieser brachiale Schmerz in jeder einzelnen Zelle des Körpers, der kein Ende zu finden scheint und die Juckanfälle, bei denen man sich mit einer Drahtbürste Haut und Fleisch von den Knochen schrubben möchte, damit es aufhört, es endlich vorbei ist und man endlich wieder schlafen kann, einmal wenigstens noch, um dann, Bitte, Bitte, in die Erlösung verheißenden Hände des Todes zu fallen.

Und ob ich noch zitterte auf meinem westöstlichen Diwan, so sprach ich mir doch ein ums andere Mal Mut zu, bereits wieder in der Sehnsucht gefangen, nach dem ‚da capo' bettelnd, nach dem Ende und der Wiederholung. Und delirierend wiederholte ich an die hundert Mal die bei richtigem Blickwinkel Trost verheißenden Zeilen des alten Goethe:

„Und solang du das nicht hast,
Dieses: Stirb und werde!
Bist du nur ein trüber Gast
Auf der dunklen Erde."

Aber es gibt nur einen einzigen Ausweg, diesen Horrortrip der seligen Sehnsucht nicht durchlaufen zu müssen – mehr Tropfen! Und so freundete ich mich mit Eddy in den folgenden Tagen in rasanter Geschwindigkeit an, fand ihn plötzlich nur noch anbetungswürdig, diesen Herrscher über das große Gefühl, diesen Hohepriester des missbrauchten Schlankheitsversprechens. Und Eddy fütterte mich, machte mich von ihm und seinen Tropfen abhängig, machte mich zu seinem willfährigen Lakaien:

„Geh, hol′ mer doch amoi Kippen!"
Oder: „Wennst eh kimmst, na kauf halt nacha für mi no amoi

ein, an Kaffee und an Schnaps."

Und ich tat es. In den folgenden Wochen verschaffte mir Eddy nicht nur den Job, den vorher die junge Studentin in der Jazzkneipe ausgefüllt hatte, er machte mich nach und nach auch mit seinen Freunden bekannt, allesamt um die dreißig Jahre alt, abgebrühte Dealer, Zuhälter und Kriminelle – und mit den ‚Chicks' natürlich, den blutjungen Mädchen, die sich diese Barone der Kleinkriminalität hielten, die sie nach Belieben vögelten, herumreichten und mit kleinen Geschenken und chemischen Drogen bei der nicht nur sprichwörtlichen Stange hielten. Jetzt, wo ich hinter der Bar stand, hatten sie alle endlich ein Zuhause, kamen erst tröpfelnd, dann täglich, zahlten nach einer Weile, weil ich ja ihr neuer Freund war, immer seltener und am Ende gar nicht mehr und ich, der ich inzwischen schon morgens den Hals nicht mehr vollkriegen konnte, von X112 und mittlerweile auch Valoron, spielte brav mit – eine Zeit lang wenigstens. Das Valoron half mir, mich wenigstens gelegentlich wieder runter zu kriegen von meiner Hybris, auf die ich nicht mehr verzichten wollte und es half mir, ein letzter Anflug von Vernunft, meinem Körper wenigstens hin und wieder ‚eine Mütze voll' unruhigen Schlafes zu gönnen, um nicht schleichend innerlich zu vergiften, wenn ich schon keine feste Nahrung mehr zu mir nahm, weil das einfach mit diesen Drogen zusammen nicht ging. Das Bisschen, was ich hätte essen können, konnte ich schließlich auch getrost trinken.

Gipsy war deutlich intelligenter als Eddy. Er wurde von allen so genannt, weil er extrem jähzornig war und ebenso schnell, wie seine Wut manchmal aus dem Nichts heraus hochkochte, zur Waffe griff, wahlweise einem langen, feststehenden Armeemesser oder einer 38er. Gipsy war ein Amerikaner irischer Herkunft. Er hatte feuerrotes, schütteres und kurz gehaltenes Haar, die für Rothaarige typische, weißliche und mit Sommersprossen übersäte Haut und Aquamarin-blaue Augen, wodurch er bereits in seiner äußeren Erscheinung eine skurrile Mischung aus Eiseskälte und loderndem Zorn verkörperte. Sein Vater war wohl lange Zeit in Deutschland stationiert gewesen und Gipsy war, nachdem seine Eltern mit dem Ende der Dienstzeit seines

Vaters in die USA zurückgekehrt waren, einfach hier geblieben. Denn bereits zu diesem Zeitpunkt hatte er es geschafft, sich mafiöse Strukturen aufzubauen – mit ihm an der Spitze, versteht sich. Noch nicht einmal volljährig hatte er, im schützenden Schatten der USA, dieser uns damals durch Raketen, Mac Donalds und die Drogengeschäfte ihrer Soldatenkinder gesellschaftlichen und völkerrechtlichen Anstand lehrenden Besatzungsmacht, ein Netz gesponnen, das es ihm ermöglichte, völlig unbehelligt jede Art von illegalen Geschäften zu machen. Insbesondere sein untrüglicher Instinkt, sich Menschen auf elegante und kaum spürbare Weise gefügig zu machen, seine stete Gewaltbereitschaft und sein immenser Geld-, Geltungs- und Machthunger rundeten sein – heutigen Managern nicht unähnliches – Wirtschaftsprofil ab. Kaum hatte sich Gipsy ein Bild von mir, diesem willfährigen, von Eddy in den inneren Kreis eingeführten jungen Kerl gemacht, schien ihm das Potenzial, das ich verkörperte, derart zu gefallen, dass er mich, ohne, dass ich es auch nur gemerkt hätte oder Eddy dagegen etwas hätte unternehmen können, für sich beansprucht, unter seine Fittiche genommen und an das süße Leben kriminellen, wirtschaftlichen Erfolges herangeführt. Dass ich den Job in der Kneipe wegen massiver Untreue schnell wieder los war, spielte zu diesem Zeitpunkt schon längst keine Rolle mehr, denn jetzt hing ich, wenn ich nicht gerade einmal wieder an der Uni meinen verzweifelten Kampf gegen den totalen Absturz focht, in Gipsys Villa herum. Er ermunterte mich fast täglich, doch einfach zu ihm herunter zu kommen, bis ich schließlich gar nicht mehr in meine heruntergekommene Dachkammer zurückkehrte, außer vielleicht, um meine Wäsche zu wechseln. Und während ich mir im Rahmen eines Schauspielkurses an Erlangens legendärem Experimentiertheater die Figur des ,Kaliban' aus Shakespeares ,Sturm' erarbeitete, wurde Gipsy zunehmend mein ,Prospero', mein Zauberer, an dessen Lippen ich hing und der mich, parallel zu Professor Windschlag, ausbildete und mich die mit Wohlleben gezuckerte Zunge des Untergrunds lehrte, die Lüge, die Falschheit, das Verbrechen und die Tarnung. Mit jeder Probe und jedem Auftritt aber war

ich Gipsy wie auch meinem Professor zunehmend zu Dank verpflichtet. Im einen Fall brachte mir mein gelehriger Gehorsam einen Semesterschein ein, im anderen Fall die formidable und gefährliche Abhängigkeit von einer Persönlichkeit, die, das spürte ich instinktiv, irgendwann die Früchte ihrer Arbeit würde genießen wollen. Gipsy formte mich mit ruhiger Geduld, mal spielerisch, mal fordernd, mit Zuckerbrot und Peitsche. Mit jedem gemeinsam verbrachten Tag förderte er mehr kriminelle Energie zutage. Doch letztlich war ich nur haltlos, kein Verbrecher. Und so gab ich, ebenfalls meinen Instinkten folgend, nicht allzu viel von mir preis, nie mehr als unbedingt nötig. An einem schönen Frühjahrsnachmittag holte Gipsy mich einmal ins benachbarte Stegaurach ab, wo wir, wie er als Erstes betonte, zwei hübsche, höchstens achtzehnjährige Mädchen abholen würden, denen er angeblich den Auftrag erteilt hatte, sich gut um mich zu kümmern. Vorher allerdings hätten wir noch etwas zu erledigen und so fuhr er mit mir über Land auf ein verlassenes Gehöft, wo wir den Wagen wechselten. In einer verfallenen Scheune hatte er einen damals schon steinalten VW Variant untergestellt, mit dem wir nun aus dem staubigen Hof hinaus beschleunigten, kurz danach den Feldweg verließen und querfeldein im zweiten Gang durch Kuhweiden und gerade keimende Maisfelder pflügten. Er schrie, riss das Lenkrad mal hierhin, mal dorthin, rührte wütend im Getriebe. Kaum war noch zu ermitteln, ob er Spaß dabei empfand oder einfach nur Wut abließ. Plötzlich aber zückte er seine 38er Special und feuerte das gesamte Magazin aus dem geöffneten Seitenfenster. Dann machte er eine im Schlamm der Weide geschleuderte Vollbremsung und sah mir tief in die Augen, wissend, dass er nun meiner vollen Aufmerksamkeit sicher sein konnte, aber auch, um zu prüfen, in wieweit mich sein Schusswaffengebrauch verschrecken würde. Mit leiser Stimme und bedrohlichem Unterton sagte er schließlich zu mir:
„Du bist ein netter Kerl und ich mag dich. Wenn alles gut läuft, wirst du eines Tages meine rechte Hand sein und ein Student, der ein verdammt gutes Leben führt. Wenn du aber Scheiße baust …"

Er brauchte den Satz nicht zu Ende zu sprechen, denn ich nickte bereits. Der Gedanke, über diesen Kerl schnell zu Geld zu kommen und so wie früher mit ein bisschen Dealerei ein üppiges Leben führen zu können, geilte mich auf. Schon Wochen vorher hatten seine ausschweifenden Parties den Neid in mir keimen lassen, hatte mich das Schwelgen im Luxus, die Drogen, die für ihn immer verfügbaren Mädchen und die häufigen Gelage in Gipsys Villa angefixt. Die Phantasie war mit mir durchgegangen. Ich hatte mich schon als unnahbaren Großdealer gesehen, als einen Boss, der sich natürlich längst nicht mehr selbst die Hände schmutzig macht, sondern nur noch anonym Aufträge verteilen und abkassieren würde. Aber jetzt, da mir dieser Mephisto das konkrete Angebot unterbreitete, platzten meine schwärmerischen Verbrecherträume wie eine Seifenblase. Denn ich hatte das Angebot angenommen und die Hosen mit einem Mal gestrichen voll. Glasklar wie selten zuvor in meinem Leben sah ich, dass ich nun nicht mehr aussteigen konnte, zumindest nicht, ohne Gefahr zu laufen, von Gipsy über den Haufen geschossen zu werden.

Das Spiel bekam eine neue, unangenehm reale Komponente, zumal ich zu diesem Zeitpunkt weder wusste, womit Gipsy sein Geld überhaupt verdiente, noch, wie hoch das Risiko bei seinen Geschäften war oder mit wem er diese abwickelte. Ich wusste eigentlich nichts, gar nichts, und das verschaffte mir nun zunehmend ein mulmiges Gefühl. Es war, als wüsste ich, dass es nun endlich Zeit wäre aufzuwachen, ohne dabei zu wissen, wie man das macht. Was ich allerdings spätestens jetzt, auf diesem Acker, realisierte, war, dass rohe Gewalt wohl auch zu meinen Geschäften gehören würde. Und das ließ Panik in mir aufsteigen. Gipsy begann herzhaft und laut zu lachen und schlug mir auf die Schulter:
„Na, willst Du auch mal?"
Und als ich zögerlich nach seinem Revolver griff, zog er ihn mit einer Geste der Abwehr und einem Aufblitzen in den Augen zurück:
„Quatsch, doch nicht den – ob Du mal fahren willst?"

„Klar!", freute ich mich, erleichtert, dass er nicht das Mordinstrument meinte. Also wechselten wir die Plätze und ich ließ den Motor aufheulen, befreite den Wagen zunächst im Rückwärtsgang aus den aufgeschobenen Schlammmassen. Dann steuerte ich ihn, offenbar gar nicht schlecht, mit durchdrehenden Rädern durch das Gelände. Fahren lag mir schon immer im Blut. Ich hatte zwar außer meiner lächerlichen Führerscheinprüfung nie eine vernünftige Fahrausbildung erhalten, aber ich fühlte einfach, welchen Lenkradeinschlag, wie viel Gas oder Bremse ein Wagen auf welchem Gelände brauchte, um ihn optimal in Gang zu halten und ihn dahin zu manövrieren, wohin er sollte. Wir lachten losgelöst, als ginge es nur um ein wenig Spaß, und ich merkte gar nicht, dass Gipsy eigentlich nur meine Fahrkünste und letztlich mich und meine Loyalität testete. Dann ließ er mich schließlich den Wagen zurück zur Scheune dirigieren, spritzte ihn selbst mit einem Schlauch ab, kramte aus einer Kiste mit mindestens zwanzig verschiedenen Nummernschildern ein zusammengehörendes Paar mit TÜV-Plakette und ließ mich die Schilder anschrauben. Danach fuhren wir, fuhr er, stets im Rahmen der vorgeschriebenen Geschwindigkeit, zum Hauptbahnhof.

Die ganze Fahrt über schwiegen wir, ich aus Furcht, etwas Dummes oder Falsches zu sagen und Gipsy, weil er angesichts des Bevorstehenden offensichtlich nervös war. Er konzentrierte sich auf den Ablauf des Geschäftes und, in einer Art krimineller Meditation, auf seine Instinkte. Er schärfte seine Sinne, multiplizierte seine Wahrnehmung, um gleich nur ja alles zu erfassen, jede noch so kleine Nebensächlichkeit, jede verdächtige Körperdrehung eines Passanten, jedes untypische Geräusch auf der Straße oder auch nur eine verdächtig zur Seite geschobene Gardine in einem Bahnhofshotel, die ihn die Freiheit oder das Leben kosten könnte. Und als wir schließlich ankamen, hielt er nicht am Haupteingang, sondern seitlich des Bahnhofsplatzes, kurz vor der Celtis-Unterführung, vermutlich, um sich einen optimalen Fluchtweg zu sichern und wies mich knapp, fast barsch an, auf die Fahrerseite zu wechseln, den Motor laufen zu lassen und zu warten. Dann verschwand er im Bahnhofsgebäude und kam nach zähen zehn Minuten mit einem großen, hellbraunen Lederkoffer zurück, schmiss diesen über die Heckklappe in den Wagen, stieg auf der Beifahrerseite ein und herrschte mich an:

„Gib Gas – aber bloß nicht zu schnell!"

Und ich fuhr. Und das Herz wummerte in meinem Kehlkopf, pochte in den Hoden, im Magen, im Gehirn. Noch immer hatte ich mich nicht getraut zu fragen, mit was er eigentlich Geschäfte machte, in der Annahme, man täte so etwas in Gangsterkreisen nicht. Gipsy dirigierte mich zurück zur Scheune und mit jedem Kilometer schien ein kleines bisschen Anspannung von ihm abzufallen. Schließlich luden wir den Koffer in den anderen Wagen, schraubten die Nummernschilder ab, wischten die Fingerabdrücke von ihnen ab und versenkten die Schilder auf dem Rückweg in einem Baggersee. Als wir schließlich in Uttenreuth, nahe dem ‚Tennenloher Forst', in einem kleinen, direkt am Waldrand gelegenen Einfamilienhaus ankamen, steuerte er den Wagen dort direkt in die Garage, schloss das Tor und sagte:

„Komm, schnell jetzt, wir müssen das Zeug noch umpacken."

Dann ließ er mich den Koffer ins Haus tragen und öffnete ihn. Es müssen an die fünfunddreißig bis vierzig Kilogramm ‚Speed', also Amphetamine gewesen sein, verpackt in Pakete zu je einem Kilo. Gipsy brachte aus einem anderen Raum sieben größere, leere Werkzeugkartons, in denen einmal Bohrer, Schleifmaschinen und andere Geräte verpackt gewesen waren und auf die er nun kleine Zettel mit Nummern klebte. Dann packte er jeweils zwischen fünf und sieben Kilo ‚Speed' rein und ich half ihm, die Pakete im gegenüber angrenzenden ‚Tennenloher Forst', etwas zurückgesetzt von der Straße, in Bienenhäuser zu schließen, die er offenbar eigenhändig mit Schlössern versehen hatte. Die Schlüssel hatte Gipsy in einer Schatulle unter den knorrigen Wurzeln eines alten Baumes vergraben, damit man sie im Zweifelsfall nicht bei ihm gefunden hätte. Offenbar mit einem Taschenmesser waren zudem an unauffälliger Stelle Nummern in die Bienenhäuschen geritzt worden, die mit den Nummern auf den Paketen

übereinstimmten. Gipsy hatte sich ganz offensichtlich mit einfachsten Mitteln eine eigene Schließfachanlage gebaut und jedem seiner Käufer den Schlüssel zu einem Fach gegeben. Nachdem alle Pakete eingeschlossen waren, kehrten wir zum Haus zurück und warteten eine gute Stunde in der jetzt rasch fallenden Nacht, ohne Licht, und er saß schweigend, blickte hoch konzentriert und mit angestrengt verengten Augen in die Dunkelheit, beobachtete nervös Straße und Waldrand. Nach und nach fuhren sieben Autos vor, allesamt auf den letzten hundert Metern vor dem Haus ohne Licht. Gestalten mit Paketen unter dem Arm stiegen aus, gingen in den Wald, kamen kurz danach mit einem anderen Paket zurück und verschwanden in der Dunkelheit. In nur wenigen Stunden hatte Gipsy somit ein mehr als lukratives Geschäft abgewickelt, das ihm am Ende Hunderttausende Mark eingebracht haben dürfte. Bis auf das Geld, das wir später aus den Kartons holten und irgendwann in der Nacht in den Tresor seiner Villa packten, führte kein Hinweis, keine Spur jemals zu ihm. Die Käufer hatten ihn niemals zu Gesicht bekommen, aber er kannte sie ganz genau, wusste natürlich, wo sie wohnten und wo er sie, wenn sie ihn beschissen hätten, hätte erwischen können und ich vermute, dass nicht einmal der Verkäufer ihn jemals persönlich zu Gesicht bekommen hatte. Nur, warum er jetzt ausgerechnet mich, einen nahezu Unbekannten, an all diesem verräterischen Wissen teilhaben ließ, verstand ich nicht, aber es machte mir Angst, denn ich vermutete, dass er dies nur deshalb tat, weil er sich mir so grenzenlos überlegen fühlte, er mich für biegsam und fügsam hielt und sich nicht vorstellen konnte, dass ich jemals für ihn eine Gefahr würde darstellen können oder wenn doch, er mich jederzeit nach Gutdünken hätte eliminieren können. Auf der Rückfahrt drückte mir mein nun völlig entspannter Lehrmeister einen Tausender und ein Päckchen ‚Speed‘ in die Hand und grinste mich verheißungsvoll an:
„Gut gemacht!"
Dann holten wir die beiden Mädchen ab und fuhren in Gipsys Villa, um einen drauf zu machen. ‚Speed‘ ist ein perverses Zeug. Es verschafft dem Konsumenten Glückszustände, die denen

von X112 sehr ähnlich waren. Es macht geil und potent, nicht selten habe ich unter Einfluss dieser chemischen Atombombe Frauen mit aus jedem Nervenende meines Körpers hervor quellender Gier zehn Stunden oder länger wund und kaputt gevögelt. Beeindruckender jedoch als das fand ich, dass ‚Speed' die Gedankengänge auf gigantische Weise zu beschleunigen vermochte. Ich hatte teilweise das Gefühl, ich könnte in jeder einzelnen Sekunde das gesamte Weltwissen durch meinen organischen Arbeitsspeicher jagen, währenddessen alles analysieren und dabei zeitgleich einen ganzen Almanach an brillanten Schlussfolgerungen ziehen.

Unter Einfluss dieser wie Ajax in der Nase brennenden Droge konnte ich in der Geschwindigkeit eines MG42 Worte in den Raum feuern und es war mir völlig egal, dass mir nicht nur niemand mehr folgen konnte, sondern es Anderen auch am Arsch vorbei ging, was ich da erzählte, weil es eben auf ‚Speed' ebenso unmöglich ist, über mehr als drei Sekunden dem Gedankengang eines Gegenübers zu folgen. Aber als wäre das alles nicht schon genug, war jeder Gedankengang, der einmal über mein Sprachzentrum abgefeuert worden war, auch für mich selbst verloren. Ich erinnerte mich schon Sekunden später nicht mehr, was ich gerade eben noch erzählt hatte. Hatte ich bei einem Gedankengang aufgrund der hohen Erzählgeschwindigkeit einmal den Faden verloren, war es gänzlich unmöglich, ihn wieder aufzunehmen, was allerdings nicht verhinderte, dass ich mich für einen genialen Denker hielt. Hinzu kam, dass ich von diesem Pulver weder einen Kater wie von Alkohol bekam, noch derart perverse Selbstzerstörungsanfälle wie von X112. Der Zerfall fand schleichend statt. Erst nach Monaten realisierte ich, dass im Oberstübchen immer mehr Wissen nicht nur temporär, sondern nachhaltig verloren gegangen war. Plötzlich erinnerte ich mich nicht mehr an den Namen von Leuten, die ich gerade eine Sekunde vorher noch mit ihrem Namen angesprochen hatte. Ich vergaß die Hälfte des an der Uni angeeigneten Wissens und konnte mir nichts mehr merken, egal, wie lange ich auch versuchte, mir irgendetwas in den Kopf zu prügeln. Ich fing an, mich völlig asozial zu verhalten, mein Charakter veränderte sich. Ich traute niemandem mehr, und wenn sich die Gelegenheit bot, beklaute ich sogar Freunde. Nichts war mir mehr heilig und auch den dramatischen Gewichtsverlust realisierte ich erst, als andere mich regelmäßig für ein Gespenst hielten, wenn ich ihr Zimmer betrat. Das Schlimmste jedoch war und blieb, dass ich mein Gehirn über Monate hinweg über einen inneren Hochgeschwindigkeitsparcours jagte, bei dem alles, was nicht unmittelbar vor mir lag, verwischte und sich damit der Wahrnehmung und der Erinnerung entzog. Ich lebte wie ein Rennfahrer nur noch in diesem einen Bruchteil einer Sekunde, in der es zu reagieren galt. Alles außerhalb dieser flüchtigen Gegenwart hatte keinerlei Bedeutung mehr. Aber trotz meines Formel1-Gehirns gelangen mir in diesen ersten beiden Semestern fünf ‚Scheine' – nicht eben wenig, wenn man bedenkt, dass bei Prüfungen dieser Art weder sprachliche Eruptionen noch Gefühlskaskaden gefragt sind, sondern innere Ruhe, volle Konzentration, Sachlichkeit und im Kopf dauerhaft verankertes Wissen. Und dann, irgendwann am Ende dieses zweiten Semesters, wurde mir dann plötzlich klar, dass mich meine mentale Raserei nicht – oder zumindest nicht schneller – zu gesteckten Zielen brachte. Sie führte mich nur und auf geradem Wege in die Hölle bewusst erlebten Wahnsinns, gegen den man nichts mehr zu unternehmen vermag, weil jeglicher innerer Widerspruch selbst wiederum nur Teil dieses nicht mehr abzuschaltenden, inneren Hochgeschwindigkeitsdialoges war. Ich hatte zunehmend das Gefühl, den Verstand zu verlieren, wirklich verrückt zu werden. Aber weil ‚Speed' eben auch ein immenses psychisches Suchtpotenzial besitzt, konnte ich mir den Absprung schließlich gar nicht mehr vorstellen, stattdessen aber immer häufiger, dass nur mein Tod diesen Irrsinn beenden würde. Gefangen in seelenlosen Exzessen, den Händen von Verbrechern, den Schenkeln von für mich gesichtslosen Mädchen und im Würgegriff der Einsamkeit, fuhr ich schließlich mit dem Zug nach Hause, wissend, dass meine Eltern irgendwo weit weg Urlaub machten, zog mich in das elterliche Haus zurück, schloss mich ein, ließ es niemanden wissen, nüchterte mich aus, betrank mich, versuchte meine Gedanken, mein Leben zu ordnen, nüchterte mich auch davon wieder aus, bekam Heulkrämpfe und bittere Lachanfälle, hörte Vivaldis ‚Die Vier Jahreszeiten' und ritzte mir im ‚Herbst' mit einer Rasierklinge Arme und Brust auf, um psychischen Schmerz in physischen zu verwandeln, weil der leichter zu ertragen war. Ich trank mein Blut, trank Wodka, verzweifelt über die eigene Weichheit, die eigene Unfähigkeit, mich dem Leben mit Selbstdisziplin und Härte zu stellen, über die Unfähigkeit, in entscheidenden Momenten schlicht ‚Nein' zu sagen. Und dann, als all das nicht mehr genügte, plünderte ich den Apothekenschrank, fraß alles, was ich an Barbituraten, an Tranquilizern und Schlaftabletten fand, in mich hinein, stopfte mir hundert Tabletten in den Hals, schwimmend im Selbstmitleid und lief in den nahen Wald, um zu sterben. Der bissige Überlebenswille alles Lebendigen aber muss meinen Körper dann, ohne Bewusstsein und logisches Denkvermögen, in einem letzten Kraftakt in die Innenstadt geführt haben, wo mich schließlich eine Freundin aufgabelte und, bestürzt von den wirren Geschichten, die ich ihr erzählte, ins Auto packte und in die nächste Klinik fuhr, wo man mir den Magen auspumpte und drei Tage lang um mein Leben kämpfte, das ich so sorglos mit noch nicht einmal zwanzig Jahren wegzuwerfen gewillt war. Klinisch war ich kurzfristig bereits tot. Es müssen just jene Augenblicke gewesen sein, in denen das Dunkle hell wurde, gleißend hell und in denen ich nicht mehr einfach nur weg war, sondern wieder da, in dieser anderen Sphäre, in der der bekannte Tunnel aus reinstem Licht auf mich wartete, bereit, durchschritten zu werden. Es waren zeitlose Augenblicke, die Nanosekunden oder Erdzeitalter gedauert haben mochten, weil Zeit nicht mehr existierte, ebenso wenig wie die Bedeutung von irgendetwas. Alles, jedes Wissen, jedes Gefühl und unsere das menschliche Zusammenleben regelnden Werte, waren omnipräsent und gleichzeitig weg, alles war jetzt und hier und alles menschliche Streben, unsere ständige Ungeduld, unsere Hoffnungen und Sorgen, unser Hunger nach einem Vorwärts, nach Erkenntnis oder nur Erleben, nach Glück, Erfolg oder Liebe waren aufgelöst, waren jetzt, waren hier, alles in diesem einen Augenblick und waren gleichzeitig nicht mehr notwendig, weil nichts mehr eine Rolle spielte. Ein grandioser Moment des ‚Nichts-Mehr-Wollens‘, der totalen Zufriedenheit und Ruhe. Bis es wieder leblos dunkel wurde und ich schließlich ins Leben zurückkehrte, um dort in die tränennassen Augen meiner Familie zu blicken. Natürlich bedeutet Selbstmord grundsätzlich eine Zäsur im Leben – und falls es gut läuft auch dann, wenn er gescheitert ist. Der ‚point of no return‘, also der Wendehammer meiner persönlichen Denk- und Gefühlssackgasse, war glücklicher Weise nicht zugleich das Ende meiner Einbahnstraße.

Rund um den Wechsel in das neue Jahrzehnt, in die 80er Jahre, hatten viele meiner alten Weggefährten einen Selbstmord versucht, fünf von ihnen war er, wie bereits erwähnt, ‚geglückt‘. Es hatte sich etwas verändert. Träume waren geplatzt und ein komplettes Lebenskonzept war vom Prüfstand gekippt. Nur: warum? War nicht letztlich der einzig tragfähige Bestandteil dieses Lebenskonzeptes ‚Liebe und Frieden‘ gewesen? Das ist doch eigentlich kein allzu schlechter Ansatz für eine neue Gesellschaftsordnung, sollte man meinen. Vielleicht hatte es daran gelegen, dass wir eine Generation in uns selbst verlorener Verlierer waren, gar nicht fähig, auf ein ‚Du‘ zuzugehen, weil wir uns immer nur um uns selbst drehten und statt nach unserem Platz in der Gesellschaft immer nur einsam auf der Suche nach einer alternativen Realität und einem nebulösen ‚wahren Ich‘ waren, selbst dann, wenn wir uns, wie eigentlich immer, in Gesellschaft Anderer befanden. Liebe und Frieden aber setzen, wie natürlich auch Hass und Krieg, eine echte Interaktion zwischen Menschen voraus und in dieser Hinsicht eben eine interaktive Gesellschaft im Dialog, wobei eine Gesellschaft selbstverständlich immer interaktiv ist, weil sie sonst keine Gesellschaft, sondern lediglich eine Ansammlung autistischer Individuen wäre, die nichts gemeinsam haben. Waren wir das? Vielleicht lag ja genau da ‚der Hund begraben‘. Wir haben nicht versucht, die Gesellschaft zu verändern. Wir haben versucht, sie zu leugnen, jeder für sich allein. Wir haben sie uns weggeträumt. Als hätten wir gar nichts mit ihr zu tun, als wären wir nicht zumindest ein Teil der großen Gemeinschaft, die wir allein schon durch unser ‚Mensch-Sein' bilden. Es war ein bisschen so, als stünden wir auf diesem immer halbfertigen Hochhaus, auf dem man als junger Mensch nach oben blickend erträumt, wie, mit welchen Materialien und in welchem Stil man denn das große Lebensgebäude gerne weiterbauen würde. Mit dem Unterschied, dass wir als Erstes, hoch oben im hundertsten Stockwerk und auf der Außenmauer balancierend, darüber nachdachten, dass alles unter uns erst einmal weg muss – und plötzlich befanden wir uns im freien Fall. Wir hatten schlicht und einfach in die falsche Richtung geträumt und das rächte sich, weil sich Axiome eben nicht verarschen lassen – auch keine gesellschaftlichen. Als wir dann schließlich realisierten, dass sich dieser widerspenstigen Gesellschaft so nicht beikommen ließ, dass uns diese nie greifbare Hydra ihre Negierung verweigerte und offensichtlich vorhatte, uns schlicht auszusitzen, resignierten wir aus dem Stand heraus und schrien trotzig: „No Future!"

Ferien in der Anarchei

Erlangen und das überlebte Finale sind hart für mich gewesen.
Aber ich hatte daraus gelernt:
„Sei hart gegen dich selbst. Sei hart wie die Welt!"
Wenn sowieso alles den Bach runter ging und ich nichts daran
ändern konnte, dann sollte ich wenigstens noch einmal richtig
auf die Kacke hauen und auf alle und alles scheißen. Fremdes
Eigentum? Drauf geschissen – Eigentum ist Diebstahl: also
zerstören oder besetzen! Andere Meinungen? Drauf geschissen!
Und überhaupt: Wer braucht Meinungen?! Wer 'ne Meinung
hat, kriegt was auf die Fresse!
Und wer hier jetzt den intellektuellen Anspruch vermisst,
meine wahre Motivation sucht und Fragen nach dem ‚Warum?'
stellt, der kriegt auch was in die Fresse. Ist nämlich scheißegal,
alles, für 'n Arsch, sowieso!
Gib mir mal ein Bier! Ach was: Ich nehm's mir einfach.
Halt die Fresse!
Liebe ist was für Spießer! Ich wasche mich mit Pisse!
Punks sind Asoziale?
Genau!
Also halt' die Fresse und pass auf, was du sagst! Denn jetzt red'
ich und ich erzähl' jetzt meine Geschichte.
Interessiert zwar keinen Arsch, mach' ich aber trotzdem, weil's
eh egal ist. Also haltet jetzt alle einfach mal die Fresse!

Mein Vater hatte mich gewarnt, dass Freiburg, dieses verschlafene
Studentenstädtchen am Fuße des Südschwarzwaldes und den
Ufern der Dreisam, voller Tücken ist. Er meinte mit seinen
spitzmündigen und augenzwinkernden Bemerkungen natürlich
die zahllosen, gerade einmal dreißig Zentimeter breiten und
allenfalls zwanzig Zentimeter tiefen Kanälchen, die von jeher
und noch heute ständig murmelnd den gesamten Stadtkern
zwischen Schwabentor, Martinstor und Schlossbergtangente
durchziehen und so für die akustische Untermalung der
irgendwie immer mittelalterlichen Grundstimmung hier

sorgen. Die Tücken dieser Kanälchen zeigten sich bevorzugt in unanständigen Stunden, in denen der rechtschaffene Bürger längst schlief und in denen nur noch der über die Stränge schlagende Student auf der Suche nach einem letzten geöffneten Gasthaus sein Unwesen trieb. Ganze Generationen von nachts besoffen nach Hause Torkelnden haben sich in diesen Kanälen die Füsse verstaucht und in ihnen unfreiwillig ein zuweilen frostig kaltes Bad genommen. Und auch ich sollte von diesem vorher stets belächelten Ritual, von dieser süddeutschen Äquatortaufe, nicht verschont bleiben. Die Gefahr lauerte ohnehin nie, wenn der Schlingernde mit seinem stark eingeengten Gesichtsfeld angestrengt das Kopfsteinpflaster nach sicherem Tritt absuchte. Er strauchelte meist erst, wenn ungehaltene Anwohner ob unbotmäßiger Säufer-Crescendos ihr „Ruhe!"-Credo in die engen Gassen schleuderten und damit den Blick des Unruhestifters nach oben lockten. Und gerade dann, wenn in solchen Nächten ‚Christus- oder Hosannaglocke' den Frevlern die Stunde schlugen und deren Augenmerk mit himmlischem Geläut auf das güldene Ziffernblatt des 116 Meter hohen Glockenturms des Münsters ‚Zur Lieben Frau' zogen, beschleunigten die Betreffenden bibbernd ihren Schritt und hatten nur noch den sehnsuchtsvollen Wunsch nach trockener Kleidung.

Freiburg hatte für mich von Anfang an etwas Liebenswertes. Diese Stadt war wie dieses vielbesungene, zitzenreiche Wappentier Roms: Duldsam und liebevoll behütend schaufelte es uns mit den Läufen an den weichen Bauch, auch, wenn wir mal nicht brav zuzelten, sondern unangenehm knabberten. Sie ließ uns Vieles durchgehen und schützte uns gütig mit anmutig schmiegsamer Kuhle gegen die Anfeindungen der Welt, diese uns alle säugende ‚Freiburger Wölfin', die selbst dem unduldsamsten Wüterich Toleranz entgegenbrachte und uns auch dann noch als Teil des Rudels annahm, wenn wir wieder und wieder zornig und selbstgerecht das Rudel verfluchten.

Mick gehörte zu meinen ältesten Kumpels in Baden-Baden. Kurz nach meiner Entlassung aus dem Krankenhaus traf ich ihn im ‚Wienerwald'. Er schien ziemlich frustriert, hatte auf nichts Bock, hatte nach dem Abi eine Schreinerlehre angefangen, weil er nichts mit sich anzufangen wusste.

„Warum kommst Du nicht einfach mit? Wär' doch cool, wenn wir in Freiburg zusammen studieren würden, oder nicht?", meinte ich zu ihm.

„Studieren ist doch ätzend … hm, und was? Ist doch alles Bonzenscheiße!", antwortete Mick darauf gelangweilt.

„Naja, irgendwas halt, wo man nicht viel machen muss, oder!? Also ich hab' mir überlegt, jetzt mit Germanistik und Geschichte und so. Könntest du doch auch machen, oder?"

Mick zuckte nur mit den Schultern.

„Weiß net, vielleicht eher Politik oder so 'n Scheiß."

Nur ein paar Tage später saßen wir dann schon in unserem ersten gemeinsamen Zimmer unter dem Dach eines evangelischen Pastors, an der Uni bereits eingeschrieben, und rasierten uns gegenseitig völlig besoffen die Schädel, zumindest mal auf einer Seite. Die andere Seite versuchten wir ‚adrett' zu schneiden, weil wir darüber philosophierten, dass man sich ja die Möglichkeit erhalten müsste, ‚unauffällig' in die Uni zu kommen, auch, wenn das bedeutete, dass wir immer von links kommen mussten, weil es ja von rechts kommend ein ‚Irokese' war. Ich schlief im Schlafsack auf dem Boden, meine eingerollte Lederhose als Kopfkissen nutzend, Mick schlief im ohnehin viel zu kurzen Bett, das er mit mir auch nicht zu teilen gewillt war. In breitestem Badisch hatte er mich empört abgewehrt: „Ich schlaf' doch mit nix im Bett, was Haare an den Beinen hat."

Mick war ein kauziger Typ, der jeglicher Beschreibung spottete. Ich erinnere mich, dass er eines Tages in meinem Beisein zum Telefon griff und die Parteizentrale der FDP anrief, nicht etwa, um sich nach einer Mitgliedschaft zu erkundigen, sondern um zu fragen, wie man das Wort ‚liberal' trennt. Für ihn war dieses Telefonat selbstverständlich. Wer schließlich hätte diese orthographische Frage besser beantworten können als ein Parteimitglied der FDP …?! Aber wenn Mick ein Kauz war – was war dann ich? Als wir an einem der ersten Abende bei einer Partie Schach in unserem von zahllosen Kerzenstummeln erleuchteten Zimmer saßen, das wir mittlerweile mit notdürftig zusammengeflickten Möbeln vom Sperrmüll gemütlich eingerichtet hatten, behauptete ich, nach dem vielleicht dritten oder vierten Joint, im Brustton der Überzeugung, dass 1936 nur Deutsche an der Olympiade teilgenommen haben. Ich war wirklich fest davon überzeugt, dass sich alle anderen Nationen geweigert hatten, unter der Flagge des deutschen Größenwahns Sport zu treiben. Woher sollte ich das auch schließlich wissen? Ich studierte ja nur Geschichte. Zwar hatten wir in Baden-Baden nur sporadisch miteinander zu tun gehabt. Jetzt aber war die Zeit reif für unsere bis heute andauernde Freundschaft. Mick war fast so lang gewachsen wie ich, allerdings dreißig Kilo leichter, ein klassischer Leptosome mit dichtem, schwarzem Kraushaar und stets blassem Teint, der aussah wie das weißhäutige Pendant zum US-amerikanischen ‚Soulbrother‘ – mit dem Unterschied, dass Mick auf Punk und Reggae stand. Die ersten vier Wochen folgten wir einem streng durchstrukturierten Terminkalender. Wenn wir gegen drei Uhr nachmittags tageslichtunwillig von der dann um die Ecke des kleinen Dachfensters lugenden Sonne geweckt wurden, völlig verkatert und kaum eines artikulierten Wortes fähig, zogen wir uns muffig schweigend an, natürlich ohne uns zu waschen, weil Klo und Dusche schließlich ein unendlich weit entferntes Stockwerk tiefer lagen, und gingen einklaufen. Wir hatten uns eine Art Partnerlook zugelegt: Lederhose, mit Nieten und Spontisprüchen überzogene Lederweste, darüber einen bodenlangen Staubmantel in Beige, Nietenarmbänder mit äußerst spitzen und etwa einen Zentimeter langen ‚Sprinterspikes‘, Bundeswehrkampfstiefel und jeder einen Spazierstock mit verziertem Knauf und Stahlspitze, mit dem wir gemeinsam umzugehen lernten. Wir konnten diesen Spazierstock wirbeln lassen, währenddessen ‚die Hand wechseln‘, konnten ihn, nach wochenlangem Training, wirbelnd über den ganzen Körper wandern lassen, synchron, und ihn gegebenenfalls auch als Waffe einsetzen. Schließlich liefen da draußen immer mehr Hundertschaften von Bullen

herum, die allesamt mit Schlagstöcken bewaffnet waren und von denen wir uns doch nicht einfach so platt machen lassen würden, wie wir gerne prahlten. In Wirklichkeit aber waren die Spazierstöcke das Markenzeichen unserer Coolness, das uns auf Parties die bewundernde Aufmerksamkeit der ‚Chicks' garantierte und so – mucho macho – das Abschleppen der Mädchen erleichterte. Wenn wir also dieserart bis zur Kenntlichkeit getarnt in den immer gleichen Supermarkt einliefen – zwei Punks mit halbem Irokesen, beide über 1,90 Meter groß, mit Nieten und Schlagstöcken bewehrt – dann blickten alle, Kunden wie Personal, erschrocken zu Boden und wir konnten unbemerkt Cognac und Tequila abgreifen, fast täglich, die Flaschen seelenruhig in den hinteren Hosenbund stecken, den Mantel darüber fallen lassen und an der Kasse unsere paar Groschen zusammenkratzen, um wenigstens zwei Brötchen zu bezahlen, die wir uns als Alibi holten, nur um sie draußen dann dem nächsten Penner zu schenken, weil Essen ja nur etwas für Anfänger und Trinkversager war. Zurück unter unserem heißen Blechdach machten wir uns dann erst einmal Kaffee, füllten die Tassen zur Hälfte mit Cognac auf, rauchten zwei, drei Joints und blödelten herum. Gegen vier Uhr ging es dann in die Uni, in ein Seminar, das wir nicht nach Inhalt, sondern nur nach seiner späten Anfangszeit ausgewählt hatten, zu diesem Zeitpunkt bereits schwer vom bräsig bürgerlichen Kaminfeuer des Cognacs zerlodert.
Wie froh war ich jedes Mal, wenn ich endlich wieder zurück konnte in die Kammer, benommen von den ewig selbstgefälligen Fürs und Widers der typisch germanistischen Halt- und Wahrheitssuche, ermüdet auch von den in ihrer Wichtigkeit ersaufenden Dozenten und Professoren, in deren Augen und Beurteilung ein Student bereits durchfallgefährdet war, wenn der sich wegen des in ihm hochkochenden Widerwillens gegen das haltlose Gefasel nur noch durchfallgefährdet fühlte und sich folgerichtig verzweifelt in eine klare, eigene Meinung flüchtete, was, germanistisch gesehen, eine Todsünde war. Und was blieb am Ende übrig, als angesichts der von Müll überbordenden Diskussionen über banale Inhalte und sinnlose

Fragestellungen, angesichts des nicht enden wollenden Geplappers in diesen Seminaren, die Flasche Tequila zum Abendessen zu erklären und sich danach endlich, überdrüssig und zur Rückkehr auf geistig ‚Normal Null', ins ‚AZ' zu stürzen, das ‚Autonome Zentrum', diese von der linken Szene besetzte, ehemalige forstwissenschaftliche Bibliothek, einen gewaltigen Bau mit unendlichen Möglichkeiten kreativer Darmentleerung. Wir liebten Tequila, verschaffte er uns doch unter anderem ein ausreichendes Aggressionspotenzial, um den rauen Sitten der Punks gewachsen zu sein und auch, um auf diese Weise gleichermaßen scham- und hemmungslos vor lauter Hemmungen bis zur Unkenntlichkeit tätowierte und gegen jedes Schönheitsideal geschminkte Mädchen in dunkle Ecken drängen zu können.

Schreib nicht so abwertend über Frauen, sag ich mir in einer Art erziehungsbedingtem Reflex. Schließlich muss man heute ja aufpassen, was man als Mann sagt – Ruck Zuck steht man mit dem Gesicht zur Wand in der reaktionären Ecke und muss sich schämen. Damals aber war alles anders und das Bewegen von Frauen nicht etwa unser Frevel – eher die Frauenbewegung unser Glück, was schließlich auch Frank Zappa schon wusste: „Womens liberation came creeping all across the nation!"

Die Frauen hatten die Fesseln der Unterdrückung jetzt endgültig gesprengt, und wir waren mit die Ersten, an denen sie, nachdem die 68erInnen die Bresche geschlagen hatten, ihre neu entdeckte Lüsternheit ausprobierten. Die Geschichte hatte uns eine Dauer-Aufenthaltsgenehmigung fürs Paradies ausgestellt. Ich glaube, weder vor noch nach dieser Zeit am Anfang der 80er Jahre, also der Blütezeit der Frauenbewegung, durften die Männer mehr Mann sein. Wer als Mann vor den 68ern schnellen Sex wollte, musste heiraten, in den Puff gehen oder Mädchen ausgiebig und langwierig hofieren, um sie am Ende in ein Gebüsch oder eine Hinterhofpension drangsalieren zu können (wenn ich den Schilderungen der Generation meiner Eltern Glauben schenken darf ...). Und heute erzählen die Frauen, die Anfang und Hochzeit der Bewegung bewusst erlebt und gestaltet und auch für die Befreiung der Frauen gekämpft haben, dass ihre schönste Erkenntnis war, dass sie die Männer außer zum Zeugungsakt nicht brauchten, problemlos und glücklich ihre Kinder auch alleine groß ziehen konnten und genau das auch noch als Triumph empfanden. Hey, aber wir Jungs wollten doch, ganz ehrlich, nie etwas Anderes als genau das, den Zeugungsakt in seiner reinsten, folgenlosesten Form. Sollten sie doch ihre Blagen alleine großziehen – gerne! Auf geht's! Nichts dagegen einzuwenden! Aber bin ich ein Idiot, wenn ich behaupte, dass sich Männer und Frauen niemals in der Geschichte mehr einig waren als in diesen fünf oder zehn Jahren, in denen es für beide Geschlechter immer nur um Sünde ohne Reue, um Lust ohne Folgen und Sex ohne Liebesverpflichtungen ging? Ja, Mick und ich waren Jäger. Und wir durften es sein – mit Fug und Recht, denn die vom anderen Geschlecht betriebene Befreiung aus ihrer Unterdrückung und den Klauen der kleinbürgerlich eingemauerten Nachkriegsmachos hatte uns doch letztlich erst hervorgebracht, uns, die neuen Machos, die jetzt plötzlich ungestraft krakeelen durften:

„Hey, ihr Frauen, wir sind ganz auf eurer Seite. Recht habt ihr. Nehmt euch, was euch gefällt. Lasst es raus. Wir helfen euch dabei."

Wir waren echte Frauenversteher – und wurden als solche von den Frauen geliebt. Und je mehr wir realisierten, dass die Mädchen, egal, wie asozial wir uns verhielten, sabbernd an unserer klebrigen Testosteronspur klebten, desto mehr traten wir dem Gentleman in uns in den Arsch, warfen am Ende jeglichen Höflichkeitskodex über Bord, bis wir auf das verbale Petting schließlich ganz verzichteten und nur noch „Wo?" lallten und zur Sache kamen. Es wurde zum Spiel zwischen Mick und mir, den unreflektierten Protagonisten der Unmoral, dabei aber nicht etwa zu einem Spiel mit dem Objekt Frau, sondern eher zum spielerischen Wettbewerb zweier Sexzocker, deren Triebhaftigkeit sich zunehmend auf den bösartig kreativen Bruch mit dem ‚Knigge' reduzierte: Wer würde als fieser Anti-Casanova mehr Beute machen, wer nach einem Fick mehr gehasst? Ich erinnere mich noch gut an jenen

Freitag in dieser in einer Seitengasse zum Münster gelegenen Kellerdiskothek – noch während unseres ersten, gemeinsamen Semesters. Sie war nicht sonderlich groß, die Diskothek: Nur ein langer Tresen führte vom Eingang zu den Toiletten und direkt daneben füllte ein etwa einen halben Meter hohes und ca. zwanzig Quadratmeter großes Podest den restlichen Raum – als Tanzfläche. Die untot violett und schwarz überschminkten Minirockmädchen mit ihren zu Gestecken verfilzten Haaren, mit ihren zerfetzten Netzstrümpfen und den halb offenen Kampfstiefeln, wiegten sich, aus der Froschperspektive der Bar-Hocker, mal geschmeidig, mal hakelig lichtwärts und ihre unkontrolliert zuckenden Becken machten unmissverständliche Angebote.

Ich hatte mir gerade ein Bier bestellt, lümmelte an besagtem Tresen, sondierte das stilisiert abgefuckte Gelände und nahm einen kräftigen Schluck. Dann entdeckte ich Mick, der mir, von der hinteren Wand der Tanzfläche aus einen Blick zuwarf, ein Grinsen, das bedeutete: Pass auf, ich zeig´ Dir jetzt mal was, das du noch nicht gesehen hast. Dann ging er auf einen jener ganz besonders hübschen Vampire zu und eröffnete den Reigen. Sie lachte auf, offensichtlich nicht uninteressiert, ließ sich von Mick, der ob der lauten, schnellen Ska-Musik ohnehin dicht an sie herantreten musste, immer weiter zurückdrängen. Kurz darauf stand sie in jeder Hinsicht mit dem Rücken zur Wand und Mick, seitlich ein wenig versetzt, vor ihr, Schulter an Schulter. Sein Mund klebte dicht an ihrem Ohr, seine rechte Brustwarze an ihrer linken. Ich sah in ihr Gesicht, sah, wie sie auf seine Schönfärbereien reagierte, wie sie kicherte und herzlich lachte. Die Hand der kleinen, dunklen Loreley berührte ihn bereits, hielt ihn an der Schulter fest, zog ihn langsam, aber sicher immer näher an sich heran. Sie wollte ihn haben. Und dann sah ich es, sah, worauf es Mick tatsächlich angekommen war: Während er ihr schöne Worte machte, Geschichten erzählte und sie ganz offensichtlich nach allen Regeln der Kunst umgarnte, pisste er an die Wand, unauffällig und ungeniert und ich sah den Bach zwischen ihren hochhackigen Schuhen hindurch über die Tanzfläche auf die Bar zu fließen und konnte mich vor Lachen nicht mehr halten. Das war klar ein Punkt für ihn. Dazu gehörte Mumm. Das war pervers. Und sie merkte nichts, war in Gedanken wohl schon einen Schritt weiter, sah sich im Bett mit ihm und der Glanz in ihren Augen verwässerte ihr den Blick auf die Wirklichkeit. Der Typ neben mir allerdings, ganz offensichtlich ein frauenbewegter Körnerfresser und Opfer feministischer Dominanz, hatte es gesehen und begann nun, mich wüst zu beschimpfen, weil er realisierte, dass Mick und ich zusammengehörten. Immer lauter zeterte der Idiot herum und mir wurde klar, dass sich der Hysteriker wohl nicht mehr würde stoppen lassen, nicht, ohne ihm die Zähne in den Hals zu schlagen. Um einen öffentlichen Eklat und eine Kneipenschlägerei zu vermeiden, die, das wusste ich, eigentlich nie Gewinner hervorbringt, sprang ich auf die Tanzfläche, schnappte mir Mick, zog ihn in den Vorraum, sodass es so aussah, als würden wir das Feld räumen. Ich erklärte ihm, was vorgefallen war und wir beschlossen, kurz zu warten, bis sich die Gemüter drinnen wieder beruhigt hatten. Als wir uns dann nach einer kleinen Weile wieder ins Getümmel stürzten und uns vom Strom der Tanzwütigen zurück an die Bar spülen ließen, lehnte der Körnerfresser bereits wieder am Tresen und nippte an seinem Bier. Aus der zweiten Reihe bestellten Mick und ich per Handzeichen zwei Halbe, nahmen sie in Empfang, zahlten, tranken sie auf Ex. Mick und ich hatten nicht darüber gesprochen, aber es war klar, dass wir dem Körnerfresser den verbalen Interruptus nicht würden durchgehen lassen. Nur – was wir machen wollten, hatten wir im Vorraum nicht abgestimmt. Aber als dann der halbe Liter Bier in uns angekommen war und unmittelbar auf die Blase zu drücken begann, wusste ich, wie die Rache auszusehen hatte. So führte ich mein geleertes Glas direkt nach dem letzten Schluck nach unten, zwischen meine Beine, und pisste es im Gedränge ebenso voll, wie ich es zuvor vom Bartender in Empfang genommen hatte. Erstaunlich fand ich, dass mein Urin – von der Farbe bis hin zum sinnliche Frische signalisierenden Schaumkrönchen – exakt so aussah wie ein frisch gezapftes Bier. Und ohne auch nur einen Augenblick lang zu zögern, führte ich das Glas hoch, zwischen dem Körnerfresser und dessen Hintermann hindurch zur Bar, stellte es vor ihm ab und schnappte mir blitzschnell und damit unauffällig das soeben vom Körnerfresser abgestellte. Der unterhielt sich dann noch einen Augenblick lang devot mit seiner Nachbarin, um schließlich gedankenverloren nach seinem Glas zu greifen und einen kräftigen Schluck daraus zu nehmen, einen Schluck, den er allerdings, oh Wunder, unmittelbar in scharfem, säuerlichem Strahl und knapp an einer der aufgetakelten Bedienungen vorbei in die Getränkeauswahl der verspiegelten Rückwand kotzte. Nachdem sein Spucken und Kotzen endlich abebbten und sich sein empörtes Würgen in ein wahllos beschuldigendes ‚Zeter und Mordio' verwandelt hatte, waren Mick und ich schon in der Menge verschwunden, nahe dem Ausgang, und genossen grimmig grinsend die Show. Es war endgültig an der Zeit, den Ort des Geschehens zu verlassen.

Binnen weniger Monate bestand unser Freundeskreis bereits aus acht Jungs. Fünf von ihnen, Anus, Skrotum, Brain, Mick und ich waren exakt 1,93 Meter groß. Ted, 2,03 Meter. Kugel, der in der Tat kugelrunde Sohn eines Waldarbeiters und Smack, der immer spöttisch grinste und ansonsten schwieg und soff, waren jeweils 1,65 Meter. Mit dazu gehörten aber auch vier clevere, wenn auch in dieser Zeit äußerst schräge Mädchen, von denen eine hübscher war als die andere – wenn man sie erst einmal aus ihrem Haarspray, ihren schwarzen Lidschatten, den geweißten Gesichtern und aus ihren vernieteten Lack- und Lederfetzen gepellt hatte, versteht sich. Eines der Mädchen, Röckchen, wurde so genannt, weil sie meist ein zerfleddertes Miniröckchen ohne Slip trug. Ein anderes, April, die eigentlich Julia hieß, wurde meine Jugendliebe und Mati, Micks Angebetete, musste, wie im Übrigen auch April, im Laufe der gemeinsam erlebten fünf Jahre ganze Armeen von Filzläusen über sich (er)gehen lassen. Sie arbeitet heute in Sao Paolo als Hygieneberaterin. Und dann war da noch die Baronin, die eigentlich Lisa hieß und die sich, als ihre Eltern, 15 Jahre zuvor, bei einem Verkehrsunfall ums Leben gekommen waren, den blaublütigen Spitznamen selbst gegeben hatte, wohl, um sich und ihre ausgelöschte Herkunft aufzuwerten. Sie alle waren stets fickbereite Luder. Beziehungsbedingte Besitzansprüche waren ihnen völlig fremd – solange es nicht sie selbst betraf. Und wenn es sie selbst betraf, mussten sie es runterschlucken. Schließlich waren wir alle ja jetzt sexuell befreit und Eifersucht war reaktionär und spießig. Jeder in unserer Clique hatte einen ganz besonderen Hau weg, an der Grenze zur Unzurechnungsfähigkeit – und doch saßen sie alle, nur wenige Jahre danach, fest im Sattel einer Zukunft, die wir uns damals nicht nur nicht vorstellen konnten, sondern die wir auch, wenn wir sie uns heimlich erträumten, leugneten, weil eine Zukunft zu haben innerhalb der Punkszene einfach ein Sakrileg darstellte. So arbeitet Ted heute als Werksleiter und ist Herr über zweieinhalbtausend Arbeiter, Anus ist Facharzt für Proktologie in einer renommierten Klinik, aus Smack wurde ein begnadeter Mathematiker und Programmierer, die Baronin hat es zur Marketingchefin eines internationalen Konzerns gebracht, Brain zum Professor für Literatur an einer kanadischen Universität und April zur wissenschaftlichen Beraterin eines Unternehmens für Bionikforschung und Baubiologie. Damals aber hätte ich keine Mark darauf gewettet, dass auch nur einer von ihnen in seinem Leben mehr erreichen würde, als eines Tages als verdrecktes und versoffenes Wrack in einem Kartonhaus unter irgendeiner Brücke dieser Welt dahinzuvegetieren.

Nur einer aus unserer Clique fristete später sein Dasein in einem südamerikanischen Knast – vermutlich als alterndes Schwanzfutter für eine Gruppe von russischen Koksdealern. Ihn nannten wir damals Adonis, weil er eigentlich ein adretter junger Mann war und zudem der Einzige, von dem ich gedacht hätte, dass er eines Tages den ganz großen Wurf landen würde. Nur Kugel hat den Absprung aus der Szene erst gar nicht versucht. Er ist gerade erst in Berlin Kreuzberg, mit freundlicher Unterstützung des deutschen Steuerzahlers, zur ‚grauen Eminenz‘ des ‚schwarzen Blocks‘ avanciert. Natürlich hatten Mick und ich auch viele Leute aus Baden-Baden wieder getroffen, denen Freiburg, nicht zuletzt wegen der geringen Entfernung zum Elternhaus, als Studienstadt sympathisch gewesen war und die nun natürlich ebenfalls neue Freundschaften schlossen, wodurch unser Bekanntenkreis unglaublich schnell wuchs. Es war eine Zeit der Leichtigkeit, der Spontaneität und der totalen Hemmungslosigkeit. Wir machten, was uns gefiel, aus dem Moment heraus, genossen das Leben so, wie wir es gestalten wollten und nicht, wie uns dies die ungeschriebenen und geschriebenen Regeln der Gesellschaft vorgaben:

„legal, illegal, scheißegal!"

Die Bullen hatten mit uns und dieser ganzen Generation der Verweigerer und Umstürzler reichlich zu tun – mit den Hausbesetzungen und vor allem mit den ständigen Massendemonstrationen, mal gegen die Stationierung der Pershing-II-Raketen, mal gegen die Startbahn West in Frankfurt und natürlich gegen den Bau von Atomkraftwerken, die uns klar denkenden Menschen von Anfang an ein Fanal des Untergangs allen Lebens auf diesem Planeten waren. Jede dieser Demos sprengte lautstark Freiburgs kontemplative Ruhe und stürzte die enge Kleinstadt ein ums andere Mal ins Chaos, ein Chaos, das mit jeder Demo durch den zunehmenden Randaletourismus schlimmer wurde, weil es in dieser Zeit ein unsichtbares Band zwischen Berlin und Freiburg gab. Wenn eine politische Aktion ins Haus stand, wurden Busladungen von Punks von Freiburg nach Berlin oder von Berlin nach Freiburg gekarrt, wodurch eben nicht nur ein paar Hundert Protestler durch die ‚Kajo‘, Freiburgs Fußgängerzone, zogen, sondern immer gleich Tausende. Die Bullen mussten sich ‚warm anziehen‘, mussten immer häufiger zusätzliche Hundertschaften aus Göppingen, Karlsruhe oder Stuttgart hierher verlegen, um den anarchistischen Bodentruppen noch etwas entgegensetzen zu können. Die Stimmung war äußerst gereizt in diesen Tagen und oft genügten unbestätigte Gerüchte von Übergriffen während einer Demo, um die Blase des Hasses platzen zu lassen. Dann flogen Steine und Cocktails, kamen Stahlzwillen zum Einsatz und hagelten Tränengasgranaten in die Menge und Schlagstöcke auf Köpfe und Fleisch. Die

Meisten agierten offen, weil unsere größte Stärke ohnehin der Zusammenhalt war, weil wir eine Armee waren und die Bullen Schiss vor uns hatten. Da wurde nicht feige aus der zweiten Reihe gekämpft, sondern Mann gegen Mann, von Angesicht zu Angesicht und aus vorderster Front. Kein ‚schwarzer Block‘, der sich im Gemenge versteckt wie dreißig Jahre später in Heiligendamm, keine Maskerade gegen die feigen Fotosessions des Verfassungsschutzes, weil es allen egal war: Sollten sie uns doch kennen, sollten sie es doch wissen: Ja, wir waren gegen sie, waren gegen die Repressalien dieses Staates und aller anderen Staaten, die ihre Macht missbrauchten, waren gegen Willkür und gegen die Spielchen, die diese elenden, alten Männer spielten – immer auf Kosten der Völker, die ihnen anvertraut waren und auf Kosten von Menschen, die nur eines wollten: Frieden und selbst bestimmtes Leben ohne Gewalt. Aber schon sehr bald begriffen wir, dass wir uns in einer Gummizelle befanden, dass wir gegen Windmühlen anrannten und nur Marionetten in diesem perfiden Spiel wahrhaft mächtiger Dreckschweine aus Politik und Wirtschaft waren. Wirklich bewusst wurde mir das, als Caspar Weinberger 1982 nach Europa kam und, gefragt nach dem Einfluss der europäischen Friedensbewegung auf Reagans und seine Politik der drastischen Aufstockung amerikanischer Kernwaffen auf europäischem Boden, nur lapidar und arrogant grinsend antwortete:
„Manageable!“
Mit diesem einen Wort wurde mir bewusst, dass wir nichts bewirken würden, niemals, selbst wenn wir alle Bullen wegdreschen würden, weil die Fäden an ganz anderer Stelle gezogen wurden, und sie, wenn wir die Polizei hätten besiegen können, Armeen geschickt hätten – weil unsere Meinung nur belächelt wurde, einfach nicht zählte, völlig uninteressant war. Schließlich ging es um die Sicherheit Amerikas und dafür hatten wir uns selbstverständlich zu opfern. Die Amis wie auch die Russen hatten beschlossen, sich zu schützen, indem sie Westeuropa zum Schlachtfeld machten und wir sollten uns dafür auch noch bedanken – was für ein Zynismus! Und unsere Politiker erfüllten nicht nur nicht den politischen Auftrag,

den wir ihnen mit ihrer Wahl erteilt hatten, nämlich uns zu schützen – auch vor den Machenschaften der so genannten politischen Freunde, die keine sind und niemals waren – sondern sie krochen vor diesen kaltschnäuzigen Arschlöchern auch noch zu Kreuze und streuten uns, dem Volk Sand in die Augen, indem sie uns etwas von der Wichtigkeit der deutsch-amerikanischen Freundschaft erzählten und der Wichtigkeit des Schutzes durch die Amerikaner. Das war einfach zu viel für mich und es überfiel mich ein Gefühl der Resignation und der kalten Wut. Die meisten von uns kapierten über kurz oder lang, dass unser Einsatz, unser Zorn und unsere Aktionen und Demos nichts ändern würde, dass wir uns mit den Schergen prügeln konnten, solange wir wollten: Es würde nach Macht geifernde Drecksäcke wie Ronald Reagan und Leonid Breschnew nicht davon abhalten, zu tun, was immer ihnen beliebte: Sie würden nukleare Mittelstreckenraketen auf uns richten, würden auch weiterhin unter irgendeinem Vorwand in Länder einmarschieren, nur, um an deren Ressourcen zu gelangen, deren Bodenschätze, in Länder, die sich nicht wehren konnten und in denen sie Hunderttausende Menschen töteten und noch töten, nur um an Öl für den nächsten Krieg zu gelangen oder um ihre Machtsphäre auszubauen. Auch den Bau von Atomkraftwerken zu verhindern gelang uns nicht, weil geldgierige Bonzen noch reicher werden wollten, sich den Schutz der Staatsmacht gesichert hatten und einen Scheiß darauf gaben, was wir Menschen, wir, das Volk, dazu sagten. Sie würden ihren feigen Arsch, wenn der GAU erst einmal passiert war, schon noch außer Landes geflogen bekommen – als würden sich die tödlichen Strahlen von irgendeiner Grenze aufhalten lassen. Wie dumm diese Menschen sind, vermag man erst jetzt zu erkennen, da uns bereits Tschernobyl längst alles hätte lehren können und sie dennoch immer weiter nach neuen Atomkraftwerken geschrien haben. Ich meine, so kurzsichtig konnte man doch eigentlich gar nicht sein, dass man so wenige Jahre nach dieser Katastrophe schon die hunderttausend Menschenleben vergessen hat, die der Reaktorbrand gekostet hat, dass man die Generationen verkrüppelter Menschen in Weißrussland und der Ukraine schon wieder natürlichen Umweltveränderungen zuschrieb oder auch verdrängte, dass ein ganzer Volksstamm, die Lappen, ihre gesamte Existenzgrundlage verloren haben, weil nach der Katastrophe zwanzigtausend Rentiere getötet werden mussten, da diese völlig verstrahlt waren. Auf den Gipfeln der westlichen Alpen – zweitausendfünfhundert Kilometer von Tschernobyl entfernt – sind die Strahlenwerte noch heute so hoch, dass man Bergsteigern davon abraten muss, sich länger als notwendig auf dem Gipfel aufzuhalten. Sie bauten einfach immer weiter Atomkraftwerke, scheffelten damit Geld, als hätten sie sich damit retten können, wenn uns die Scheiße eines Tages um die Ohren geflogen wäre. Denn da waren wir uns sicher, dass die Frage nur ‚wann?‘ war, nicht ‚ob oder ob nicht?‘.

Schon jetzt aber, im Jahr 1981, setzten sich diese mächtigen Gnome einfach über uns, das Volk, hinweg und setzten uns diese beschissenen Reaktoren und Raketen ins Land, diese strategischen ‚Nadelstichwaffen‘, die nur dem einen Zweck dienten, Deutschland ein weiteres und letztes Mal zum Schlachtfeld zu machen und damit zum Stellvertreter-Kriegsschauplatz für die ‚Supermächte‘. Wir hatten das alles so satt, weil wir begriffen, dass dieser Drecksplanet immer in den Händen von Männern bleiben würde, die zwar unendlich dumm sind, aber eben über die Macht verfügen, andere Dumme zu steuern, die sich für sie verprügeln und sogar töten lassen. Unser Hass ließ Hemmschwellen fallen und Grenzen verschwimmen. Und das Volk reagierte, wie Völker immer reagieren, wenn ihnen die Stimmbänder durchtrennt werden und wie es immer ist, wenn die Sprache als Kommunikationsmittel versagt, wenn Lügen kein Glauben mehr geschenkt wird und selbstherrliche Führer ihrem Volk nur noch arrogant und hämisch den Spiegel der Ohnmacht vorhalten: Sie resignieren – nur einige wenige Zornige, denen Resignation keine Option ist, gehen in den Untergrund. Und wenn die Masse erst einmal resigniert hat, der Staatsgewalt also nicht mehr das geschlossene Volk gegenübertritt, kann man diese wenigen Anderen dann getrost als Verbrecher bezeichnen und ihnen das politische Ziel absprechen.

Wir aber gehörten weder zu den Einen noch zu den Anderen, eher vielleicht zu den fröhlich endzeitlichen Fatalisten und liefen auch nur noch bei Demos mit, wenn nicht zeitgleich woanders eine Party angesagt war. Wir beschränkten uns lieber auf Akte der Sabotage in dunkler Nacht. Selbst die Drohung ‚Knast!' konnte uns nicht mehr schrecken, weil wir doch sowieso in einem Knast lebten und eine Befreiung daraus, wie wir gelernt hatten, nicht möglich war.

Gunnar, ein Bekannter, den ich im historischen Seminar kennen gelernt hatte und der sich bei seinem Vater, einem erfolgreichen Chemiker, Buttersäure besorgt hatte, spritzte diese mit Vorliebe durch die Tür-Gummidichtungen von Polizeiautos, sodass diese dauerhaft unbrauchbar wurden. Denn auch wenn wir Bullen zum Kotzen fanden, hielten sich diese nicht allzu gerne im Duft von Erbrochenem auf. Das Schöne an Buttersäure ist nun einmal, dass man den Gestank, selbst, wenn man das gesamte Innenleben eines Autos austauscht, nicht mehr weg bekommt, der Wagen somit nur noch Schrottwert hat.
Akteure wie Gunnar genossen in der Szene einen guten Ruf, einen besseren jedenfalls als jene Revolutionäre, die als schlagende Trupps unterwegs waren, also jene ganz harten Knochen, die bei jeder Demo in vorderster Front zu finden waren, Leute, die keinen Schmerz zu kennen schienen und deren Schlachtfelder in gewisser Hinsicht austauschbar waren, die man sich genauso gut in der französischen Fremdenlegion, als Söldner des Medellin-Kartells oder schlicht auf der anderen Seite der Demos vorstellen konnte. Diese Kerle waren einfach nur gewalttätige, frustrierte Verlierer, denen die Geschichte die große Gnade erwiesen hatte, ihre Wut und Aggressivität für eine gewisse Zeit in den Dienst einer politisch koscheren Sache stellen zu dürfen.

Es war ein lauer Sommerabend. Ich war inzwischen in ein anderes Zimmer umgezogen, weil Mick und ich uns zunehmend mit unseren Frauengeschichten ins Gehege kamen und sich eine saubere Koordination, wer die Bude wann und wie lange unter den wachsamen Augen des Pastors mit einem Mädchen nutzen durfte, immer schwieriger wurde. So lief ich an diesem Abend allein und bereits ziemlich stoned in Richtung ‚AZ'. Die braven Bürger hatten ihre Feierabendeinkäufe längst nach Hause getragen und die engen Gassen lagen verwaist in der Düsternis der mondlosen Nacht. Nur noch hundert Meter durch ein letztes, dunkles Seitensträßchen, dann würde sich der Blick auf den von den Punks heruntergewirtschafteten Prachtbau öffnen, auf diesen einst gepflegten Stolz wissenschaftlicher Sammel- und Archivierungswut. Dann, plötzlich und unerwartet, wuchs aus der mit Bildern geizenden Finsternis eine hüftschwingende Silhouette aus der Ferne auf mich zu. Unschärfe um Unschärfe an die Dunkelheit abgebend, schälten sich mit jedem Schritt dieser Restlichtgestalt die schärfsten Umrisse, die ich je gesehen hatte, aus der vibrierenden Sommernacht. Noch bevor ich überhaupt sicher sein konnte, dass es sich tatsächlich um eine Frau handelte, löste die Rhythmik ihrer Bewegungen bereits tiefe Erregung in mir aus. Nur noch zwanzig Meter, noch zehn, noch fünf, dann würden wir zum ersten Mal einen Blick in unsere Gesichter erhaschen, würde ich die filigranen Feinheiten ihre Figur lesen und Größe und Form ihrer Brüste erkennen können. Als es endlich so weit war, ich also endlich in ihre grünen Katzenaugen blicken konnte und mich durch ein provokativ akzentuiertes Schütteln ihrer blonden Löwenmähne Wellen an solch einem öffentlichen Ort haariger Erregung durchliefen, war es so, als würde sie mir, noch immer außer Greifweite, zielsicher in den Schritt fassen, mich unwiderruflich zu ihrem Besitz erklären.

Sie trug ein Miniröckchen mit Faltenwurf und ihre schlanken, geraden Beine staken in Stiefeln mit hohen Absätzen, die auf den Kopfsteinen tickten wie ein Metronom der Lust. Ihre Brüste hüpften stolz unter der filigranen Transparenz ihrer Bluse, ein Ballett glückselig befreiter Weiblichkeit und Blaupause animalischer Körperlichkeit, die mir mit jedem Schritt überfallartig den Verstand raubte. Unsere Blicke trafen sich nicht nur, sie verhakten sich ineinander, erzählten sich ganze Romane der Lüsternheit und endlich, als wir schließlich auf gleicher Höhe waren und sich bereits unsere Köpfe zueinander eindrehten, folgte ich instinktiv der unmissverständlichen Befehlskette meiner Hormone und griff nach ihr, griff nach ihrem Arm, mit nur sanftem Druck und sie ließ es geschehen, blieb stehen, drehte sich unwillkürlich zu mir ein. Mein zweiter Arm griff in ihre Hüften, glitt zeitgleich hinunter in ihren harten Arsch, zog sie näher zu mir heran, ganz dicht, bis schließlich ihr Venushügel nach meinem in der Ecke hängenden Johannes schnappte und es kein Zurück mehr gab, weil der kleine Kerl sofort brav Männchen machte. Kein Wort und kein Laut zerrissen diesen spontanen Dialog unserer primären Organe. Unsere Zungen verknoteten sich ineinander und unsere Hände schoben und zogen unsere Körper gegenseitig immer tiefer in die dunkle Einfahrt, vor der wir zum Stehen gekommen waren, immer weiter, immer tiefer in die Dunkelheit, bis man schließlich gar nichts mehr sehen konnte und sie mit ihrem Hintern auf eine Mülltonne prallte. Sie ließ sich einfach in die Hocke fallen, federte in den Knien nach, riss noch im Fallen meine Hose auf und verschlang mich, nur für Sekunden. Ich riss sie wieder hoch, drehte sie gleichzeitig um, griff dominant in ihre Mähne, drückte ihren Kopf nach unten, auf den Deckel der Mülltonne und war fast erschrocken, als mein Schwanz ohne jegliche textile Gegenwehr unter diesem Zitat von einem Rock in ihrem schlüpfrig nassen Loch verschwand. Am Ende sah sie aus wie eine Skulptur aus genetischem Pattex, doch das schien ihr egal zu sein. Noch immer sprachen wir kein Wort. Nur einen letzten, tiefen Zungenkuss gab sie mir und verschwand in der Nacht, so schnell, wie sie mir erschienen war. Das Letzte, was ich von ihr sah, war der federnde Faltenwurf ihres Röckchens und ein koketter Blick zurück. So also kam Anna zu ihrem Spitznamen Röckchen, denn wir sollten uns wieder sehen, nur Stunden später – und dann immer wieder, mein ganzes Studium lang, bis sie eines Tages in Behandlung ging und schließlich diplomierte Psychologin wurde.

Jetzt aber hatte ich erst einmal eine so dermaßen von maskulinem Jägerstolz geschwollene Brust, dass ich am Liebsten mit offener Hose und frei schwingendem, noch tropfendem Schwanz ins

‚AZ' einmarschiert wäre, nur, um zu zeigen, dass der Kleine gerade Ausgang gehabt hatte. Ich fühlte mich wie Männer sich eigentlich immer fühlen, wenn ihnen ein außerplanmäßiger Fick geglückt ist: unbesiegbar und als ob sie jede, aber auch wirklich jede Frau haben könnten, weil sie sich schlicht unwiderstehlich wähnen, dabei jedoch völlig verdrängen, dass es eigentlich immer die Frauen sind, die entscheiden, ob, wann und mit wem sie sich paaren. Ich bin fest davon überzeugt, dass Männer, wenn sie sich anschicken, eine ganz bestimmte Frau ins Visier zu nehmen, sie unter Aufbringung allen Mutes anzusprechen, um sie am Ende hoffentlich ins Bett zu kriegen, in aller Regel bereits vor dem ersten Blickkontakt im nächtlichen Terminkalender der Frau stehen oder längst als genetisch untauglich abgehakt wurden. Männer sind Opfer.

Mick, Ted und Kugel waren schon da, als ich mich ins Pogo-Toben der völlig ausrastenden Meute stürzte. Schon als ich die breite, schiefe Treppe in die gewölbeartigen Katakomben hinunter stiefelte, pulsten mir, über die Köpfe von annähernd zweitausend durchdrehenden Punks hinweg, die Terrorwellen des akustischen Industriegemetzels der britischen Band ‚Toy Dolls' entgegen, deren Sound als ‚Fun-Punk' angekündigt worden war und deren Spaßmusik die Tanzgruft gerade in ein mittelalterliches Schlachtfeld verwandelte. Kugel spuckte mich zuerst einmal zur Begrüssung an, was er eigentlich immer tat, wenn er mich sah, da er trotz seines schlichten Gemütes, vermutlich der Einzige war, der schon damals witterte, dass ich kein echter Punk war, also keiner von denen, die alles hassten, sich selbst und die ganze Gesellschaft für unwertes Leben hielten, die ihr eigenes Morgen wie generell jegliche Zukunft leugneten, sondern dass ich jemand war, der mit der Endzeit nur kokettierte, eine Art Weltuntergangs-Wasserspinne, die insgeheim davon überzeugt war, niemals unter die Oberflächenspannung absinken zu können, niemals wie alle anderen ersaufen zu müssen und eines Tages eben doch – nach kalter, wütender Nacht – in einem wärmenden Sonnenaufgang auf einem knospenden Baum sitzen würde, um mich am Nektar der ersten Blüten fett zu fressen. Kugel spürte das und deshalb blieb unser Verhältnis auch nach Jahren der Freundschaft reserviert und gespalten. Er war Punk aus Überzeugung, einer Überzeugung, die auf Anarchie und Chaos nicht als schlimme Folge des kollektiven, gesellschaftlichen Niedergangs fokussierte, sondern diese als grimmig erstrebenswerte Zukunftsvision definierte – unbewusst oder bewusst – in jedem Fall aber ohne konstruktive Ideologie dahinter, weil diesem lupenreinen Punk jeglicher ideologische Ansatz per se als unanarchistisch und damit spießig galt.

Kugels Rotze zog sich in langen Fäden an meinem Revers entlang in Richtung Boden – und da ich Spucken immer schon als eine der ekelhaftesten männlichen Eigenarten verachtete, als eine Urschlamm verteilende Reviermarkierung, schüttete ich dem Arsch jetzt erst einmal mein Bier in die Fresse und damit herrschte für den Abend Ruhe, denn das Begrüssungsritual war vollzogen – zumindest mit Kugel. Aufgeheizt von der düsenjetlauten Maschinengewehrrhythmik der englischen, hier erstmals auftretenden ‚Spielzeugpuppen‘, wartete Ted, der eigentlich Jonathan hieß, erst gar nicht, bis ich das Wort an ihn richtete. Stattdessen packte er mich am Kragen und schleuderte mich mit einer 360-Grad-Drehung in die um sich schlagende Menge, wobei ich aufgrund meiner Körpermasse mindestens sechs oder sieben schmächtigere Punks umsäbelte, was wiederum das Begrüssungsritual mit der undefinierten Masse darstellte. Unwillkürlich begann jetzt natürlich auch ich wild herumzuhüpfen, allein schon, um allen anderen, besonders den von mir Getroffenen zu signalisieren, dass dies kein Akt der Aggression, sondern eine Tanzeinlage war. Dann stürzte ich mich auf Ted und riss ihn zu Boden, setzte mich als Sieger auf seine Brust und verpasste ihm durch heftiges Rubbeln einen Satz heiße Ohren, was von den Umstehenden mit grölendem Gelächter quittiert wurde. Schließlich stieg ich wieder von ihm herunter, half ihm auf die Beine und hatte kurzzeitig Atemnot, weil ich von Mick oder irgendeinem anderen Penner ein Bier in die Schnauze bekam – samt Dose. Damit war endlich alles gut, weil ich jetzt blutete wie ein Schwein, was innerhalb der Rotte

Stärke und Härte signalisierte, zumal dann, wenn man den in die Menge spritzenden Lebenssaft einfach ignorierte und nicht weinerlich herumquengelte. Ted zog mich an den Rand der Tanzfläche, um die Platzwunde zu begutachten, was ich abwehren wollte, aber nicht konnte, weil dieser immerhin zehn Zentimeter größere Freund einfach stärker war, wenn auch in meinen Augen ein Anarchie-Tourist, der die Hauptstraße seines Gesetzestreue einfordernden Jurastudiums nur dann verließ, wenn er abends das Gelände des ‚AZ' betrat, das für ihn vermutlich weniger eine ideologische Heimat darstellte als einen Ort für seine jugendliche Exzessgier. Unnötig zu erwähnen, dass Kugel an ihm Abend für Abend das gleiche Ritual vollzog wie an mir. Weil ich mittlerweile aussah wie eine explodierte Tube mit roter Farbe, zog mich Ted schließlich die Treppe hoch, ins gleißende Neonlicht des nach Pisse und Bier stinkenden Vorraums, wo Anus zu uns stieß, jener angehende Mediziner, der nicht müde wurde, die Schulmedizin, die er eifrig erlernte, als Verbrechen an der Menschheit zu geißeln. Als er mich jedoch sah, war er der Einzige, der nicht planlos mit den Armen fuchtelte, sondern tat, was getan werden musste: Er besorgte Nadel und Faden, erhitzte die Nadel zur Desinfektion zunächst bis zur Weißglut, löschte sie mit Tequila ab, ließ mich eine halbe Flasche des Kakteensaftes auf Ex trinken und nähte mir die ca. zwei Zentimeter unter dem Auge gelegene Platzwunde einfach mit zwei oder drei Stichen zu, was mich, da das ganze öffentlich geschah und ich betont ausdruckslos und stumm die Zähne zusammenbiss, in meiner Männlichkeit derart aufwertete, dass mir fast die Eier platzten. Mittlerweile waren auch Mick und Kugel im öffentlichen ‚OP' eingetrudelt, die Blutung gestoppt, ein Grund zum Schulterklopfen gefunden und schiere Trinkwut entfesselt. Also trabten wir johlend in die kleine Behelfsdisco, die eine Handvoll Punks als Alternative zu den nur für Live-Auftritte reservierten Terror-Katakomben eingerichtet hatten, und nagelten uns serienweise Bier und Schnäpse in den Kopf. Der kleine Raum war noch ziemlich leer, als plötzlich ein Zigeunerpärchen hereinkam – er zwergenhaft klein, mit großkotzig breit ausladenden Schritten, in schneeweißem Anzug und weißem Cowboyhut und sie im vermutlich achten oder neunten Monat schwanger, gut einen Kopf größer als ihr Typ und ängstlich in die nächstgelegene Ecke tapsend. Argwöhnisch wurden sie von den umstehenden Anarchiespießern beäugt – konnte man schließlich gleich sehen, dass die irgendwie anders waren – dann jedoch, weil sich das ungleiche Paar zunächst ruhig verhielt und sich nur umeinander kümmerte, nicht weiter mit Aufmerksamkeit bedacht. Plötzlich aber gerieten die beiden in Streit und er schlug, außer sich vor Wut und in völliger Fehleinschätzung seiner Umgebung, mit der Faust und voller Wucht seinem Baby auf die Glocke, also ihr in den Bauch. Da ich das Geschehen als Einziger bewusst gesehen hatte, war ich zunächst auch der Einzige, bei dem der rote Vorhang des Jähzorns fiel. Mit einem Satz war ich bei dem kleinen, aggressiven Arschloch, hatte ihn mit einer Hand an der Gurgel und schob ihn so einen Meter an der verdreckten Wand hoch, bis ihm seine verschissenen Glubschaugen aus den Höhlen traten und seine Beine nur noch unkontrolliert zappelten. Statt mir jedoch beizustehen, packten mich von hinten plötzlich Kugel, Ted und Mick, rissen mich mit vereinten Kräften weg von dem Kerl, raus aus dem Raum und stellten mich mit groben Griffen ruhig, während ich noch immer, auch als der Kerl längst aus meinem Gesichtsfeld verschwunden war, schäumend und sabbernd vor Zorn versuchte, zurückzukommen, zurück an dessen Gurgel, um ihm den Garaus zu machen, weil ich gewalttätige Menschen nun einmal hasste wie die Pest ...

Es dauerte einige Minuten, bis ich mich wieder beruhigt hatte und den anderen den Vorfall überhaupt erst einmal schildern konnte, weil die zuvor viel zu sehr mit ihrer Sauferei beschäftigt waren und den Schlag in den Bauch der schwangeren Frau gar nicht mitbekommen hatten. Es war Kugel, der mir schließlich eindringlich verklickerte, dass der Typ es nicht wert sei, für ihn den Rest meines Lebens im Knast zu verfaulen, wegen Mordes womöglich, und dass ich mich ja möglicherweise verguckt hätte und das Ganze vermutlich auch gar nicht so gravierend gewesen sei usw. Dann verschwanden er und Ted wieder in dem Raum

– für vielleicht zwei oder drei Minuten und Mick blieb bei mir, gab mir erst einmal zur Beruhigung einen Schluck von seinem Bier und wir wendeten uns für den Moment anderen Dingen zu. Dann erschien Kugel in der Tür, die Arme ausgestreckt, hoch über den Kopf gereckt, und auf seinen Händen, quer in der Luft liegend, der Roma in seinem weißen Anzug, schimpfend und wimmernd, weil ihm Kugels eine Hand die Gurgel zudrückte und die andere die Eier. Ungläubig erhob ich mich von dem Biertisch, auf dem ich gesessen hatte, ganz langsam, weil ich kaum glauben konnte, was ich vor mir sah. Kugel aber verzog keine Miene, wie jemand, dem der Zorn jegliche Mimik hat gefrieren lassen, trug den Kerl durch das riesige, nach beiden Seiten weit geöffnete Eingangstor und warf ihn gut drei Meter weit hinaus, in das öffentliche Punk-Pissoir, einen ca. eineinhalb Meter hohen Scherbenhaufen aus zerschlagenen Bierflaschen und bestialischem Gestank. Nachdem sich der in der logischen Konsequenz nun an bestimmt dreißig Stellen seines Körpers blutende und streng riechende Kerl endlich lauthals Rache schwörend getrollt hatte, ging ich ruhig auf Kugel zu, sah ihm, betont nachdenklich mein Kinn reibend, ins Gesicht, konnte dabei ein verschmitztes Grinsen nicht unterdrücken und bat ihn eher beiläufig, mir jetzt einmal kurz – nur verständnishalber – den Unterschied zwischen seiner Methode und meiner eigenen zu erklären. Doch er war noch so aufgebracht, dass er mich mit grimmigem Blick beiseiteschob, mit zielsicherem Stechschritt zur Bar zurückkehrte und dort wortlos und in schneller Serie Tequilas orderte. Die Frau des Roma hatte sich nach japsender Wehenangst wieder erholt und war von zwei verwahrlosten, streng riechenden, lesbisch-feministischen Irokesen-Damen rührend umsorgt und schließlich in eine Frauen-WG gebracht worden, in der sie vermutlich mit der kurz vor der Entbindung stehenden Frau den Ausstieg aus ihrer Gewalt-Ehe beratschlagt haben, was uns jedoch nicht wirklich interessierte. Einige Stunden und Dutzende von Bieren später dämmerte es schließlich, wenn auch nicht uns, und kühle Luft sickerte auf dem Rücken des ersten, fahlen Sommerlichtes in die Festung des anarchistischen Bodensatzes. Das Live-

Konzert war längst zu Ende, aber noch immer schlingerten etwa tausend Konsonanten-befreit kommunizierende Punks durch die wabernden Abluftschlieren unseres Alkohol- und Drogenmissbrauchs. Und auch wir vier Jungs klammerten uns noch immer fröhlich grölend an den Tresen, fanden noch immer Geschichten, über die alle lachen konnten, was, unnötig zu erwähnen, mit abnehmendem Niveau zunehmend einfacher wurde.

Plötzlich aber trudelte Brandy ein, ein Kumpel, den wir Wochen vorher in einem von Freiburgs blühenden Seitentälern auf einem Reggae-Konzert kennengelernt hatten. Brandy kam gerade, aufgrund seiner Schlagseite recht offensichtlich, von einer exzessiven Orgie, vermutlich einer der unzähligen Studenten-Parties, auf denen er sich in dieser Zeit herumtrieb, weil er als angehender Koch mit gefühlter Berufung für höhere Aufgaben doch so gerne dazugehört hätte. Knuffen, Schubsen, Schulterklopfen, ein neuer Grund für ein letztes Bier, dann schlug Brandy vor, gemeinsam mit seiner 16 PS-Ente in den Kaiserstuhl, an den Hartheimer Baggersee zu fahren, dort noch eine oder zwei Kisten Bier zu killen und dann im Schatten der sommerlichen Bäume den Rausch auszuschlafen, vorher vielleicht noch zu schwimmen oder Chicks aufzureißen, jene sportlichen Nymphen, die dort nur allzu gerne, selbstverliebt und unbeleckt von finsterer Nacht, ihr morgendliches Bad in beschaulicher Stille nahmen. Johlend willigten wir ein, vermutlich aber nur mangels alternativer Ideen und der kollektiv schwelenden Furcht, den teuren Rausch an einen einsamen Heimweg verschwenden zu müssen. Also folgten wir ihm in einen drei Straßen weiter gelegenen Hinterhof, in dem seine Ente achtlos abgestellt ihr jämmerliches Dasein fristete. Gut eine halbe Stunde lang hatten wir uns den Weg dorthin freigekämpft, hatten Fahrräder in gebündelte Schrotthaufen zerstampft, hatten Motorroller, die auf dem Trottoir im Weg gestanden hatten, umgetreten und fäkales Unterbewusstsein an Wände gesprayt. Dann war Brandys fataler Nebensatz gefallen, in dem er seiner Trauer über sein demnächst wohl nicht mehr existierendes Fortbewegungsmittel Ausdruck verlieh, welches nach Aussage eines unbestechlichen, unserer Generation nicht sonderlich offen gegenüberstehenden Beamten „in diesem Zustand beim besten Willen keine TÜV-Plakette" bekommen konnte.

„Aber wenn's koi Audo mehr wär', na bräucht'sch au koin DÜV, oder?", philosophierte Mick plötzlich und wir sahen uns eine verhängnisvolle Sekunde lang an. Dann brach, einer kollektiven Suggestion folgend, quirlige Geschäftigkeit aus. Kugel eröffnete den Reigen, indem er unter einen der hinteren, bauchigen Kotflügel griff und diesen kurzerhand herausriss. Und noch bevor Brandy auch nur einen Ton sagen konnte, waren alle damit beschäftigt, den Wagen von nutzlosem Ballast zu befreien, teils mit Werkzeug, teils mit roher Gewalt. Binnen nur zwanzig Minuten stand schließlich nur noch ein Gerippe vor uns – ohne Kühlerhaube, Heckklappe, Frontscheibe, Kotflügel und Türen, ohne Sitze und Armaturen: der Prototyp einer überdimensionalen Seifenkiste. Es dauerte bestimmt eine weitere halbe Stunde, bis wir uns von unseren besoffenen Lachsalven wieder erholt hatten. Dann stellten wir fest, dass Brandy, der sich durch unsere Zerstörungsorgie an seinem Auto offenbar wie von einem studentischen Ritterschlag geadelt vorkam, ohne Fahrersitz nur noch den Himmel sehen konnte, was, wie wir feststellten, nicht einmal dann für eine sichere Fahrt gereicht hätte, wenn wir ihm den Weg durch klare Lenkanweisungen gewiesen hätten. Also torkelten wir zur benachbarten Tankstelle, kauften zwei Kisten Bier und positionierten eine davon als Fahrerplatz. Jetzt war es optimal, schließlich saß Brandy so höher als jemals zuvor und hatte theoretisch, wenn man einmal von seinem Zustand absah, den vollen Überblick. Und so fuhren wir endlich los, begaben uns unter Leugnung der Existenz einer Straßenverkehrsordnung auf die etwa zwanzig Kilometer lange Reise zu unserer angepeilten Sommerfrische. Mangels ausreichender Sitzplätze – nur Brandy und Kugel kauerten im Frontbereich auf den beiden Bierkisten – lehnten wir uns stehend an die gerade einmal zwei Zentimeter breiten Stahlprofile, von denen das Spaßmobil noch zusammengehalten wurde, und zechten uns scherzend durch den lauen Fahrtwind in Richtung Westen. Im Rücken, über den Schwarzwaldkämmen, ging unbeeindruckt von unserem Treiben die Sommersonne auf, um uns trotz allem gnädig zu wärmen. Nur einige wenige Frühaufsteher hatten uns auf dem Weg aus der Stadt herzhaft lachend hinterher gewunken. Ansonsten tuckerten wir unbehelligt und mit höchstens vierzig Stundenkilometern vor uns hin.

Es war eine der schönsten Fahrten, die ich jemals erleben durfte – ein Gefühl totaler Freiheit, und wollte ich ein Bild für dieses Gefühl finden, so würde ich das ‚Go West' – Klischee aus Denis Hoppers ‚Easy Rider' wählen, die Szene, in denen die beiden Protagonisten gerade aufbrechen und ihr bürgerliches Leben hinter sich lassen, um in den metaphorischen Westen zu ziehen, jenen mythologischen Ort des ewigen Aufbruchs, diesen Crashtest der amerikanischen Lebensphilosophie, die abgenudelte Schallplatte, die durch die ständigen Wiederholungen längst einen irreparablen Sprung bekommen hat:

„Go West, Go West, Go Hartheimer Baggersee."

„Scheiße!", brüllte Ted plötzlich, weil er sich aus irgendeinem Grund umgedreht und als Erster den mit hoher Geschwindigkeit heranfliegenden Polizeiwagen gesehen hatte. Aber was konnten wir schon tun? Flucht war schwerlich möglich. Also hielten wir einfach unsere Bierflaschen etwas tiefer, um nicht aufzufallen und schlossen einen Atemzug lang die Augen – als wäre die Gefahr allein dadurch zu bannen. Dann aber donnerte nur ein brachial lautes „ANSCHNALLEN!" über unsere Köpfe hinweg und der Bullen-BMW mit unverminderter Geschwindigkeit an uns vorbei. Wir mussten anhalten, weil wir sonst vor Lachen aus dem Gerippe gekippt wären. Bis heute weiß ich nicht, ob die beiden Gesetzeshüter nur ausnahmsweise einmal Humor hatten, oder noch ihre Frühstückspfannkuchen auf den Augen. Tatsache ist, dass wir uns nach dem Vorfall fühlten, als hätten wir allein durch deren folgenlose Vorbeifahrt eine Sondergenehmigung für die Seifenkiste erhalten. Um das letzte Stück Weges durch den südlich harzigen Geruch eines Kiefernwäldchens und schließlich auch das silbrige Rascheln von Pappeln und Ulmen zurücklegen zu können, hoben wir einfach mit vereinten Kräften die den Wald vor Tieren wie uns schützende Schranke aus der Verankerung und holperten die letzten dreihundert Meter durch das sandige Unterholz, parkten das Gerippe einfach direkt am Strand. Torkelnd und grölend wälzten wir die beschauliche Ruhe dieses Ortes nieder und machten uns somit lautstark und binnen Sekunden den gesamten Strandabschnitt ‚Omaha‘ Untertan (jaja, ihr Ballermänner: Das habt nicht ihr erfunden ...).

Brandy zerrte eine ziemlich verklebte Plane aus der Kiste. Wir verknoteten sie unter Einbeziehung des Gefährts zu einer Art Zelt, versenkten die Bierkisten zur Kühlung im See und begannen, mit freundlicher Unterstützung der aus den Blechboxen der Ente plärrenden ‚toten Kennedys‘ unseren haltlosen ‚Holiday in Cambodia‘. Einige der sportlichen Frühaufsteher und der vom Sonnenaufgang noch verzückten Naturliebhaber hatten infolge unseres relativ unsensiblen Auftritts entweder solange an ihren Handtüchern gezupft, bis sie mitsamt diesen, außer Hör- und Reichweite unserer Grobheiten, wieder friedlich die Sonne anbeten konnten oder sie hatten, unter fuchtelndem Protest mehrheitlich ihre Minderheitenmeinung verbreitend, schimpfend die Bucht gewechselt. Einzig drei pfirsichhäutige Badenixen räkelten sich und ihre Nacktschnecken noch im Sand, in Bierflaschen-Wurfweite, und sie schienen sogar von der Musik und dem Treiben der inzwischen aus den verkrusteten Kampfanzügen gepellten, wilden Kerle angetan zu sein. Zumindest linsten sie immer wieder verstohlen zu uns herüber und suhlten und schlängelten ihre Schokoladenseiten scherzend und lachend in unser eingeengtes Gesichtsfeld. Nachdem ich mich endlich an ihren knackigen Apfelbrüsten und ihren Ärschchen sattgesehen, den Speichelfaden meiner sabbernden Geilheit hochgezogen und das Maul wieder geschlossen hatte, wanderte mein Blick entlang ihrer Milch-Dekolletees hoch in ihre Gesichter und ich erkannte Röckchen, meinen Spontanfick der vergangenen Nacht, in deren verschmitzt provokativem Grinsen ich gieriges Wiedererkennen las. Röckchens unverschämt langsam und

nur andeutungsweise aneinander reibende Schenkel schienen unsere dunklen Zuckungen ganz offensichtlich noch feucht in Erinnerung zu haben. Jedenfalls winkte sie mir, als sich unsere Blicke trafen, dezent zu und ich nutzte die Gelegenheit, um mit meinen Lippen ein stimmlos kreideweiches „Hallo" zu formen – als wäre ich kein Wolf, kein Raubtier oder allenfalls eines, das sich im Griff hat. Ich schnappte mir Mick: „Komm mal ..." und schlenderte mit ihm in baumelnd entblößtem Gang rüber. Mit drei scheinbar unverbindlichen Flaschen Bier im Gepäck ließen wir uns mit wortlos herausforderndem Grinsen in den pudrigen Sand fallen, verteilten die Gastgeschenke und summten unsere Komplimente und Lockungen über ihre nackten Leiber, bis sie schließlich bereitwillig giggelnd ihr Zeug zusammenrafften und in jugendlichem Leichtsinn hüftschwingend in unsere Hyänenhöhle schlingerten, zu unserem Liegeplatz, an dem Kugel gerade die ‚Blubber', unsere Wasserpfeife mit harzigem Marokk befüllte. Auf meinen bedeutungsschwangeren Blick hin klackte Brandy eine neue, entspannte Stimmung inszenierende Reggae-Kassette in den Recorder, die Handtücher und Decken verschmolzen im Halbschatten zu einer ausgedehnt lüsternen Liegefläche, und aus den vom Alkoholexzess gezeichneten Fäkaltextern wurden für diesen einen Moment des jetzt glutheiß sirrenden Vormittags galante Charmeure, wahre Meister des Bonmots – als hätte seit der wilhelminischen Jahrhundertwende, dieser nicht nur moralischen, sondern sogar doppelmoralischen Zeit des kokett und frivol verschnörkelten Hof-Machens kein sprachlicher Generationenwechsel mehr stattgefunden. Erschreckend, was Hormone aus Männern machen können. Aber so ist das nun einmal:
„Wer ficken will, muss freundlich sein."
Röckchen durchdrang mich einen Moment lang mit verschmitztem Grinsen. Dann jedoch schien sie sich mehr für Ted zu interessieren. Bevor sie allerdings in seinen schmalzigen Komplimenten und schließlich auch zwischen seinen Beinen versank, stellte sie uns noch ihre beiden Freundinnen vor, April und Mati. Zwischen April und mir funkte es vom ersten

Augenblick an, und es dauerte nicht lange, bis wir uns zum ersten Mal von der Rotte entfernten – zum Schwimmen, zum Reden, zu unseren ersten zaghaften Berührungen, Berührungen, aus denen innerhalb von nur wenigen Stunden ein Sturm der Begierde und innerhalb von wenigen Tagen eine große Liebe wurde. Gleichwohl verbot die Promiskuität jener Tage, jetzt – und damit rückblickend – in der sprachlich eingefetteten Schmalspur eines Pilcher-Romans zu verenden, zumal April und ich uns vom ersten Tag an nie treu waren – zumindest nicht körperlich. Trotz unserer Liebe war ich stets auf der Jagd, und so war sie es, quasi als Selbstschutz, auch. Allerdings bin ich mir sicher, dass sie immer darunter litt. Frauen funktionieren in dieser Hinsicht halt einfach anders, sogar während einer sexuellen Revolution. Sie verhoffen in duldsam masochistischen Verlustängsten und die Männer nutzen die Zeit, um sexuelles Jojo zu spielen. Das war immer so und wird vermutlich immer so bleiben. Für mich war schlicht klar, dass ich sie über alles liebte, dass keine andere Frau jemals hätte zwischen uns kommen können, weil ich mein Herz einfach nur einmal verschenken kann. Das änderte jedoch nichts an der Tatsache, dass mein Johannes eigene Pläne hatte und als Höhlenforscher, der er nun mal war, schlicht nicht anders konnte, als in jedes verdammte Loch zu kriechen, was sich ihm unerforscht darbot. Es hatte keine halbe Stunde gedauert, bis Mick Mati um die Ulmen jagte und sie, Stunden später, Hand in Hand und in Schweiß gebadet wieder auftauchten, mit wässrigem Blick und tropfenden Genitalien. Auch für die beiden war es der Startschuss zu einer langjährigen Freundschaft. Kugel und Brandy blieb nichts anderes übrig, als sich mit genervt einrollenden Augen der Blubber zu widmen und sich so zuzukiffen, dass wir sie schließlich ob ihres Drogenkomas in den Schatten zerren mussten, damit sie in der Mittagshitze nicht verdampften wie eine Bierpfütze auf heißem Asphalt. Im Hochgefühl einer keimenden, ersten großen Liebe, für Mick wie auch für mich, begannen wir immer überschwänglicher zu werden. Stück für Stück wurde unser Ausflug in die Sommerfrische zu einer skurrilen Travestie-Inszenierung.

Erst klaute Ted Röckchen einen mit zwei Kirschen verzierten Haargummi und stülpte ihn sich über Hoden und Schwanz. Und als unser kindisches Kichern verebbte, legte ich nach, klaute einen der herumliegenden BHs und zog ihn mir, zur Kompensation des unterschiedlichen Brustumfangs, mit einer Socke verlängert an, und im Handumdrehen hatten wir uns aus den Klamotten der Mädchen Kostüme gebastelt: Aus Röckchens Faltenrock wurde eine Kopfbedeckung, aus den Slips der drei Mädchen Armschmuck und Mick knotete sich Matis Röhrenjeans an den Hosenbeinen um die Hüfte, sodass eine Art Frack daraus entstand. Dann entdeckte Ted Aprils üppig gefülltes Schminktäschchen und mit kreativem Überschwang verwandelten uns die Mädchen in mehr oder weniger sexy bunte Stranddiven, zunächst nur schrill schwul, dann aber, Stufe zwei, schminkten sie unsere Genitalien zu Gesichtern und unsere Gesichter zu Genitalien. Innerhalb kürzester Zeit hatten wir ein empörtes Publikum, denn es war in diesen Tagen zum Kopfschütteln einfach, das satte Bürgertum aus seinen trotzigen Träumen von einer Schutz suggerierenden Unumstößlichkeit gesellschaftlicher Normen aufzuschrecken. Die Hitze des Tages hatte mittlerweile die halbe Stadt hierher gelockt. Auch wenn zu dieser Zeit bereits viele die Traute hatten, sich nackt zu präsentieren, so war das Gros der Bürger doch der Auffassung, dass Nacktheit nur eher beiläufig akzeptabel war, also nur, wenn es die menschlichen Genitalien an sich bei asexuellem Baumeln oder Schwingen beließen und sie – um Gottes willen – nicht bewusst zur Schau gestellt wurden, erst recht nicht, wenn, wie von uns mit dieser ungeheuerlich obszönen Travestieshow demonstriert, offensichtlich und paradoxerweise, Sexuelles mit den Genitalien an sich verbunden werden konnten: „Denkt doch nur mal an die Kinder ...“.

Mag die ganze Aktion am Ende albern, kindisch und idiotisch gewesen sein. Aber allein Aprils zärtliche Berührungen meines Gesichtes, als sie mich schminkte, macht mir diesen Tag bis heute zu einem sinnlichen Fest. Zuerst legte sie mir eine Hand auf die Wange und den Zeigefinger der anderen betont zart auf den Mund, damit ich stillhalte, zu lachen aufhöre und nicht mehr spreche. Sie ließ den Finger über meine Lippen abwärts gleiten, sodass eine winzige, eine mächtige Zärtlichkeit daraus wurde. Dann, dieserart zum kaninchenstarren Rammler paralysiert, blieb mir nichts übrig, als zum ersten Mal und in aller Ruhe ihr so wunderbar nahes Gesicht zu studieren, ihren süssen Atem zu kosten und diesen ersten Augenblick einer tiefen Intensität. Lediglich zwei Zentimeter fehlten April zum Mannequin. Sie war eine grazile Schönheit, dunkelblond, mit stahlblauen Augen und einer Haut, gegen die polierter Marmor allenfalls wie grober Asphalt wirkte. April war in gewisser Hinsicht aber auch hart wie Kruppstahl, härter jedenfalls als so manches Mannsbild in unserem Kreis, ausgestattet mit einem eisernen Willen, der, wenn es ihr nützte, auch über Leichen ging. Meist aber überzogen mich ihre Augen mit Zärtlichkeit, als gäbe es keine Bosheit und keine Falschheit in der Welt, und manchmal sogar, als gäbe es außer uns noch nicht einmal eine Welt. Jetzt, da ich meine Augen schließen musste, weil sie mir den Lidschatten ziehen wollte, spürte ich das kitzelnde Streicheln ihres Atems auf meiner Haut und damit zum ersten Mal jenen schützenden Kokon, der uns sieben Jahre lang vor dem Gefühlsvakuum der Außenwelt schützen sollte. Und als ich meine in schwülstigen Tönen gefärbten Lider wieder öffnen durfte, sah ich ihr das eigene Werk stolz abschätzendes Lachen, sah ihre Nahtod-weißen, ebenmäßigen Zähne und in das kristallblaue Antarktisstrahlen ihrer Augen. Wieder legte sie mir eine Hand auf die Wange, verwandelte mich mit dieser neuerlichen Attacke weiblicher Verführungskunst in einen See aus Schmelzwasser. Nun wollte sie mir die Lippen verweiblichen, kniete breitbeinig nackt vor mir im weißen Sand und hielt den emphatisch lodernden Lippenstift wie einen gezückten Degen, bereit, mich und meinen Hormonkarneval mit einem letzten, tief roten Liebesstoß aufzuspießen. Dann konnte sie sich wohl selbst plötzlich nicht mehr beherrschen, beugte sich, ganz langsam, nach vorne, zaghaft, behutsam, unsicher und ob möglicher Ablehnung verwundbar wie ein Reh auf der Lichtung: Bambi. Sie wollte mich küssen, ein erstes und letztes Mal, bevor der Lippenstift mich in einen unantastbaren Mimen verwandeln würde – und sie tat es, legte ihre Lippen hauchzart auf die meinen, unsere Münder öffneten sich, instinktiv, nicht gierig, nicht verlangend, nur verschmelzend, auf immer. Arztroman Ende und aus.

Agonie der Leichtigkeit

Im Jahr 1982 war ich ein nur noch benebelt, halt- und ziellos durch die Flure der Philosophischen Fakultät schlurfendes Paradoxon mit bestandener Zwischenprüfung. Einerseits ein in seinen Tagträumen von einer Welt ohne Fremdzwänge gefangener Punk, sexuell offen nach allen Seiten, ein durch Rauschmittel getriebener Tourist in Utopia, mit einer All-Inklusive-Pauschale für unmittelbares und unverfälschtes Leben. Und andererseits ein die gesellschaftlichen Regeln negierender Student, der allerdings immer häufiger beim kollektiven „No Future!" - Schreien das „No" vernuschelte. Neu war, dass ich mich nun häufiger duschte, weil ich – es sei hinter vorgehaltener Hand gestanden – verliebt war. Und dieses Mal, ganz ehrlich, nicht nur in mich selbst, sondern in April, die zwar selbst revoltierte, aber dennoch nicht von einem stinkenden Penner bestiegen werden wollte. Neu war, dass ich mir, weil ich mich trotz der mit der Liebe einhergehenden Leichtigkeit mich selbst noch immer nicht ertragen konnte und mir deshalb im Suff die eigenen, Dornen-spitzen Armbandspikes in den Unterarm drosch, bis das Blut spritzte. Und neu war zu guter Letzt auch, dass ich auf einmal unwillkürlich und auf meine eigene Weise gegen die unduldsame Spießigkeit der Punks rebellierte, indem ich nicht länger schwarze Klamotten trug, sondern Papageien-bunte – zwar noch immer mit Nieten verziert, aber statt mit ‚No Future' mit der Parole ‚Zurück in den Uterus' auf dem Rücken. Ich amüsierte mich mit bitterem Zorn darüber, dass ich daraufhin von der Szene schräg angeguckt oder ausgegrenzt wurde, weil die nicht erkannte, dass beide Aussagen exakt das Gleiche meinten und sie durch ihre Intoleranz allem Andersartigen gegenüber letztlich nicht besser waren als die dumpfen, deutschtümelnden Schrebergarten-(Be)sitzer, die auf Börsenparkett tanzenden Magengesichter oder gar die neofaschistischen Skinheads. Sie aber wollten oder konnten dies nicht erkennen und schon gar nicht akzeptieren, weshalb ich im ‚AZ' schließlich immer häufiger angepöbelt wurde. Unsere

Clique aber war über die Monate eng zusammen gewachsen und gemeinsam lebten wir ein anarchisches, wenn auch nicht länger anarchistisches Leben, das dem von exzentrischen Millionären nicht unähnlich war. Noch immer blickten wir überheblich auf all jene herab, die bürgerlich waren, die etwas besaßen und sich an Regeln hielten. Gleichzeitig jedoch schlich sich ein leises Unbehagen ein, eine Unsicherheit, was wohl aus uns würde, wenn wir erst das Studium beendet hätten und die Papas schließlich unnachgiebig die Frührente streichen würden. Immer häufiger zeigte sich nun vor unseren nächtlichen Kinderzimmern die Fratze der drohenden Anpassung und versetzte uns mit hämischem Lachen in Angst und Schrecken. Aber darüber sprach man nicht. Das war unappetitlich und unanständig. Lieber die Augen noch ein bisschen mehr vor der Wirklichkeit verschließen oder wenigstens zu Sehschlitzen verengen und weitermachen, immer weiter.

Auch an diesem Tag hingen wir wieder in Micks Bude, kifften ein bisschen und überlegten, was wir wohl mit der Nacht anstellen könnten, mit dem Wochenende, mit uns. Wie immer waren zahlreiche Studentenparties im Angebot, aber das kannten wir ja schon. Mir war klar, dass es gemäß meiner Neigungen etwas Lüsternes, etwas Exzessives sein musste, aber eben auch etwas irgendwie Neues. Und so drehten sich meine Gedanken, nachdem mich die passende Inspiration ergriffen hatte, zwanghaft nur noch um die drängende Frage, wie man sieben hungrige Figuren dazu bringt, übereinander herzufallen. Schließlich waren Mati, April, Röckchen und die Baronin da, vier drahtige, hochgewachsene, junge und lüsterne Frauen, deren Nippel beim ersten anzüglichen Wort so hart wurden, dass sie wie stählerne Fingerzeige unter den T-Shirts und Blusen Verkehrshinweise gaben. Diese permanente Bereitschaft zur Hingabe, so dachte ich mir, sollte man doch schamlos ausnutzen. Diesen Wunsch jedoch konkret auszusprechen, war selbst in unseren weltoffenen Kreisen verpönt. Aber es gab ja schließlich argumentative Alternativen. Also schlug ich vor, aus Gesundheitsgründen ins Thermalbad im etwa fünfundzwanzig

Kilometer entfernten Bad Krotzingen einzubrechen und uns dort im heißen Sprudelwasser zu vergnügen, was, wie ich betonte, sicherlich angesichts der jetzt im Dezember eisigen Außentemperaturen ein gesundheitlich zuträglicher Spaß werden könnte. Also alle Feuer und Flamme. Alle in den Supermarkt zum Champagnerklauen. Alle sieben, zwei hinten quer, in meinen alten Amischlitten. Und los. Tatsächlich war das dortige Thermalbad damals nur mit einer niedrigen Hecke eingefriedet worden: keine Zäune, kein Stacheldraht, keine Hunde, keine Selbstschussanlagen – nur wir, der kollektive Wunsch nach Stärkung des Immunsystems, unsere Nacktheit und heißes Wasser, das doch wohl hoffentlich seinem vorauseilenden Ruf als Eros-Katalysator gerecht werden würde. Und ja: Es wurde ein lüsternes Wintermärchen. Das Thermalwasser gab Nebelfetzen seiner tiefen Erdwärme an die eisige Luft ab und somit uns nach außen hin Sichtschutz und das Gefühl, in einer wabernden Blase gemeinschaftlichen, erotischen Wollens gefangen zu sein. Aus anfänglichem Kichern und unterdrücktem Lachen wurden sinnliches Brummen, stilles Stöhnen und lustvolles Maunzen. Kreuz und quer und dicht aneinander geschmiegt streichelten wir uns, verschlangen uns zu glitschigen Fleischknäueln und glitten so schnell als möglich, also, noch bevor jemand auf die blöde Idee kommen konnte, Moralfragen zu stellen, ineinander. Und aus Sicht der drei Jungs war es ohnehin klar: Da brauchte nicht gesprochen zu werden, nichts vereinbart oder abgegrenzt, um danach noch eine existierende Beziehung zu haben, die nicht im Eifersuchtsgegeifer versinkt, denn das hier war einfach nur Erotik, war Sex. Nichts sonst. Und in dieser Situation, in diesem Moment und in dieser Zeit schienen zumindest diese vier Frauen dieses Ereignis glücklicherweise genau so zu bewerten. Ich fand es erregend zuzusehen, wie erst Ted und dann Mick mit April vögelten. Ich selbst drang direkt daneben gerade in Mati ein, verfolgte mit gierigen Blicken das Treiben nebenan, zog dann die Baronin hinzu, wir verknoteten uns ineinander, streichelten uns zu dritt, liebkosten uns mal zärtlich, mal hart, während sich Mick neben uns mit unverhohlenem Voyeurismus seine Lorbeeren verdiente, seinen Schwanz wichste, bis schließlich Röckchen den Job übernahm, abtauchte und ihm unter Wasser einen blies. Derweil hängte ich meine beiden Gespielinnen an den Handlauf und fickte sie abwechselnd von hinten, knutschte dabei mit April, die sich, während Ted gerade tief in sie eindrang, zu mir herüberlehnte und dann zunächst mir ihre Zunge in den Hals steckte, dann der Baronin. Den Rest darf sich der geneigte Leser auf sein Nachttischchen malen oder schlicht denken – zumindest bis zu jenem Punkt, an dem sich dann gänzlich unerwartet zwei akkurat Uniformierte aus dem Nebel schälten, die vermutlich eher nicht zur Hardcore-Schwulenszene zu zählen waren, da sie sich als etwas Anderes auswiesen und sich auch nicht zu uns gesellten, stattdessen fassungslos stammelnd an der Treppe zum Bassin stehen blieben und dort angesichts der verführerischen Optionen nasse Füße bekamen. Schließlich halfen ihnen hier und jetzt all ihre tollen Regeln und Gesetze einen Dreck. Die normative Kraft der Begierde zwickte sie in den Sack und so verfluchten sie sich und ihren Beruf und überhaupt alles in ihrem Leben. Und dann lösten sich auch noch April und Mati zeitgleich und fast in Zeitlupe aus ihren lüsternen Umklammerungen, schwebten, zwei paddelnde Hündinnen, gemächlich in Richtung Treppe und choreographierten sich mit hypnotisierend kreisenden Hüften die Treppe hoch, auf die beiden hilflos ihre Wurstfinger knetenden Dorfbullen zu, so nackt, so unglaublich nackt, dass sie nur noch von einem gestotterten Duett empfangen wurden, dem wir mit einiger Mühe entnehmen konnten, dass das, was wir hier taten, nicht im Sinne der im Gesetz verankerten Moralübereinkunft der Gemeinschaft aller Deutschen war. Nein, die beiden Mädchen fassten die Würdenträger natürlich nicht an, aber sie forderten sie auf, einfach mal über die Stränge zu schlagen, sich zu befreien, auch von ihren Uniformen und mitzumachen, einfach so. Spätestens an diesem Punkt, so vermute ich, brannten hinter den beiden schwitzenden Stirnfronten Sicherungen durch, nicht nur ein oder zwei, sondern ganze Stafetten. Nur so war es letztlich zu erklären, dass es die beiden Herrschaften zwar gerade noch so schafften, uns die Dringlichkeit ihres öffentlichen Anliegens unter Androhung einer Anzeige im Namen des Oberbürgermeisters näher zu bringen, der im Übrigen und ganz offensichtlich nicht persönlich kommen konnte, aber nicht mehr realisierten, dass wir direkt vor ihren Augen zu siebt in unseren Wagen stiegen, der deutlich erkennbar und auch ohne Kenntnis der Fahrzeugpapiere nur für maximal fünf Personen zugelassen war.

Am Ende hatten wir unseren Spaß gehabt, waren jedoch, durch unseren sinnlichen Kontakt untereinander wie auch den sinnlosen Kontakt mit der Exekutiven völlig überdreht und willens, jetzt erst recht über die Stränge zu schlagen, vermutlich auch, weil der spontane Coup gelungen war, unter Ausnutzung von Justitias Blindheit den langen Arm des unnachgiebigen Gesetzes an die Schwänze seiner Vertreter zu lotsen, wobei wir uns natürlich auf der Rückfahrt bis ins kleinste Detail ausmalten, wie die beiden Jungbullen nun mangels weiblicher Masse ihrerseits ins heiße Wasser stiegen und sich gegenseitig in ihren ob ihrer Verklemmtheit zugekniffenen Arsch fickten. Bei der Einfahrt nach Freiburg kamen wir zunächst an einem soeben erst mit großem Tamtam eingeweihten Kunstwerk vorbei: einem etwa einen Kubikmeter großen, tödlich langweiligen Betonklotz, durch dessen Mitte der bedeutungsschwangere Stamm eines verzweigten und gleichermaßen toten Baumes ragte, der durch die ungleiche Länge seiner Enden dafür sorgte, dass der Betonklotz schräg stand und der Stamm ebenso schräg in den Himmel ragte. Spontan brachten wir den Wagen davor zum Stehen, sprangen heraus, schnappten uns meinen zufällig gerade randvollen Fünfliterkanister Benzin aus dem Kofferraum und zündeten den Baum an, einfach so aus einer Laune heraus. Trotz kollektiv pyromanischer Veranlagung erlaubten wir uns dann aber doch nicht, mit leuchtenden Augen vor dem Flammenmeer stehen zu bleiben, sondern zogen, eine siegreiche Armee der Finsternis, in die nächste bekannte Kneipe ein bzw. den schnellen Rückzug vor.

Am nächsten Morgen konnten wir dann in der Zeitung lesen, dass die Aktion offenbar nur ein Teilerfolg war, weil der dicke Stamm nur teilweise verbrannt und eigentlich mehr verkohlt denn verbrannt war und der Künstler die destruktive Aktion zu allem Überfluss auch noch als Intensivierung seiner Intentionen wertete, weshalb das hässliche Monstrum vermutlich auch heute noch die Stadt verschandelt, knapp dreißig Jahre danach. Künstler und Kunstschänder hatten dieses Mahnmal der grauenvollen Bedeutung, trotz unterschiedlicher beziehungsweise gegenteiliger Zielsetzungen, gemeinschaftlich und unwiderruflich in den Olymp der nie wieder auslöschbaren, städtischen Wahrzeichen gehoben.

Der Showdown dieser Nacht fand im ‚Ozeanis‘ statt. Das ‚Ozeanis‘ war eine typische Freiburger Kneipe jener Zeit: geräumig, Wände und Decken getäfelt in dunklem Holz, abgenutzte, von Alkohol und Nikotin eingedunkelte Weichholztische, durchgesessene Stühle und Sessel, eingestaubtes, einst launig aufgehängtes, mittlerweile von den hier Gestrandeten immer seltener wahrgenommenes Strandgut sowie eine Collage aus sich überlagernden Plakaten mit Aufforderungen zu Theater- und Demonstrationsbesuchen oder Hausbesetzungen. Das ‚Ozeanis‘ war schon alt, als ich hierher zog und schon voll, als wir ankamen. Die Luft war zum Schneiden, ein Tisch war gerade frei geworden und wir besetzten ihn, obwohl wir noch gar nicht dran, wohl aber in der Überzahl waren. Rücksichtnahme und Fairness, ohnehin eine Erfindung von Sportvereinspräsidenten, hatten schließlich Grenzen – und eine dieser Grenzen war in unseren Tagen ganz sicher der Verteilungskampf um lebensnotwendige Ressourcen: Wer sein Bier schneller bekam, war schneller blau und damit nicht nur farblich im Vorteil.
Smack war nun auch noch zu uns gestoßen. Ich mochte ihn aus unerfindlichen Gründen wirklich gerne, diesen manchmal unerträglich schweigsamen Mathematikstudenten, diesen immer freundlich grinsenden, in der Gruppe wohlgelittenen Menschen, dessen einziger Makel es war, dass sich die Brillanz seiner Ausdruckskraft auf die abstrakte Formelwelt der Mathematik reduzierte und diese Ausdrucksfähigkeit in

Gesellschaft von Menschen verendete wie ein Fisch in einem trocken gefallenen Wüstensee. Selbst im engsten Freundeskreis, gebettet in Wohlwollen, bekam Smack das Maul nicht auf, nuschelte nur, wenn er angesprochen wurde, mit gesenktem Blick unverständliches Kauderwelsch, das sich inhaltlich nichtsdestotrotz von selbst erklärte, waren es doch stets nichts weiter als tonlose Schreie der Einsamkeit und Schüchternheit. Dessen ungeachtet waren seine Kommentare phonetische Höhepunkte des Schwäbischen:

„Was isch schlimmer wie Lepra? Von der Alb ra..."

Alles wurde anders, wenn Smack zu trinken begann. Oh nein, er vertrug nicht viel. Auch bahnten sich die zahlreichen kleineren und größeren Katastrophen der gemeinsam erlebten Zeit nie an, sondern waren immer nur plötzlich da, überraschend und erschreckend. So auch heute. Nach unserem schon jetzt ereignisreichen Abend platzten im ‚Ozeanis' nun endgültig die Blasen der Euphorie und des Überschwangs. Binnen nur einer halben Stunde stürzten wir gemeinsam ganze drei Flaschen Tequila in uns hinein, stürzten, nachdem ich auf das lautstarke Pöbeln des Wirtes hin eine Handvoll Geldscheine in die Luft geworfen hatte, wieder aus der Kneipe heraus, auf die Straße, wo uns der Sauerstoffschock einer frischen Schwarzwaldbrise für die Dauer eines folgenschweren Momentes in völlig außer Kontrolle geratene Wüteriche verwandelte. Vom Übermut gebeutelt schnappte ich mir einen von vier Betonquadern, die zur Beschwerung auf dem Fuß eines vorübergehend vor dem ‚Ozeanis' aufgestellten Verkehrsschildes abgelegt worden waren, stemmte den etwa fünfundzwanzig Kilogramm schweren Block über den Kopf und schleuderte ihn mit großem Gorillagebrüll auf die zweispurige Fahrbahn. Gleichzeitig stimmte Mick in dieses Gebrüll ein, sprang hoch, krallte sich in das Verkehrsschild, um daran zu schwingen wie ein Affe und stürzte mit dem kippenden Schild um, weil dieses ja nun nicht mehr ausreichend beschwert war. Kaum jedoch, dass wir ihn unter johlendem Gelächter von dem Ding befreit hatten, schoss mit quietschenden Reifen ein Wagen um die

Ecke, schredderte direkt über den Betonklotz, schlitzte sich mit fiesem Geräusch den gesamten Unterboden auf, kam ins Schleudern und knallte, etwa hundert Meter weiter, in eine Reihe parkender Fahrzeuge, wo sich schließlich schuldbewusst das völlig besoffene Mitglied eines Schützenvereins aus dem Schrotthaufen pellte und kurz darauf verhaftet wurde, was wir allerdings erst wesentlich später erfuhren.

Jetzt jedoch, in diesem hysterischen Augenblick, stieben alle in Panik auseinander, die meisten in Richtung Dreisam, ihr Heil in einem angrenzenden Park vermutend. Aber um in diesen grünen Bereich zu gelangen, mussten wir um ein Haus herumlaufen, durch dessen vier mal sechs Meter große Panoramascheiben im Erdgeschoss der geneigte Konsument an ruhigen Tagen die Auslage eines Teppichgeschäftes bewundern konnte. Smack rannte an meiner Seite, aber kaum, dass wir die Straße überquert hatten, strauchelte er, konnte sich wegen seines vom Tequila komplett ausgehebelten Gleichgewichtssinnes auch nicht mehr fangen und stürzte mit der rechten Schulter voran in eine der besagten Scheiben hinein und durch sie hindurch. Sie barst mit einem gewaltigen, einer Explosion nicht unähnlichen Knall. Nur für einen kurzen Moment wies sie daraufhin ein Loch in der Größe meines Freundes auf. Dann, nur Sekunden später, nachdem ich Smack in einem blitzartigen Reflex am Arm gepackt und von einem obenauf liegenden, chinesischen Seidenteppich gerissen hatte, guillotinierte der obere Teil der gewaltigen Scheibe die Auslage und zerfetzte diese mit tausend Messerchen, die auch nach uns zielten. Noch während wir mit panisch aufgerissener Geste unser Heil in der Distanz zum Ort des Geschehens suchten, schickte uns die aufjaulende Alarmanlage so laut und durchdringend ihre wütend anklagenden Sirenengesänge hinterher, dass Smack sich schließlich mit einem Hechtsprung in einen dichten, wintergrünen Busch rettete.

Erst etwa drei Kilometer später, im Schutz verheißenden Gedränge des ‚AZ', konnte ich wieder anhalten. Nach und nach waren alle dort eingetrudelt, alle bis auf Smack. Ihn lasen wir erst am kommenden Tag wieder auf, hatten ihn unter besagtem Busch gefunden, wo er in embryonal eingerolltem Tiefschlaf beinahe erfroren wäre.

Jetzt aber, im ‚AZ', wurde durch den wild durcheinander gegackerten Austausch individueller Wahrnehmung desselben, gemeinsam erlebten Ereignisses klar, dass wir nicht nur eine Spur der Verwüstung hinterlassen, sondern Mick und Ted auch eine direkte Ermittlungsspur gelegt hatten. Denn während allen Anderen die Panik in die Beine gefahren war, fuhren diese beiden Burschen vom ‚Ozeanis' aus in aller Seelenruhe in Teds altem Heckflossen-Mercedes ins ‚AZ', weil ihnen die Flucht dieserart, vor allem wegen der alkoholbedingten Laufschwäche, einfacher und vielleicht auch erfolgversprechender erschienen war. Dabei allerdings berücksichtigten sie leider nicht, dass der brachiale Lärm, den zerknautschendes Metall, berstendes Glas und die jaulende Alarmanlage verursachten, die Stille der beschaulichen Kleinstadt derart zerrissen hatten, dass sich binnen Sekunden Dutzende Schaulustige, also Zeugen eingefunden hatten, die sich als aufmerksame Bürger, „Gott sei Dank, Herr Oberkriminalpolizeioberwachtmeister", gerade noch die Nummer des flüchtenden Wagens hatten merken können. Und so wurden Ted und Mick bereits anderntags zu unchristlicher Morgenstunde von zwei nur bedingt freundlichen Polizeiunterwachtmeistern aus dem Bett geklingelt, in Handschellen gelegt und auf die Wache gebracht, wo man sie mit allem gebührenden Druck zu verhören suchte, was jedoch misslang, weil die beiden, bedingt durch ihren brachialen Kater, nur dümmlich und genervt grinsend schwiegen und somit eine Anklage, Mangels ausreichender Beweise, nicht möglich war. Nur Stunden später waren sie bereits wieder auf dem heiteren Weg in die Freiheit.

Nur wenige Wochen danach brach über die Schwarzwald-metropole mit lautlosem Getöse der Frühling herein, stieß Türen und Tore auf und schubste uns mit unseren noch bleichen Wintergesichtern in die Natur. Von den zahllosen Bauernhöfen, die im Laufe der wilden 70er Jahre rund um Freiburg von alternativen Freaks für alternative Lebenskonzepte und mit alternativer Mietzahlungsmoral in Besitz genommen worden waren, drangen jetzt zum Osterfest einladende Rufe in die Stadt, mit so verlockenden Flyer-Versprechungen wie ‚Grillfest mit netter Punkmusik‘ oder ‚Kommt alle zur Kreuzigung – Freibier mit Hexentanz und Schabernack‘. Hierdurch fühlten auch wir uns, die Wertelosen innerhalb der Szene-Familie, willkommen geheißen, was sich für die Gastgeber im Nachhinein als kommunikatives Missgeschick herausstellte.

Wir erschienen zur ‚Bauernhof-Schlachtung‘ mit Hupkonzert, zwei Promille und drei Autos. Und weil Mick weder entlang der Straße, noch auf dem Feldweg, der in die Talsenke und damit zu besagtem Gehöft führte, einen Parkplatz fand, stieg er direkt vor uns, in unserem Scheinwerferlicht, aus seinem Peugeot 504 und löste kurzerhand bei drei der aus Coolnessgründen nicht abgeschlossenen Freakautos die Handbremse, ließ die Wagen somit ohne zu zögern einfach über die ausgedehnte Weide hinunter in einen Bach rollen. Danach parkte er seinen Peugeot ungerührt in der neu entstandenen Parktasche und lud uns mit generöser Geste ein, das Gleiche zu tun. Als wir dann schlingernd, lachend und johlend über das Partybuffet herfielen, suchte Mick mit betroffener Miene den Veranstalter, um ihn zu bitten, doch die drei Fahrzeughalter darüber zu informieren, dass diese ganz offensichtlich die Handbremse nicht angezogen hätten und ihre Autos nun mit einem Trecker herausgezogen werden müssten, wofür ihm schließlich die diversen Fahrzeuginhaber mit einem Joint, ein paar Schnäpsen, mit einigen Psylozibinpilzen und einem LSD-Trip dankten. Diese Dankesgaben konsumierte er natürlich sofort, aus Sicherheitsgründen, weil Trips ja so klein und Pilze so leicht verderblich sind ...

Und während sich April von ein paar Jungs angraben ließ, lachend, scherzend, fummelnd und tanzend, nutzte ich die Gelegenheit, eine der verwanzten Bauernhof-Punkschlampen unter aufgeregtem Gegacker im Hühnerstall zu ficken. In Micks matschigem Gehirn aber vergor zwischenzeitlich leider erwähnte, explosive Drogenmischung unaufhaltsam zum

Kurzschluss. Ich klopfte gerade noch die letzten Strohhalme aus meiner von Hühnerscheiße, Mösensaft und Sperma verklebten Kluft, als er plötzlich kreischend und aus für mich nicht ersichtlichen Gründen durch die Scheune rannte, ausholte und mir, obwohl er mich vermutlich gar nicht meinte, über eine Distanz von fünf oder zehn Metern seine Bierdose ins Gesicht schleuderte. Ich hatte angesichts des vom Schmerz durchtränkten, roten Schleiers, der mir spontan die Sicht und fast das Bewusstsein nahm, gar keine Zeit, mir vorzustellen, welche aberwitzigen Visionen sich gerade vor Micks Augen abgespielt haben mochten, so schnell schoss die Wut in mir hoch. Mag die unkontrollierte Aktion mit ihren blutigen Folgen bei Mick zu Ernüchterung geführt haben – mich versetzte sie in Raserei, war es doch jetzt bereits das zweite Mal, dass er mir einen Schmiss verpasste. Und so entstand eine filmreife Verfolgungsjagd quer über und durch den gesamten Bauernhof. Ich jagte ihn, völlig außer mir, hoch in den ersten Stock, wo er in schwindelerregender Höhe durch ein Fenster zu entkommen suchte. Doch ich blieb an ihm dran, balancierte über den schmalen Außensims hinterher, durch das nächste Fenster wieder rein, vorbei an einer Gruppensexsession, wieder hinunter, in den Kuhstall, zwischen den nervös an ihren Ketten zerrenden Kühen hindurch, hinaus zum Misthaufen, der kurzzeitig zum Kreisverkehr wurde und schließlich über den Feldweg hoch zur Straße, auf dem mein immer noch hysterisch kreischender Freund noch einmal Boden gut machte, weil er schneller rennen konnte als ich. In wilder LSD-Panik flüchtete er schließlich in seinen Wagen, floh mit durchdrehenden Reifen zunächst ein Stück die Straße runter, drehte mit einer erstaunlich gekonnten Schleuderwende um und heizte den Hang wieder hinauf, an der Einfahrt zum Gehöft vorbei und auf die nächste, scharfe Kurve zu, die er aus nachvollziehbaren Gründen gar nicht als solche erkannte, hob nahezu elegant über der steil abfallenden Wiese ab, durchbrach in etwa drei Metern Höhe eines jener großen Verkehrsschilder und schraubte sich, einen korkenzieherartigen Staubschleier hinter sich her ziehend, in Zeitlupe durch die kühle, nächtliche Frühlingsluft ins Nichts. Und während ich mit offenem Mund langsam zum Stehen kam, bohrte sich Mick mit seiner Karre in einen Berg aus hoch gestapelten Strohballen und nur das Heck des Wagens guckte noch heraus. Seine Türen waren auf diese Weise vollständig blockiert. Also schnappte ich mir einen großen Stein, schmiss die Heckscheibe ein und zerrte meinen ziemlich ramponierten Freund aus dem Wagen. Keuchend und ziemlich ernüchtert sackten wir in uns zusammen, hockten etliche Minuten lang schweigend vor der blechernen Katastrophe, bevor wir schließlich zu lachen begannen, uns gegenseitig wieder hochzogen, zurück auf die Party gingen und uns dort – was sonst – den Rest gaben, weil sich jetzt sowieso nichts mehr ändern ließ: Der ‚Lappen‘ war Geschichte. Das war klar. Also warum jammern? Lieber weiterfeiern! Der Rest ist morgen, ist irgendwann und in jedem Fall egal. Warum schließlich kostbare Lebenszeit damit vergeuden, mit dem Unabänderlichen zu hadern?! Guter Punkt.

Trümmerbruch in die Wirklichkeit

Und das Unabänderliche kam. Für uns alle. Denn irgendwann hat man auch den schlimmsten Exzess überstanden, ist man aus jedem Himmel gestürzt und aus jeder Hölle empor gestiegen. Irgendwann also sitzt man, rein rechnerisch, im Fegefeuer und arbeitet – wie alle anderen auch. Und grübelt: „Wie konnte das nur passieren?!"

Im achten Semester hat es mich plötzlich – und ohne einen bestimmten Auslöser – gepackt. Ich saß in meinem 10 Quadratmeter großen Zimmer und dachte: „OK Arschloch – willst Du so verenden – als Punk, als Verlierer? Dann brich' die Scheiße ab, mach auf einer griechischen Insel eine Strandbar auf, wandere als Jäger und Sammler nach Kanada aus – oder fang endlich an zu lernen und mach diesen elenden, vermutlich völlig sinnlosen Abschluss! Dann hast Du wenigstens den, wenn auch schon sonst keine Perspektive, keinen Plan, keine Zukunft."
Also fällte ich die Entscheidung und meldete mich zum Examen an, besprach die geplante Diplomarbeit mit meinem Professor und legte los, jedoch ohne all das Andere ablegen zu können. Denn das war der schwierigere Teil: zu verzichten, auf irgendetwas zu verzichten, all die Parties, die Exzesse, das wunderbare, allabendliche Koma, das herrliche, bewusstlose Lallen, Lachen und Vegetieren, die bunten Träume, die Schwerelosigkeit, Verantwortungslosigkeit, Freiheit. Ging nicht. Auf gar keinen Fall. Aber nun war ich leider schon angemeldet, ein Zurück nicht mehr möglich. Nur noch vorwärts konnte es gehen: Augen zu und durch. Also machte ich mir einen Plan, der alles integrierte, alles bis auf diesen ekelhaften Verzicht, dieses einzige, definitiv nicht lebbare Übel. Verzicht, das war schließlich genau der Unsinn, den mir meine kriegs(de)generierten Eltern meine ganze Jugend lang vergeblich beibringen wollten:
„Saure Wochen - schöne Feste", oder auch:

„Nur, wer sich mäßigt, kann auch genießen."
Unerträglicher Schwachsinn, da war ich mir sicher, waren wir uns alle sicher. Schließlich war das Leben doch nur auf der Überholspur überhaupt zu ertragen. April hatte es einmal, als einer der allseits beliebten Gossenpunks sie auf der Straße um eine Mark anhaute, bissig auf den Punkt gebracht:
„Wenn Du nicht mehr willst, kriegst Du gar nichts!"
Lange Reden hatten mir meine Eltern zu diesem Thema ‚um die Ohren gehalten', bei jedem Zusammentreffen, immer wieder – und Bücher ans bereits von den Geschwindigkeitsdrogen überforderte Herz gelegt. An eines dieser stets ungelesen an nächtlichen Baggersee-Lagerfeuern verbrannten Werke kann ich mich sogar noch erinnern:
„Verzichten lernen!"
Was für ein tragischer Unsinn: Wie sollte man denn bitteschön glücklich leben, wenn man freiwillig auf Dinge, die man haben oder tun wollte, verzichtete?! Schwachsinn! Krieg der Mäßigung! Nieder mit dem Mittelmaß! Also machte ich mir einen Zeitplan, einen strengen und harte Selbstdisziplin fordernden Zeitplan, der letztlich nur drei Regeln beinhaltete, an die ich mich von nun an eineinhalb Jahre lang sklavisch halten wollte. Die Regeln hießen:
„Wer auch nur auf ein Bisschen verzichtet, verliert am Ende alles."
Zweitens:
„Jeden Tag Punkt neun Uhr am Schreibtisch."
Und drittens:
„Nie weniger als vier Stunden konzentriert lernen bzw. an der Diplomarbeit schreiben, sieben Tage die Woche."
Ging an einem Tag mal mehr – umso besser, aber weniger war inakzeptabel. Und das funktionierte. Nach wie vor war ich also fast jede Nacht im ‚AZ', bei Mick oder auf irgendwelchen harten Saufgelagen und Parties, meist bis drei, vier oder fünf Uhr morgens. Jetzt aber klingelte um 8:00 Uhr erbarmungslos der Wecker und ich hielt mich an den Plan, auch, wenn sich die Arbeitsumgebung zuweilen noch verformte, in herrlichen Farben erstrahlte oder ich erst einmal in das bereitgestellte, grüne

Eimerchen kotzen musste, weil die Mischung der dem Körper bereitgestellten Drogen mal wieder unglücklich gewählt war. Ich hielt durch. Konsequent. Die ganze Zeit. Ich überstand das Schreiben der am Ende satte einhundertfünfzig Seiten starken Diplomarbeit. Ich überstand die schriftlichen und mündlichen Prüfungen. Und am Ende stolperte, torkelte ich mit einer immerhin mit ‚cum laude‘ bewerteten Gesamtleistung aus den letzten Prüfungsräumen, konnte es schlicht nicht glauben, war besoffen vor Glück, vor allem, da ich vermutlich der einzige Germanist in Deutschland war, der jemals ein Examen gemacht hat, ohne Goethes ‚Faust‘ gelesen zu haben. Nein ehrlich: Den ‚Faust‘ nicht gelesen zu haben, war mein wahrer, großer Sieg über die Bürgerlichen, mein letzter, persönlicher Widerstand gegen das ‚Schweinesystem‘, mein Triumph und der Beweis, dass ich dem Establishment über war – oder so ähnlich. Und so schwebte ich über die Gipfel des Olymps, nur einen Meter über dem Boden, durch die Tür meiner Katharsis, hinaus ins pralle Leben und draußen warteten sie schon, die Sirenen und Heroen, die Zyklopen und Zauberer, die Kolosse und Orakel, kurz: die gesamte Clique. Sie packten mich in ein Auto, fuhren mich zur von ihnen ohne mein Wissen vorbereiteten Examensparty und pumpten mich ein fast letztes Mal mit allem voll, was glücklich macht: Kokain, MDMA, Speed, Meskalin und Champagner, Champagner, Champagner!

Schön. Und jetzt? Jetzt musste ich mich beeilen, weil ich nicht zu spät zur Arbeit kommen durfte – als Gastdozent der Uni Karlsruhe. Das wurde einfach nicht gerne gesehen, wofür ich Verständnis hatte – lohnte sich einfach nicht, deswegen den Job zu riskieren ...
Aber wenigstens einmal noch wollte ich die Gegenwart zukunftsbereinigt genießen, einmal noch, zwei Jahre danach, so richtig Abschied feiern, von unserer illuster gelebten Ziellosigkeit, einmal noch mit den alten Freunden im Schoß der Szene in Leichtigkeit ersaufen, sie zu Grabe tragen und dann für immer aus meinem Leben verbannen. Also fuhr ich

im April 1986 noch einmal runter nach Freiburg, mit einem nagelneuen Leihwagen, weil ich meinen Amischlitten, den ich nun, natürlich als Zweitwagen, in nostalgischer Wehmut pflegte, über Ostern in die Werkstatt hatte bringen müssen, ausgerechnet, wo doch gerade zum Kreuzigungshappening traditionell die besten Orgien in Freiburg liefen und ich nun dazu verdammt war, in einer der extremsten Spießerkarren der deutschen Automobilgeschichte den Anarcho zu mimen. Logisch, dass ich hier nicht mit meinem nagelneuen BMW erscheinen konnte, zu riskant – wegen möglicher Kratzer natürlich, aber auch wegen der sündhaft teuren Stereoanlage, die gerade erst eingebaut worden war. Also mit dem Jetta, wie peinlich. Aber wozu gibt es schließlich Seitenstraßen? Wäre doch gelacht, wenn sich der neue Wohlstand so nicht elegant verbergen ließe. Noch einmal also mit den alten Freunden so tun, als könne der bittere Kelch gesellschaftlicher Anpassung an uns vorübergehen, einmal noch spontan abfeiern, auch, wenn die Spontaneität dieses Mal von langer Hand geplant, angekündigt und verabredet werden musste, weil mittlerweile fast alle entweder im Examen steckten oder schon durch waren, und wie ich irgendwo in der Republik Geld gegen Bückling im Anzug bekamen, Tag für Tag für Tag, somit wenig Zeit hatten und nur noch dann abstürzen konnten, wenn, wie das jetzt hieß, das ,Zeitfenster' groß genug war und die ekstatische Ode an die Leichtigkeit gewissenhaft vorbereitet. Viele hatten bei meinem Anruf Freude gegaukelt, ein Wiedersehen ,in alter Frische' angemahnt und dann fadenscheinig abgesagt.
Immerhin zu viert saßen wir schließlich bei der Einfahrt nach Freiburg in diesem hässlichen Exkrement der automobilen ,Eiche-Rustikal-Welt', einer breitreifig protzenden Vorstadt-familienkutsche für Daddies, die auch gerne dicke Eier gehabt hätten, wenn sie sich nicht verweichlicht um den Eileiter ihrer Frau hätten wickeln lassen.
In diesem Blech-Desaster also bemühten sich nun Mick und Frank, die beiden hinten Sitzenden, ihre Feierlaune wie auch ihre professionelle Coolness zur Schau zu stellen, indem sie

verzweifelt versuchten, ihre Arme irgendwie lässig aus den wegen der Kindersicherung leider nur halb zu öffnenden Fenstern hängen zu lassen, was – objektiv betrachtet – ziemlich behindert aussah.

Frank hatte sich inzwischen zu einem begnadeten Künstler entwickelt. Er malte fast ausschließlich Akte und Portraits, aber mit einem Sinn fürs Wesentliche, der den Blick selbst eines Kunstbanausen wie mir lange an die Bilder heftete, auf der Suche nach einem Grund für die ungeheure Lebendigkeit in den dargestellten Bewegungen und Gesichtsausdrücken. Er hatte sich, ausgestattet mit dem Talent seines verhassten Vaters, zu einem echten Künstler entwickelt, obwohl oder vermutlich gerade, weil er das Abitur geschmissen und zu einem Kunststudium somit nicht zugelassen worden war. Ansonsten hatte er sich kaum verändert, bewegte sich noch immer ganz ruhig und emotional ausgeglichen zwischen lakonischer Lebensbeschau und zynischem Beißreflex. Noch immer trug er seinen typischen Gammel-Look, mit dem er demonstrativ und generell die Bedeutung von Kleidung leugnete und noch immer schob er seine Nickelbrille mit dem Mittelfinger hoch, wenn er für einen kurzen Moment auf einer besonders vernichtenden Antwort herumkaute, bevor er diese dann pointiert und abschätzig ausspuckte. Frank saß schweigend hinter mir und setzte vermutlich gedanklich bereits schon wieder die vorbeistreifenden Fußgänger der blauen Stunde in mit dem Kohlestück eingefrorene Bewegungsabläufe und Gesten um.

Ted brauchte ein bisschen Anlauf, um den Anarcho in sich zu reanimieren und rotzte jetzt unter allgemeinem Gelächter erst einmal kraftvoll und mit einem ganz besonders ekligen Geräusch aus dem Fenster in Richtung Passanten – ein beeindruckendes Signal, dass er als Gesellschaftsverächter jetzt wieder voll da war und damit wieder einer von uns und vor allem einer von jenen, zu denen wir gerade fuhren. Und Mick, der Einzige von uns vier betont Gestrigen, der in Freiburg geblieben und auch erst hier zugestiegen war, philosophierte despektierlich und ohne Punkt und Komma über die inzwischen vermutlich schlabberigen Titten der Mädels unserer Clique, weil sich einige von ihnen mittlerweile hatten schwängern lassen, sowie über die Vorzüge von blutjungen Studienanfängerinnen, die von ihren Eltern jetzt gerade erst wieder frisch gewaschen in die Stadt geschickt worden seien, um hier speziell von ihm, Mick, ordentlich zugeritten zu werden (wollen Väter von Töchtern das wirklich...?). Gelächter. Heiterkeit. Leichtigkeit. Für diesen einen Augenblick.

Wir hatten uns für eine der düsteren Exzess versprechenden Parties der Anarcho- und Hausbesetzerszene entschieden, auf der wir die meisten der alten Kampfgenossen vermuteten, eine Party, die aber nicht ungefährlich für uns, die Anarchosimulanten war, weil man dort ja schon Punks als Spießer schmähte, die statt Bier gekauftes Gel für die Formvollendung ihres Irokesen verwendeten. Als wir ankamen, war die Alkohologie bereits in vollem Gange. Über zwei Etagen des mit der Haute Volée der menschlichen Niederungen gut gefüllten Gründerzeitbaus ergossen sich bereits Unmengen von wankenden Leibern. Die Punks, die sonst in dem besetzten Gemäuer hausten, hatten ihre Habseligkeiten offenbar komplett in die fest verriegelte Wohnung im ersten Stock gebracht, weil man den geladenen Gästen wie auch den unvermeidlichen Überraschungsgästen, kurz: den Mitgliedern dieser unfeinen Gesellschaft wohl aus ihrer Sicht nicht trauen konnte und jeder fest davon ausging, dass die Nieten aus der eigenen Szene alles hätten mitgehen lassen, was nicht so niet- und nagelfest war wie die eigene, schwarze Lederkluft. Im dritten Stock waren eine provisorische Bar und eine Tanzfläche für die pogowütigen Punks unter den Anarchos eingerichtet worden. Pogo, zur Erinnerung, war jener Tanz, der eigentlich grundsätzlich mit Blessuren, einem fehlenden Zahn vielleicht, oder herben Platz- oder Schnittwunden endete, wenn man im Scherbenmeer zu Boden ging, oder Prellungen und Zerrungen, wenn man einen in die Menge Geschleuderten frontal in die Fresse bekam. Punk-Ladies waren hier meist nur Zaunköniginnen, die in bewunderndem Koma am Tanzflächenrand standen, sich weiter vollaufen ließen und sich danach von irgendeinem Alphapunk vögeln lassen durften, willig, versteht sich, weil Verweigerung ja spießig war und Sex auch nichts Anderes als Saufen, weshalb die Mädchen um Gottes willen kein Geschiss machen durften, weil sie sonst angepöbelt wurden, als Zicken und doofe Kühe, die sich bloß nicht so anstellen sollten, weil doch eh alles egal war – das Leben, die Zukunft, Misserfolg, Scheitern und diese ganze Scheiße.

Wir fanden uns schnell wieder zurecht, hatten schließlich unsere alten Kutten aus dem Schrank geholt, sie des Stallgeruchs wegen noch einmal in frischem Bier eingeweicht und fielen auch nicht weiter auf, wenn wir angequatscht wurden, weil es definitiv einfacher war, auf sprachliches Gebröckel mit sprachlichem Gebröckel zu antworten, als beispielsweise auf einer Vernissage, verkleidet nur mit rotem Schal und nachdenklich in drei Finger gestütztem Kinn intelligent und gebildet auszusehen, obwohl man den aktuell ausstellenden Künstler nicht einmal vom Ansatz her verstanden hatte. Wir ließen uns trotzdem und aus Sicherheitsgründen so schnell wie möglich vollaufen, weil es so, das wussten wir, definitiv kein Problem mehr war, grölend und lallend für einen Augenblick dazuzugehören. Dumm war nur, dass ich etwas zu schnell soff und schließlich derartig blau war, dass ich an der Bar nur noch in die Wartenden stürzte, haltlos, was man dort, zehn Meter von der Pogo-Tanzfläche entfernt, einfach nicht tut, weil sich das nicht schickt. Obendrein hatte ich mir auch noch, weil ich schlicht ein bisschen zu sehr dazugehören wollte, das T-Shirt vom Leib gerissen und herumgepöbelt, woraufhin mich sechs oder acht der veranstaltenden Straßenkämpfer ruppig, aber nicht wirklich gewalttätig rausschmissen, zumindest mal aus dieser Wohnung, damit ich kein Bier mehr kaufen und an der frischen Luft mein Mütchen kühlen konnte.

Meine Kumpels hatten es mitbekommen, es zunächst jedoch nicht ernst genommen, waren also drin geblieben, bis, ja bis ich versuchte, wieder rein zu kommen. Da nämlich sah ich mich plötzlich unter dem Türrahmen einer zweireihigen Front von wütenden Punks gegenüber. Das Problem war offenbar aber weniger mein Zustand oder mein aggressives Partyverhalten als die Tatsache, dass ich hier im Hausflur von einem Punk Bier gekauft hatte, einem Junk-Punk, der hier trotzig trotz nachdrücklichen Verbotes sein eigenes Süppchen kochte, indem er von einer geklauten Palette weg Bier zu fünfzig Pfennig pro Dose verhökerte und damit den Veranstaltern der Party das Geschäft versaute, was ich allerdings gar nicht wusste, was wiederum keine Rolle zu spielen schien.

Kaum also, dass ich den Mund aufmachte, um lallend mit dem zornigen Mob zu verhandeln, dabei arglos gestikulierend die Dose des Anstoßes in die Reihen der neuen Feinde verschüttete, wurde mir plötzlich mit der Faust aus zweiter Reihe aufs Maul geschlagen, was mich über Gebühr erzürnte, weil ich es einfach noch nie leiden konnte, wenn man mir ins Gesicht schlug. Dies war dann bei mir üblicherweise der Moment, in dem ein roter Vorhang des Jähzorns fiel, endgültig und unwiderruflich. Und so brüllte ich los, die feige Sau solle sich stellen, Mann gegen Mann, statt aus der zweiten Reihe auf kampfunwillige Gefährten einzuschlagen und zur Verdeutlichung meiner Meinung schleuderte ich die volle Bierdose in die Phalanx, nietete damit den ersten Burschen um, nicht bedenkend, dass damit ein Erdrutsch ausgelöst werden könnte. Jetzt nämlich stürzten sie sich auf mich, einfach alle, vermutlich aus Respekt oder so. Einer jedenfalls war sofort hinter mir und würgte mich, und weil ich trotzdem noch zwei oder drei der Kerle mit harten Fausthieben zu Boden schickte, packten mich jetzt je drei am linken und drei am rechten Arm, hatten mich somit ziemlich am Wickel. Drei Weitere schlugen jetzt von vorne mit den Fäusten auf mich ein und der Schmerz in meinem blutend explodierenden Gesicht ließ mich instinktiv alle Kräfte bündeln. Ich nutzte die stabile Stütze, die die mich Festhaltenden boten, hob vom Boden ab und trat zweien der drei vor mir herumtanzenden Feiglinge mit einem Absatztritt in die Schnauze, sodass sie abhoben und erst einige Meter tiefer wieder auf der Treppe einschlugen, wo sie sich knackend in sich selbst verwickelten und schließlich wimmernd liegen blieben. Für den Bruchteil einer Sekunde waren dadurch alle Anderen derart geschockt, dass sie mich losließen, was ein Fehler war, da ich jetzt wahllos zuschlagen konnte. Doch die Überzahl war einfach zu groß und die auf mich einprasselnden Fausthiebe zwangen mich, mit zwei gewaltigen Sätzen über die Angreifer hinweg die Treppe hinunter zu springen, hinaus, nur raus aus dem Haus, um Raum zu bekommen und gegebenenfalls auch einen Fluchtweg, falls ich, wie zu vermuten war, der Situation, zumal allein, nicht mehr Herr werden konnte.

Im Innenhof schließlich schloss sich die Reihe der Aggressoren wieder, ich allein vor ihnen, allein gegen zehn oder zwölf von ihnen. Ich brüllte sie an, was das eigentlich solle, schließlich sei ich einer von ihnen, sie seien einfach nur Idioten, aber wenn sie es partout nicht anders wollten, könnten sie es auch haben. Ich würde sie schon rundmachen, zur Not auch alle auf einmal. Und komischerweise führte mein großmäuliges Gebrüll dazu, dass sie nicht auf mich einstürmten, mich nicht sofort niedermähten, sondern stehen blieben, weil keiner der Erste sein wollte, der von mir in meinem zügellosen Zorn wie die Kollegen auf dem Treppensatz umgenietet werden wollte. Zwar funkelten sie mich jetzt noch immer grimmig an, fauchten, ich solle mich bloß verpissen und nicht wieder auftauchen, aber keiner traute sich mehr, in meine Reichweite zu kommen.

Plötzlich aber quatschte mich einer von hinten an, stellte mir, vom Klang her nüchtern, die vermutlich rein rhetorische Frage: „Was willst Du denn, Arschloch?!"

Und als ich mich ruckartig umdrehte, erkannte ich Shark, den uneingeschränkten Anführer der Freiburger Anarchoszene. Ich kannte ihn, wusste wohl, dass er sich seinen Ruf und seinen Respekt bei Demos, durch harten Straßenkampf und dort immer in vorderster Front verdient hatte, aber er wollte von unserer flüchtigen Bekanntschaft in dieser Situation offenbar nichts wissen. Ich scheute mich ein wenig, den Versuch zu unternehmen, das Vorgefallene mit ihm verbal zu regeln und mich damit der Gefahr auszusetzen, ihm den Anfang zu überlassen, weshalb ich, kaum, dass er die Frage ausgesprochen hatte, ansatzlos zuschlug, ihn dabei mit einer harten Geraden genau zwischen den Augen und damit auch genau an der Stelle traf, an der ein Großteil der Gesichtsnerven in den Schädel eintritt. Es führte dazu, dass er stehend KO war, weder sprechen noch gehen noch fallen konnte, nur noch spritzend blutete, so sehr, dass er binnen weniger Sekunden von oben bis unten in Blut getränkt war und ich eine völlig zertrümmerte Hand hatte, was ich jedoch aufgrund meines nahezu explodierenden Adrenalinspiegels gar nicht realisierte.

Den meisten meiner Kontrahenten nahm dieser brutale und finale Schlag, vor allem, weil es sich bei Shark um einen anerkannten und verdienten Kämpfer handelte, jeglichen Mut. Einige Wenige jedoch erzürnte meine Aktion offenbar so sehr, dass sie nun kurzerhand ihren Schrecken weg- und das Messer auspackten. Jedenfalls hörte ich dieses unverkennbare Klacken eines Stiletts, fand schließlich auch den dazu gehörenden, mir durchaus bekannten Iraner, in dessen rechter Hand das Schnappmesser aufgesprungen war. Aber obwohl ich das markante und unmissverständliche Geräusch deutlich hörte und nun auch sah, löste es in mir noch immer nicht den jetzt dringend notwendigen Fluchtreflex aus. Jetzt aber tauchten endlich und Gott sei Dank meine Freunde auf, stellten sich an meine Seite und verschoben damit das Kräfteverhältnis. Sie allerdings erkannten im Gegensatz zu mir, dass meine Hand mehrfach gebrochen war, sahen auch die Aussichtslosigkeit der Situation und legten, mich mitziehend, den Rückwärtsgang ein. Erst langsam und schließlich rennend erreichten wir meinen Wagen, flüchteten mit quietschenden Reifen, bis wir sicher sein konnten, dass keiner mehr hinter uns her war.

Mick lenkte den Wagen ins nächste Krankenhaus. Ich setzte mich, während die Anderen draußen eine rauchten, ins Wartezimmer und traf dort ausgerechnet auf den ebenfalls auf seine Behandlung wartenden Shark.

Zwangsläufig, weil nur wir im Raum waren, begannen wir uns schließlich zu unterhalten. Am Ende wurde es ein ganz vernünftiges Gespräch, im Verlaufe dessen wir uns darauf einigten, dass das Ganze ein Unfall war, nichts Bösartiges oder wirklich Feindseliges, die Folgen einer unglücklichen Eskalation, für die schließlich keiner wirklich verantwortlich sei. Die Wunden würden ja auch wieder verheilen, also könnten wir wieder Freunde sein, usw. blabla.

Es kam anders. Es sollte nie mehr sein wie vor diesem ‚Unfall‘, nie wieder. Und eben dies sollten wir noch in derselben Nacht erfahren. Nach gut eineinhalb Stunden schließlich trat ich wieder in den Kreis meiner Freunde. Alle bewunderten natürlich den dicken Gips, reichten mir den Joint, ließen sich ausführlich über die Art meiner dutzendfach gebrochenen Mittelhand berichten und gemeinsam entschieden wir, dass es das ja wohl unmöglich gewesen sein durfte, dass die Nacht noch jung und wir noch viel zu unternehmungslustig waren. Also wieder ins Auto und zur nächsten Party – wieder in ein besetztes Haus, dieses Mal die ‚Wilhelmstraße‘. Der wuchtige Altbau wurde von als besonders radikal geltenden Typen aus dem arabischen Raum gehalten, was wir allerdings geschickt in unseren Köpfen ausblendeten. Das nämlich waren Burschen, die die Punkszene als adäquates Auffangbecken für ihren allgemeinen Hass auf die Welt erkannt und sich ihr ausschließlich deshalb angeschlossen hatten.

Jetzt aber, da ich den Wagen gerade akkurat an den Bordstein direkt vor dem Haus gezirkelt hatte, weil es mir mittlerweile egal war und ich auch keinen Sinn mehr darin erkennen konnte, die Karre irgendwo in einer dunklen Seitenstraße zu verstecken, also jedenfalls nicht vor diesen hirnlosen, pseudo-anarchistischen Idioten, stürzte Frank erst einmal aus dem Wagen, in die Einfahrt, die hinter das Haus führte und kotzte sich in einem dunklen Gebüsch zünftig die Seele aus dem Leib. Und während wir uns noch vom angestauten Grimm auf die Szene befreiten, indem wir uns über Franks lustiges Erbrechen vor Lachen ausschütteten, schlich ein schmaler Typ mit katzenhaften Schritten um die Ecke, bog unerkannt in die Einfahrt ein, steuerte stracks auf den hinter dem Haus gelegenen Eingang zu, um von dort in den Keller und damit auf die Party zu gelangen.

Unvermittelt jedoch blieb er wie vom Donner gerührt stehen, einen kurzen Moment nur, und stürzte sich dann mit einem Schnappmesser in der Hand von hinten auf unseren arglos reihernden Freund, den er offenbar wiedererkannte, als den gerade erst entwischten Feind. Der bei der vorangegangenen Party verlorene Wettlauf muss seine orientalische Ehre gewaltig verletzt haben, so entschlossen, wie er seine Attacke nun führte. Nicht noch einmal wollte er ganz offensichtlich warten, bis ihm, dem Angreifer, ein Opfer entkam und so rammte er Frank den Dolch von hinten und ohne jegliche Vorwarnung in die Hand, aus der, selbst in dieser Finsternis gut erkennbar, unmittelbar und in wütendem Strahl das Blut schoss.

Ted hatte es als Einziger gesehen, war mit dumpf in seinem Schädel explodierender Wut und drei mächtigen Sätzen an dem feigen Kerl dran, trat ihm, ebenfalls ohne Vorwarnung, mit einem eingesprungenen Tritt ins Genick, wodurch der sein Messer verlor und stürzte, sich aber sofort wieder berappelte, zurück auf die Füsse kam und stutzte.

Es war ein ungleicher Kampf, denn Ted war ihm in jeder Hinsicht überlegen. Jetzt erst erkannte ich den drahtigen Wüstensohn im fahlen Licht der Straßenlaterne wieder. War das nicht just jener Iraner, der mich kurz zuvor noch mit seinem Stilett hatte aufschlitzen wollen? Pech für ihn, denn jetzt bezog er Prügel, Tritte vor allem. Immer wieder schlugen Teds lange Gräten in seinem längst geplatzten Gesicht ein. In der Zwischenzeit hatte Mick den mittlerweile in Blut getränkten Frank ins Auto gezerrt, war direkt danach kompromisslos zwischen die beiden Streithähne gesprungen, hatte den angezählten Burschen mit einem kurzen, trockenen Leberhaken einfach umgenietet und Ted dann zu dessen Ruhigstellung ansatzlos in den Schwitzkasten genommen, zum Auto gezerrt und mit einem freundschaftlichen Tritt hinein befördert.

„Gib Gas!", brüllte er mich an.

Doch ich, durch den Gips ungewohnt in meiner Feinmotorik beeinträchtigt, nestelte Sekunden zu lang an der Zündung herum, und als der Motor endlich ansprang, rutschte ich vom Kupplungspedal, knallte auf diese Weise mit für den Wagen schmerzlichem Krachen und viel zu viel Gas den Rückwärtsgang rein und würgte den Wagen dadurch folgerichtig ab. Es war just der Moment, in dem der fußballgroße Pflasterstein mit einem knirschenden Knall einschlug und sich das berstende Verbundglas der Windschutzscheibe mit dem typischen, auffächernden Spinnennetz in eine undurchsichtige Wand verwandelte.

„Muss man dieses verschissene, seine Mutter fickende Stehaufmännchen denn töten, damit es endlich Ruhe gibt!?", brüllte Ted jetzt außer sich vor Wut. Und auch ich bekam jetzt die hochkochenden Testosteron-Kaskaden nicht mehr unter Kontrolle, wollte erneut aus dem Wagen springen, um den Dreckskerl, Gips oder nicht, in den Boden zu stampfen. Daran jedoch hinderte mich Frank, indem er mich von hinten an der Gurgel packte und brüllte:

„Nein, nein, gib Gas, hau ab ..."

Also suchte ich trotz meines aufkochenden Zorns jetzt erst einmal mit quietschenden Reifen das Weite, um noch Schlimmeres zu verhindern, doch schon bald wurde mir bewusst, dass ich den Leihwagen so keinesfalls zurückbringen konnte, dass die Kosten an mir hängen bleiben würden und so entschieden wir uns, leichtfertig und ohne weiteres Nachdenken, Anzeige zu erstatten.

Auf der Wache allerdings zeigte man uns zunächst die kalte Schulter, solange zumindest, bis zum ersten Mal die Adresse ‚Wilhelmstraße' genannt wurde. Nun kam Bewegung in den jetzt, gegen drei Uhr morgens, ziemlich verschlafenen Schuppen. Plötzlich wurden Befehle gebellt, Uniformen festgezurrt, Helme aus Schränken geholt, Waffen geladen, gesichert und ins Holster gesteckt. Zwei Streifenwagen und insgesamt vier geharnischte Brecher wurden uns zur Seite gestellt und somit ein Angebot unterbreitet, das wir nicht ablehnen konnten. Ins Freie geschubst willigten wir zerknirscht ein, die Ernsthaftigkeit unserer Anzeige durch eine Gegenüberstellung mit dem Beklagten zu unterstreichen, den Schuldigen im Schutz der Respekt gebietenden Vertreter des Staatswillens zu identifizieren, vor Ort, am Besten direkt im düsteren, voll besetzten Keller des besetzten Hauses. Alle Einwände, das sei zu gefährlich, zumal mit gebrochener Hand, blieben ungehört. Sie hatten Blut geleckt, auch geraume Zeit schon einen Grund gesucht, dort einzumarschieren und der Besetzung unter dem juristischen Vorwand der ‚Gefahr im Verzug‘ ein Ende zu bereiten. Erschreckend war jedoch weniger die Geschwindigkeit der uns nun überrollenden Ereignisse als die Tatsache, dass wir gerade die Möglichkeit der freien Entscheidung an die hochgerüstete Staatsmacht abgegeben hatten und selbst, wenn wir gewollt hätten – und das taten wir – nicht mehr von dieser Dampflok hätten abspringen können. In dichtem Pulk, umringt von den vier dunkelgrünen ‚Dobermännern‘, stiegen wir schließlich zögerlich in den muffig wummernden Keller hinab, hinein ins Gewimmel, diesen nun fauligen Schoß der eigenen Szene, die es spätestens ab diesem Augenblick nicht mehr war, weil wir wie in einem bürgerlichen Trauerspiel, zwingend, aber ohne es wirklich vorgehabt zu haben, die Seiten gewechselt hatten, also zu Verrätern geworden waren. Zum Glück erkannte ich den Iraner noch bevor der Mob mich, den Judas erkannte. So gelang ein schneller, vorschriftsmäßiger Zugriff, indem unsere nonverbalen Freunde und Helfer dem Widerspenstigen die Gliedmaßen verrenkten, um ihm hilfreich über die schmale Kellertreppe den Weg nach oben zu weisen. Dadurch jedoch versperrten sie uns, weil wir hinter ihnen waren, den Fluchtweg, was unweigerlich dazu führte, dass jetzt die Ersten mit dem dicken Denunziantenfinger auf uns zeigten, „Verräter!" brüllten und versuchten, unserer habhaft zu werden. Und doch, glücklicherweise, stürzte sich die dicke Anarchotraube, in der dunklen Einfahrt, auf dem Weg zu den Dienstfahrzeugen, nicht auf uns, sondern auf die Bullen, vermutlich, weil die ob ihrer Kleidung leichter als Feind auszumachen waren und entrissen ihnen die Funkgeräte. Gerade noch rechtzeitig hatten die Kollegen jedoch einen Notruf absetzen können und so dauerte es nur Minuten, bis die ersten Mannschaftswagen eintrafen, erst vereinzelt, dann immer mehr und aus allen Richtungen. Gleichzeitig jedoch hatten auch die erzürnten Partygäste erkannt, dass sie, angesichts der nun ungebremst eskalierenden Situation, völlig unterbesetzt waren und hatten die gefürchtete Telefonkette in Gang gesetzt, die in Freiburg traditionell hervorragend funktionierte. So strömten binnen derselben Minuten auch immer mehr Punks, Linke, Kommunisten und Anarchisten aus allen Richtungen herbei, reihten sich ein und skandierten, wie sonst ja auch, gemeinsam ihren Hass, natürlich ohne überhaupt zu wissen, worum es hier ging, was auch niemanden interessierte, weil der Kampf gegen das widerliche System schließlich keines Grundes, immer nur eines Anlasses bedurfte. So schaukelte sich der kleine Zwischenfall innerhalb von vielleicht einer halben Stunde zur entfesselten Straßenschlacht auf, an der sich am Ende je ca. zweihundert Kämpfer beteiligten. Die Reihen waren beiderseits schnell geschlossen, die ersten parkenden Autos umgekippt und angezündet, sodass es auf dem Schlachtfeld endlich ausreichend Licht zum Prügeln gab, Wasserwerfer wurden in Stellung gebracht, Tränengas geworfen, Zwillen sirrten und Schlagstöcke schlugen trocken auf Köpfen und Helmen ein. Und wir, wir standen, weil wir dem Gedränge nicht mehr entkommen konnten, an unserem Wagen, fassungslos und unfähig, irgendetwas Sinnvolles zu tun. Wir waren gefangen zwischen den Fronten, gehörten jetzt nirgends mehr dazu, standen den aufgeheizten Schlachtreihen eigentlich nur noch im Weg und konnten den Spielfilm, der sich vor unseren Augen abspielte und der längst nichts mehr mit einem Spiel zu tun hatte, kaum glauben. Unvermittelt zappelten plötzlich drei kleinere Punks vor mir herum, zeigten mit dem Finger auf mich und riefen:

„Du, Du bist doch das Bullenschwein, das an allem schuld ist!"
Und weil ich ihnen ja eigentlich in gewisser Hinsicht hätte Recht geben müssen – oder aber widersprechen, weil mich die Bullen mutmaßlich auch nicht als einen der Ihren ansahen, grinste ich sie stattdessen und Mangels einer besseren Idee nur breit an. Prompt meinten die Hänflinge offenbar, jetzt auch mal ungestraft auf mich einschlagen zu dürfen, als ob das jetzt der neue Volkssport wäre. Ich jedoch spürte aus irgendwelchen Gründen keinen Schmerz mehr, bekam stattdessen einen unbändigen Lachanfall. Und weil mir die Kerle dann doch irgendwie lästig wurden, hämmerte ich zwei von ihnen, während ich sie ob ihrer lächerlichen Kinderfäustchen verhöhnte, knorrig

mit dem mächtigen Gips aus den Schuhen: zwei weit ausgeholte Schläge, zwei ohnmächtige Punks auf dem Pflaster. Der Dritte von ihnen flüchtete daraufhin in die Menge, aus der nur Sekunden später zwei unserer neuen Kollegen auftauchten und mir ob der beiden umgemähten Punks nickend Respekt zollten, ganz kurz jedenfalls. Ihr plötzliches Erscheinen empfand ich als irgendwie beruhigend, wie einen schützenden Baldachin aus wohligem Staatsschutz, weil ich in diesem Moment der festen Überzeugung war, dass ‚Staatsschutz‘, warum auch nicht, in Wahrheit ‚Schutz durch den Staat‘ meint. Kaum jedoch, dass ich mich in derart schwärmerischen Gedanken verlor und mein Weltbild daran erwärmte, zitierten uns die beiden martialischen Schergen mit knapp gebellten Befehlen zurück auf die Wache, befahlen uns sofort dorthin, befahlen uns, nicht über ‚Los‘ zu gehen und wir gehorchten, mit neuer, nie zuvor gekannter Demut, taten ohne Widerworte, wie uns geheißen wurde.

Zwei Stunden später, im Morgengrauen, saßen wir schließlich noch immer auf der Wache, hatten längst unsere Aussagen zu Protokoll gegeben, wollten aber partout nicht gehen, keinesfalls freiwillig, weil sich vor der Wache mittlerweile ein Pulk aus gefährlich düster dreinblickenden Punks gebildet hatte, die nur darauf warteten, uns endlich lynchen zu können, weil sich die Kunde von den Verrätern aus den eigenen Reihen mittlerweile mit der Geschwindigkeit eines Buschfeuers in der Stadt verbreitet hatte und die Szene schließlich am Ende dieser Nacht durch uns eine Festung verloren hatte. Weil aber auch die Gesetzeshüter uns endlich los werden wollten, eskortierte uns die zum ersten Mal willkommene Staatsmacht, der wir schließlich viel zu verdanken hatten, mit mehreren am Vortag noch stolz gewienerten Dienstfahrzeugen in adäquater Formation und ohne weitere Zwischenfälle bis zur Stadtgrenze, wo sie dann Kehrt machten, um in ihre Welt zurückzukehren. Und wir, wir fuhren einfach weiter, einer sicheren Zukunft entgegen. Und während sich noch zwischen neuen Herren und geläuterten Dienern, mit zunehmender Entfernung und beim letzten Blick zurück, langsam aber sicher die beiderseits zum versöhnlichen Happy-End-Gruß gehobenen Hände in der Diesigkeit dieses Morgens verloren, beschlich mich das unwiderstehliche Gefühl, endlich angekommen zu sein, zu Hause, im Schoß der uns alle beschützenden Mutter, unseres schönen Staates, der uns ernährt und bei Bedarf verteidigt und stets für unser Wohlergehen sorgt.

Danke.

DANKESCHÖN

Ich danke meiner gesamten Familie für ihre vorbehaltlose Unterstützung bei diesem Buchprojekt. Außerdem bedanke ich mich von Herzen bei Christoph Geiser für seinen Klappentext und seine kontinuierlichen Ermutigungen.

Daniel Bittermann